小说当代小说百家

於可训 著

中国言实出版社

图书在版编目（CIP）数据

小说当代小说百家 / 於可训著 . -- 北京 : 中国言实出版社, 2020.4
（珞珈之子文库 / 刘道玉主编）
ISBN 978-7-5171-3430-5

Ⅰ . ①小… Ⅱ . ①於… Ⅲ . ①小说研究－中国－当代 Ⅳ . ①I207.42

中国版本图书馆 CIP 数据核字（2020）第 034627 号

出 版 人 王昕朋
责任编辑 崔文婷
王建玲
责任校对 史会美
封面肖像 余登明

出版发行 中国言实出版社
地　址：北京市朝阳区北苑路 180 号加利大厦 5 号楼 105 室
邮　编：100101
编辑部：北京市海淀区花园路 6 号院 B 座 6 层
邮　编：100088
电　话：64924853（总编室）　64924716（发行部）
网　址：www.zgyscbs.cn
E-mail：zgyscbs@263.net

经　　销 新华书店
印　　刷 北京温林源印刷有限公司
版　　次 2020 年 9 月第 1 版　2020 年 9 月第 1 次印刷
规　　格 710 毫米 ×1000 毫米　1/16　20.25 印张
字　　数 252 千字
定　　价 58.00 元　ISBN 978-7-5171-3430-5

总　序

在20世纪80年代，借助解放思想的强大动力，武汉大学率先揭开了教学制度改革的序幕。为了营造自由民主的学风，我们首创了一系列新的教学制度，充分调动了广大学生们学习的主动性、积极性和创造性，因而从他们之中涌现出了各学科领域的大批杰出人才。

十五年前，我写过一本书，名叫《大学的名片——我的人才理念与实践》。我认为，一所名牌大学，固然不能光有名楼，但光有名师也还不够。归根结底，最终还得培养出一批优秀学生，成为国家栋梁、社会精英。这样的学生，也可以叫作名生。所以名师、名生、名楼，是一所名牌大学的三宝。

武汉大学自创建以来，名师云集，名生辈出，名楼日兴，可谓集三宝于一身。尤其是新中国成立以后，自20世纪50年代以来，武汉大学培养的人才，遍布祖国各地，各行各业，为国家的建设和发展，作出了无可估量的贡献。改革开放四十多年来，更因为锐意革新，砥砺精进，而使学校的发展和人才培养，上了一个新的台阶。我担任副校长和校长的十五年间，正是武汉大学革故鼎新、励精图治的蜕变时期。我倡导和主持的各项改革措施，集中到一点，就是既出人才又出成果，着力把武汉大学建成既是教学中心又是科学研究中心，二者是相辅相成的辩证关系。

归根到底，人才兴校是至关重要的，没有高水平的人才，何以有高水平的科研成果呢？同理，如果学生只是死读书，而不善于从科学研究中学习，那也绝对不可能成为杰出的人才。因此，我在任职期间，秉持“不拘一格降人才”的思想，把发现人才，选拔人才，培育人才，保护人才作为学校改革和发展的一项战略措施来抓。所幸的是，我们的这些努力都没有白费。如今，我们培养的这些人才，有些是蜚声海内外的著名哲学家、经济学家、文学家、艺术家、科学家、发明家。另外，从各系的毕业生中，涌现出了诸如田源、陈东升、毛振华、雷军、阎志、艾路明等享誉全球的著名企业家群体。在2020年武汉遭遇新冠肺炎的肆虐中，他们挺身而出，一人捐建十所医院者有，竞相捐赠亿万之资者有，武大企业家联谊会从韩国购买一百八十一吨防疫用品和医疗设备，租用四架专机运抵武汉，捐给武汉抗疫指挥部，充分体现了他们赤子之心和奉献精神。

同样，在这次罕见的疫情中，毕业于武大医学院的学子挺身而出，其中有最早发出疫情预警的艾芬、李文亮，第一个确诊新冠肺炎并报告院领导的张继先；更有多位医生献出了宝贵的生命，他们是李文亮、刘智明、肖俊、黄文军、徐友明……毕业于武大新闻与传播学院的学子或直逼现场，实情播报，或联袂发声，建言献策；毕业于武大其他院系的学子无论身在海内外，万众一心，英勇无畏，纷纷在自己的专业、专长和岗位上倾心尽力。

大学是思想启蒙之地，是一个人的人格和精神的养成之所，是一个社会的智识和思想的孵化器。大学培养的人才，不光要有高深的专业知识，还要有高尚的人格，深邃的智慧。武汉大学培养的人才，不是那种书呆子式的人才，而是要有求异、求变和求新的创新精神，在人格方面有道义担当，在思想方面有独立思考的人才。从武汉大学毕业的学生，走出校门以后，在各自的专业领域戛戛独造，在经济社会发展的重要部门，都有独特建树。他们都在各自的星座上闪烁着耀眼的光亮。他们都是武大一张张靓丽的名片，是武大的光荣和骄傲！

编撰“珞珈之子文库”，目的在于以文字的形式反映这些杰出校友们的成就。这套文库是一项巨大的文字工程，其编撰的指导思想是，要有真实性、思想性和前瞻性，为后人留下一笔思想财富。文库收入的范围，主要集中展示自20世纪50年代以来，七十年间武大优秀毕业生的人生经历，精神旅程和事业成就。“珞珈之子文库”由这些优秀毕业生“夫子自道”，或随笔精品，或选辑佳作，或记录人生感悟，或接受采访，或自述经历，或总结经验，或集合演讲，总之都是他们人生全部的直接展示。

“珞珈之子文库”将分为五辑，即“哲学·教育”“文学·艺术”“史学·法律”“经济·企业”“科学·技术”。鉴于出版、发行和读者的面向，这套文库暂时不包括专深的科学与技术学术论著或论文集，此类学术成果，将会以其他形式奉献给读者，也一定要载入武汉大学的史册。

长江后浪推前浪，一代新人胜旧人。时代在前进，科学教育日新月异，相信武汉大学未来将会培养出更多杰出人才。因此，“珞珈之子文库”是一项滚动计划，希望一代又一代地传承下去，使她成为母校的一个品牌，将历届毕业的优秀珞珈学子的成就收入这套文库，通过这种直接的展示，我们不但能得见其人，而且能得闻其事，能领略其思想人格和精神风貌，实在是一件功德无量的大好事。

也许，五十年甚至一百年以后，当我们再回望她的意义时，她将会是一部记录人才成长的史料库，一部表现独立思考的思想库，一部具有前瞻性的信息库，充分展现“珞珈之子”的精神风采，是一座熠熠生辉的文字丰碑。

我的学生野莽是从中文系首届插班生走出的著名作家，迄今他已著作等身，现在正处于创作的黄金年龄。去年秋天，他和几位作家倡导准备编撰“珞珈之子文库”，拟邀请我担任总主编，我已垂垂老矣，而且还要照顾病重的老伴，自知力不从心。但鉴于我们都经历了那个改革的黄金时代，于情于理又都不能拒绝，故只能勉力为之。

是为序。

刘道玉

2020 年 3 月 9 日

于珞珈山寒宬斋

自 序

从2002年起，我应邀在《小说评论》上开设了一个专栏，名字叫“小说家档案”，迄今为止，已有十七个年头，为之“建档”的当代小说家，已有一百多位。这个专栏的每一辑，都有我写的一篇“主持人的话”，篇幅较短，写法也较随意，近似随笔杂感，见者都很爱读，我自己也珍爱有加。曾有一部分在海峡那边的文学杂志转载，亦颇得同好。就想到单独成编，与更多的读者分享。正好野莽君编书，邀我参与其事。遂选取近百篇，以作家姓氏拼音序次，编成一集，以了此夙愿，并致谢忱。因系“小说”，非为大论，故易其名曰《小说当代小说百家》。又因为是专栏各辑的引言，所以仍留有当初的指称和语气，在此一并说明。借此机会，也对参与专栏采写的各辑作者和助我编辑此书的朴婕博士表示感谢。

作者谨记。

2019.12.21

目录

小说阿成

这个世界人多，中国尤甚。所以同名同姓的人，也就少不了；姓不同而名同的，更不可胜数。同名同姓或姓不同而名同，对于普通人来说，实在没有什么打紧的，反正凑到一起的概率不大，就算是偶尔搁一起搞混了，也容易分清，误不了什么大事。可对于名人，或按时下流行的说法，对于“知名的”或“著名的”人士乃至明星人物来说，那就是另外一回事情了。往小了说，这个人的肖像安到那个人名下，这个人的绯闻栽到那个人身上，搞不好就要吃官司。往大了说，这个人的作品被那个人认了，这个人的稿费被那个人领了，就牵扯到知识产权和经济利益问题，所谓悠悠万事，唯此为大，是断断不会马虎的，保不准会闹出什么大的动静来的。我孤陋寡闻、见识短浅，除了上面说的这些可能产生纠纷的俗事，实在想不出还有什么更多的麻烦。

好在这些麻烦都与我要说的两位基本同名的作家无关。说是基本同名，是因为一位作家姓钟，名阿城，另一位作家姓王，名阿成。阿城和阿成，音同而字不同，在一个凭形象认字的国度，只要读书时不是跟着字行溜边儿跑，就不难看出，这其实是两个不同名的人。阿城和阿成，也不知是各自的大号，还是笔名，反正我所见者都是写小说时署的名字，说是笔名大约也不太错。这钟氏阿城，北京人氏，系著名电影理论家钟惦棐之子；王氏阿成，则出生在哈尔滨，父辈虽是知识分子出身的干部，因为位卑职微，大约只能算一介平民。就是这两个阿成（城），因为写小说让各自的名字碰到了一起，虽然迄今为止，没听说在他们两人之间闹出什么扯皮的事，但对于一些粗心的读者（内中甚至还包括一些号称学者和评论家的读者）来说，却至今还没有把他们掰扯清。这“扯皮”的事，就难免要发生在这些读者、学者和评论家之间：或者把此阿成的作品，都归到彼阿城名下，或者把彼阿城的作品，说成是此阿成的创作，抑或把两个阿成（城）的作品掺和在一起，像一道东北菜一样，“一锅出”。连孩子是谁家的都没搞清楚，又怎么好说谁家的孩子乖顺顽劣、智愚贤不肖，所以对这两位阿成（城）的评论和研究，也就难免要闹出许多“张冠李戴”的笑话。好在当下的文学评论和文学研究，不太看重考据之学，但当这些作家和作品不再“当代”之后，我料定还是会难倒一些所谓吃文学史饭的研究家的。从这个意义上说，阿成先生借本期主笔、我的博士生张赟的提问澄清事实，倒也免了给后来的研究者留下一堆历史遗留问题。

说了半天因这两个阿成（城）而生的一些扯皮的事，是不是说，这两个阿成（城）就一点儿关系没有、一点儿缘分没有呢，不是的。恰恰相反，他们之间虽然不曾称兄道弟，甚至是否谋面，也未可知，但如果纯粹从文学的角度来看他们之间的关系，那缘分可深着呢。众所周知，钟阿城是以一篇《棋王》一举成名，被举为“寻根文学”的代表作家的。其时，王阿成虽然早已进入文坛，但真正出名，却在钟氏阿城之后，但王阿成的成名作《年关六赋》，又分明受着“寻根文学”的影响，至少是它所采用的所谓新笔记体，虽然论者多认为起于20世纪70年代末80年代初，但真正被自觉地追求，进而形成一种创作风气，当在“寻根文学”勃兴之际。虽然不能因此就说王阿成就一定受了钟阿城的影响，但钟阿城毕竟有所谓新笔记体的小说《遍地风流》在先，所以王阿成后来的那些新笔记体小说，受了先前的新笔记体小说的影响，自然也就包括钟阿城的小说在内。不论事实如何，在逻辑上是完全说得通的。这或许也就是这两位“同名”作家所谓的缘分之所在吧。

如果再说得牵强一点，新笔记体小说兴起于“寻根文学”的浪潮之中，有论者认为也是一种“寻根”的结果，即所谓文体的“寻根”。这样，创作过新笔记体小说的阿城，自然就兼有文化寻根和文体寻根二重的意义。如果可以这样说的话，则阿成在延续这二重的意义的同时，又向一个新的意义的层面上有所拓进。即把阿城对抽象的文化理念（道、禅）的追寻，具体化到对一种社会人群的生存之根的探究。从这个意义上说，阿成的那些以黑龙江尤其是以他生长于斯的城市哈尔滨为题材的小说，特别是其中的新笔记体的小说，都可以作如是观。

说到对哈尔滨这样的北方城市的文化历史和生存样态的描写，很自然地会令人联想到同样是在“寻根文学”中以追寻抽象的文化之根（儒）为特征的作家王安忆。王安忆近期以《长恨歌》为代表的小说创作，虽然也从她当初“寻根”时的热衷形而上，走到了如今关注一座城市的形而下，但她笔下的上海，虽然有诸多物象和细节对这座城市的描摹，惟妙惟肖，但从总体上说，毕竟不是或不完全是上海的历史和社会写真，而是她的一种文化想象的产物。笔者不久前曾在一个学术会议上，听到一位资深理论家对近期描写上海的一些小说的看法，认为他所见的上海（主要指解放前），并非如此，或并非全是如此，其中被忽略了、被遮蔽了、被歪曲了的，甚至是上海的主要面目。这位前辈理论家的话，虽然涉及一个复杂的创作理论问题，但若就一个“真”字立论，则阿成笔下的哈尔滨（当然也主要是指他描写的解放前），就比王安忆笔下的上海真实得多。我无意说真实与否是判断文学成就高低的唯一标准，我想阐明的只是一种事实，即在当今中国作家的城市书写中，阿成笔下的哈尔滨，堪称灵肉皆俱、毛发毕现，仅此一点，即足见此一阿成的文学功力和艺术贡献。

小说阿来

在中国现代文学史上，少数民族文学问题，直到新中国成立以后，才受到应有的关注和重视。这一方面固然是因为少数民族的民族身份，得到了新的确认，少数民族作者作为文学创作主体的民族认同感有所上升。另一方面，也与获得新的民族身份的少数民族作者自觉地追随时代潮流，用文学反映民族的翻身解放和生活变迁有关。少数民族文学也因此而成为当代中国文学的一个特殊重要的文学分支。因为中国的少数民族从根本上说，是属于中华民族这个大家庭的一员。所以，中国的少数民族文学从一开始，就有别于西方国家尤其是美国的少数族裔的文学，它与处于多数地位的汉族文学，不是互相矛盾和冲突着的，而是一种交融和互补的关系。当然，在这个交融和互补的过程中，少数民族文学也难免要丢失自己的一些本性，甚至在某些时候还会被处于多数地位的汉族文学所同化。因此，对当代中国少数民族文学而言，也有一个如何保持自己的民族特性的问题。

说到少数民族文学的特性，人们很容易联想到20世纪50至60年代的一种文学现象，即文学风格普遍趋向热烈高亢，但却有那么一种清新明丽的文学风格，流动在某些文学作品的字里行间。这种文学风格不是来自传统的影响，而是因为沾染了少数民族地区的风土人情和生活习俗。尤其是西南边地少数民族的生活和风情，对这期间的诗歌创作，更是产生了决定性的影响，以至于有学者把受这种影响的诗人群体称为“西南诗人群”。如果说，少数民族的生活特性影响当代文学，在这期间还停留在外在的风土人情的层面，那么，在20世纪80年代的文学“寻根”潮流中，影响当代文学的，就是少数民族的一种内在的文化精神。具体到与本辑有关的藏族的历史和文化而言，无论是在西藏土生土长的藏族作家扎西达娃，还是深入藏地的汉族作家马原，他们取用的都是藏族文化所特有的一种超验的神秘意识，前者以此传达神祇的召唤，索解变幻莫测的人生之谜；后者以此营造叙事的迷宫，击碎逻辑和理性的屏蔽，二者都难免思入空冥，行乎其上，远离具体的历史和现实，所以最后达于极致，也就难以为继。

接下来就该轮到本辑的主角阿来出场了。作为一个藏族作家，阿来获得茅盾文学奖，本身就具有一种文学史的意味，这意味，不仅在于作为一个少数民族作家，在他身上，集中体现了当代少数民族文学为中国文学所做出的巨大贡献，同时还在于，他的创作，以其独特的追求，把当代少数民族文学影响中国文学进程的历史，推向了一个新的阶段。这个阶段的特征就在于，像阿来这样的藏族作家，他的创作，不但在上述民情风习、文化精神乃至思维方式的不同层面，保持了自己的民族特性，而且通过这种民族特性反映出来的民族历史和个体命运的变迁，又被作者赋予了一种普遍性的意义：“讲的是一个人的命运，但往往映射的是一大群人的命运；讲的是一个民族的遭遇，但放眼整个世界，不同的民族在不同的发展阶段有类似的遭遇。”有了这种普遍性的意义，像阿来这样的少数民族作家的作品，就不仅仅是沟通了与之血肉相连的中华各民族的历史和命运，同时也沟通了与之相隔遥远的世界各民族的历史和命运。一个中国当代少数民族作家的文学创作，于是也就走出了他的民族和地域的局限，成了“世界的”和整个人类的精神文化的一部分。阿来曾经引用佛经上的一句话的意思说：“声音去到天上就成了大声音，大声音是为了让更多的众生听见。要让自己的声音变成这样一种大声音，除了有效的借鉴，更重要的始终是，自己通过人生体验获得的历史感与命运感，让滚烫的血液与真实的情感，潜行在字里，在行间。”这说明阿来所企望发出的“大声音”，不是抽象的玄言，而是深深植根于个体对于历史和命运的深切体验之中。这也就是本辑主笔、我的博士生易文翔把阿来的作品称为“历史和人生的诗化寓言”的主要原因。也许在中国当代少数民族作家中，只有阿来所处的独特的地缘位置和民族身份，才具有这种得天独厚的条件，使他得以自由地穿行在汉、藏两个民族的历史文化和语言文字之间，在这种跨地域、跨文化、跨语言，或曰地域、文化、语言的交叉地带，进行他的文学上的戛戛独造，在这个经济全球化日益消泯文化（包括文学）的民族性的时代，为民族文化通过文学的延续，在“民族的”与“世界的”之间，保持一种适度的张力，提供了一种有益的经验。

小说艾伟

最早见到艾伟的名字，是在“六十年代出生的作家群”里。这个被一些批评家合力经营的作家群体，就像一家开在路边的旅店，人员进进出出，有常客，也有暂住的，像我等偶尔到店里逛逛的闲人，记不住每个客人，顶多留下点印象，混个脸面儿熟。就是在这家店里，我读了艾伟的几篇作品，算是有了一面之缘。到了评“茅奖”期间在北京西山读他的长篇小说《风和日丽》，我就自认为是跟他比较熟悉的了。我不知道别的评委怎样，我读这部作品，开初是很不得要领的，明明写的是充满疾风骤雨的阶级斗争年代，主人公的人生道路，也是一路风雨泥泞，却偏偏要起这么个春光明媚的名字，叫作“风和日丽”。我想，这大约是作家的一点小聪明，或者是标题党常用的所谓悖谬手法，无非是想绕个弯子，多点曲折，让读者也动动脑筋，不至于一眼看透罢了。等到后来又读了刘庆邦的《遍地月光》，受了类似命名法的刺激，才回过头去细细咀嚼艾伟的用意，觉得这里面还真的有一些值得认真琢磨的东西，或者拽点文说，叫有深意存焉。这深意，可能是人性温暖的底色，可能是人生光明的质地，是人与人相互的理解所得的温情，是人与历史最终的和解所得的宽容，或者是其他与之相类的意思，总之，我琢磨着作者是要穿透风狂雨骤的历史，写出人性深处的那一点平和宁静，写出人生地平线上那一片风和日丽。就像刘庆邦要让他的主人公在逃出拘禁的夜晚，看到遍地月光一样，我想，这作者大约也是一个对人生和历史，都怀着希望的人，坚信人心深处的那一股暖流，终将化解历史的坚冰，给寒潮洗劫过的人间带来一片温情。他在作品的最后，之所以要让他的主人公杨小翼重回故里，听人们讲述将军和母亲的爱情故事，从这个爱情故事中回望她的生命轨迹，让杨小翼在老家二楼的阳台上，尽情享受那个冬日的风和日丽，我想，就该有这样的一点寓意在里面。艾伟的这一笔也着实煽情，以至于读到这里，我和他笔下的主人公一样，也禁不住潸然泪下。

这让我想起了近三十年来我的一些文学阅读经历。大约是从 20 世纪 80 年代初开始，具体一点儿说，是从所谓反思文学开始，文学作品中所写的父子（包括父女）关系，就不那么和谐。以至于在有些作品中，两代人弄得恶语相向，反目成仇。这当然主要不是指日常生活中常见的那种家庭纠纷，而是一些社会人生问题。这时候，往往是年轻的一代批评年老的一代。这样一来，文学作品中的父亲，无形中也就被历史化了。对父辈的批评，也就成了对历史的批评，对父责的追究，也就成了对历史的反思。后来，好事者从西方引进了一个叫审父的新名词，这种反思于是又被称为审父意识。以至于在对《风和日丽》的评论中，仍有论者把作品的情节，归结为从寻父、审父到弑父的一个完整的过程。新时期文学中的这种审父意识，由反思文学中的政治审父，发展到寻根文学，就成了文化审父，即不仅要批评父辈的政治历史，还要挖父辈的文化老根，摆出了一副刨祖坟的架势。好在没有多久，经济大潮来了，这笔账也就暂时搁置下来，全力应付新一轮社会转型所面临的社会人生问题。等到这口劲慢慢缓过来了，再转念一想，两代人之间似乎也没有什么不可调和的矛盾，更没有什么深仇大恨，何苦来着弄得剑拔弩张的。再说，父辈的作为也有他们的道理，也是他们所置身的时代使然，就像自己今天的情况一样。两代人之间有了一点沟通与理解，也多了几份体谅和宽容。这样一想，温情和暖意自然又情不自禁地要从心底深处升腾起来。

这情况与“五四”以后文学作品中两代人的关系十分相近。最初也是社会转型、文化转轨，两代人之间往往容易爆发激烈的矛盾冲突。这种矛盾冲突，在“五四”启蒙阶段，是思想的，或曰文化的，在革命兴起之后，则是政治的，或曰阶级的，但是，到了抗日战争时期，情况似乎发生了一点微妙的变化，“五四”时期专制的封建家长，到了抗日战争时期，则成了维系一个大家族的精神支柱，如老舍的《四世同堂》。儿子不但不批判老子的封建思想，还要秉承老子的气节，从老子身上吸取勇气和力量。新中国成立后，虽然也有两代人的思想斗争，但那大半是代表新方向的儿子，领着留恋旧事物的老子前进，那里面其实已包含了很多的善意和亲情，如柳青的《创业史》等。到了“文革”结束后的七八十年代之交，甚至连背叛了父母，与父母划清界限的儿女，也重又回到了父母身边。虽然有的已是悲剧的结局，如卢新华的小说《伤痕》，但毕竟重新回归人伦之情。

惜乎后来的发展没有沿着这条路线深入前进，而是在挣脱政治性的绑架之后，又遭遇各种现代文化思想乃至艺术表现观念的绑架，虽然这期间也有一些突围的表现，但从总体上说，离中国传统的“人情小说”或曰“世情书”，仍相去甚远。艾伟说，“在我这里，杨小翼就是一个人物，我试图写出杨小翼这长长一生的个人遭际，只是恰好这遭际和我们共和国历史相吻合”，“我更愿意把这部小说当作是一部关于生命的情感故事。在杨小翼童年到年华老去的生命历程里，她像所有人一样经历了苦难、幸福、爱和情欲。这个情感故事是小说的血肉，也是最有力的部分”。这番夫子自道，再明白不过地昭示了，《风和日丽》既是一部状写人情的“人情小说”，又是一部描摹世态的“世情书”。从这个意义上说，我同时也认为，《风和日丽》是艾伟在完成“先锋文学”蜕变的同时，向中国小说传统回归的一次成功的尝试。

小说毕飞宇

似乎是在社会学者谈论现代性的文章中读到“中国经验”这个词，当时就觉得新鲜。但这新鲜却不像以往的那些个新词让人觉着陌生，而是也勾起了我的沉睡已久的“中国经验”，所以新鲜得让人觉着亲近。这个词同时又让我产生了许多联想，这些联想有的与毕飞宇的创作有关，有的则牵扯到近二十年来文学创作的一些普遍性问题。毕飞宇说：“90年代以后，中国作家尤其是那批好的作家，全部回到中国的本土经验上来了。我们现在写的都是地道的中国小说。这是非常非常了不起的一件大事！”这话让人欣慰，也让人觉着振奋，甚至我个人也有类似的感觉和判断。但不知为什么，在欣慰和振奋之余，一种莫名的杞忧，却又禁不住油然而生。

经验是从经历中来的，这是一个常识，也是一个众所周知的事实。但经验有时候也不需要亲历，只消把别人的经验照搬过来就是，前人为此造了一个名词，叫“间接经验”，也就是从纸上或书上得来的经验。虽然陆放翁说过“纸上得来终觉浅，绝知此事要躬行”之类的话，但今人为了表现某种高蹈，却偏要把纸上的“浅”认作“深”，以别人的经验为自己的亲历，这就免不了要生出许多别扭。例如在物质匮乏的年代表现“物化”的经验，在一个无宗教信仰的中国人身上硬安上基督徒的心理，等等。20 世纪 80 年代中期前后的先锋文学或现代主义实验，就难免这种嫌疑，因而注定不能长命百岁。后来的“新写实”号称回到了“原生态”，而且是不偏不倚的“零度情感”的纯客观叙事，心想这回该摆脱了套用“西方经验”的嫌疑了吧，偏偏评论家又在《风景》中找到了终极关怀，在印家厚（《烦恼人生》中的人物）的身上找到了存在主义，依旧脱不了“西方经验”。看来，这是中国文学的一种宿命，任你怎么折腾也难以脱离。

但本辑主笔张均博士却说，毕飞宇的写作是“地道的中国写作”，换言之，也就是说，他写的是地道的“中国经验”。我读毕飞宇的作品，似乎也有类似的感觉。而且，张博士的评论又言之凿凿，由不得你不信。他同时还指出，在毕飞宇之外，近期有一大批作家也在写这种“中国经验”，也在从事这种“地道的中国写作”。如果这种感觉和判断不虚的话，那么，中国文学真可望走出长期笼罩着的“西方经验”的阴影，实实在在地写一回不是从“纸上得来”的而是从生活中得来的感觉和经验了。这似乎又回到了老辈子说了一个多世纪的现实主义的老话上去了，甚至连毕飞宇本人也不讳言他的现实主义倾向。不过，他同时也声明，他所理解的现实主义，与恩格斯所谓的“现实主义”不同；要他回到那个“现实主义”，似乎也不可能。但根据他的理解，我似乎又觉得，这两种“现实主义”，其实也没有什么不可以相通的。

我无意在这里对现实主义作理论的辨析，而且我从来认为，真正的创作并不是靠理论来维持的，真正的作家并不一定按照某种主义的创作方法去创作，但问题是，不论你叫不叫什么主义或创作方法，与这种主义和创作方法有关的写什么和怎么写，却是任何一个作家都不能不思考的一个共性问题。写“中国经验”，自然是属于写什么的问题；用“毕飞宇式”的写法，自然是属于怎么写的问题。但这两个问题，无论放在怎样的主义和方法的显微镜下看，或不用这些主义和方法的显微镜，都不是那么单纯，或者说都是复杂无比的。我佩服毕飞宇对中国农民和女人的看法，也佩服他对中国社会所作的分析，从这个意义上说，这是一个中国作家的本土经验，属于“中国经验”的范畴。同样，对“毕飞宇式”的写法，我也深表钦佩，对他用这样的写法写出的《青衣》和“三玉”系列作品，更如许多读者一样，欣喜有加。而且，无论是对自己的“中国经验”所作的分析，还是对自己的写法所表达的看法，我注意到，毕飞宇的态度都是非常辩证的，也不回避自己所受的影响和曲折经历。在言及他的创作经历时，甚至也不讳言使用过别人的“拐杖”，等等。所有这一切，又分明在暗示我们：即使是像毕飞宇这样的用“地道的中国写作”写“中国经验”的作家，他本身的经验和写法，也是非常复杂的。其中就难免有从知识和教育，包括他的人生经历和创作历程中所接受的异质影响，也就是说，在他所写的中国经验中，也可能掺杂有非中国的抑或干脆就是“西方经验”的因素。

作为这个栏目的主持人，我当然无意在这儿与大家抬杠，也不想扫了我自己对“中国经验”的兴致，我的意思不过是说，在这个多元的、开放的世界上，原本就没有纯粹的事物，更何况中国社会自近代以来，万事万物包括个体的人的经历，都处在变动不居之中，而且这种变动又无一不受已成强势的西方文明的影响，无一不掺杂了西方事物影响的因素。因此，个体对这些事物的经验，就同时也不能不受这种西方事物的影响，包括其中所包含的价值观念和感受与理解事物的方式。文学作为一种经验和表达经验的方式，自然也不例外。更何况中国文学无论从“五四”算起，还是从所谓新时期算起，都经过了毕飞宇所说的一个“以西方文学作为先锋回到本土的”否定之否定的辩证行程，其中所接受的影响、掺杂的异质因素，就更为复杂。正因为如此，所以在文学中谈“中国经验”，包括它的表达方式，就不能不慎之又慎。否则，我怕这回的写“中国经验”和提倡写“中国经验”，像“新写实”一样，又是一次翻烧饼，翻过头了，自然又会有小品《卖拐》中的“大忽悠”之类的人物出来忽悠，让你重新捡起“西方经验”的“拐杖”。如此反复再三，则中国文学永远不得触摸真正的“中国经验”，永远也找不到张均博士所说的“通向‘中国’的写作道路”。

小说毕淑敏

自从高尔基把文学叫作人学之后，我们跟着鹦鹉学舌，差不多说了近一个世纪。这原本是一句大实话，只不过经高尔基的口说出来，就有分量，影响就大。就像今天很多大家都懂得的道理，大家都在说的话，经某些大人物再说一遍，就成了金科玉律，成了绝对真理一样。用一个时髦的词儿，这就叫名人效应。究其实，文学是写人的，又是为人写的，还是人写的，不是人学又是什么。所以在下总觉得高作家这句话其实并没有搔着痒处，有点大而无当、不着边际。换句理论一点的话说，也就是没有说出文学所特有的质的规定性，即它与别的“学”相区别的特殊性。除了文学，这世界上由人琢磨的、为人琢磨的和琢磨人的“学”多着呢，都能叫人学吗？想当初，高作家也不是像今天的博士写论文那样，要给文学下个定义，而是因为人家拉他去参加一个方志学会，他在一次讲话中说过“我毕生的工作不是地方志学，而是人学”之类的话，好事者就联系他的职业，又拉扯上他在别处说过的类似意思，附会了这个不是定义的文学定义。虽然文学从此有了人这个依靠，但为此倒霉的人，苏联本国不知道有没有，中国实在是不老少。可不知为什么，前些年，却又听为此倒过霉的钱谷融老先生说，这句话最早是法国人丹纳说的，就是写《艺术哲学》的那位仁兄，如果那年月也讲知识产权的话，这回高作家算是“被”侵权了一把。

这当然是开玩笑。不管这句话是谁说的，文学跟人打交道都不容易。这是因为，人在常识中，本来就是复杂的，西人说一半是天使，一半是魔鬼。国人说人之初，性本善，或者说，人之初，性本恶，抑或说，无所谓善恶，皆本于食色；食色性也，即人的本能，合起来，跟西人的意思大体相近。在我的记忆中，各个时代，因为各自的需要，对人的理解，又各有侧重。早先说人是社会关系的总和，就强调人的社会属性，后来说人是划分阶级的，则进一步在社会属性中强调人的阶级属性，忽然有一天又说人是感性的、肉身的，反过来又强调人的自然属性，张扬人的欲望本能。或者，一时说，人是政治的动物，一时说，人是经济的动物，一时说，人是文化的动物，今天又有人说，人是消费的动物，如此等等，总之是越说越复杂，越说越玄乎，结果是，谁也不能给人下一个完全的定义。不过，这样也好，不定义，人还是人，就是抬头不见低头见的你、我、他，就是吃、喝、拉、撒着的饮食男女，就是喜、怒、哀、乐着的芸芸众生。也就是文学家们经常说的有血有肉的活生生的人。

文学要写这样的人，也着实不容易。因为他不是抽象的，所以你不能只让他表现一点思想；因为他不是单纯的，所以你也不能只写他一个方面的表现。而且他的表现，有许多是你看不见、摸不着，也搞不清楚，甚至连他自己也说不明白的。要写这样的人，就得在生理和心理两方面下功夫。这其实还是一句老话，只不过换了一种说法。所谓生理者，即今之谓人的肉身，以前讲人的身体，也就是上述人的自然属性或动物属性。所谓心理者，虽然也附着于肉身或身体，即人脑（国人说是“心”）的活动，但从身体里激发出来的、在大脑里转悠着的，却是所谓情感和思想，也就是上述人的社会属性。兼有这两方面的功夫，庶几可以写人。

我不是说所有的作家，都得先去当医生，或都得当医生。但有当医生的经历，或现在还在当着医生的作家，无疑有助于写人。否则，文学史上就不会有那么多作家，是从学医或医生改行的。眼前的一个例子，自然就是本辑主人公毕淑敏。她最初的创作也许只限于从一个医护人员或医生的职业视角取材，写着写着，就把医生的本能和特长带进来了，而且也像前辈作家鲁迅那样，不光要医治人的身体，还要医治人的精神。鲁迅是把这两项工作分开来做的，先想医治国人的身体，后来却放弃了医治身体的理想，转而医治国人的精神。毕淑敏却一勺子烩了，既医治人的身体，同时也医治人的精神：以医术治人的身体，以文学治人的精神。我不是说毕淑敏因此比鲁迅伟大，而是说把这两者结合起来合而为一，似乎更便于发挥医学和文学互补的功效。岂止如此，毕淑敏还有一个心理咨询师的特别身份，修完了正宗的心理学博士学位课程，这就让她的医道更进了一层，即在医治人的身体的同时，也医治人的精神（心理）。看样子，即使没有文学帮忙，医生毕淑敏也可以独立完成这两项任务。但文学毕竟是文学，自有它不可替代的功能和效用。否则，有了医生毕淑敏，也就无须作家毕淑敏了。作家毕淑敏的作用就在于，她不但要用笔解剖生理和心理的病症，抚慰人的肉体和心灵，同时还要让人明乎生命的意义和价值、高贵和尊严，让人增强活着的力量和信心。关于这一点，本辑主笔赵艳博士已经作了层层剥笋的分析，无须我在此赘言。如果说毕淑敏的这两份工作有什么区别的话，区别只在于，医生毕淑敏的诊断结果，要开一个处方，作家毕淑敏的诊断结果，却可以用作品来代替。这样的替代物虽然不能让人照方抓药，解除一时的病痛，但其效用却不亚于针灸药石。面对这样的一个具有双重功能的毕淑敏，当你接受她的心理治疗的时候，可以得到一种审美享受，当你读她的作品的时候，又可以享受免费的心理咨询，这样划得来的事儿，哪里去找。

小说蔡东

刘悠扬在对蔡东的访谈中，提出了一个很有意思的话题，他说在蔡东的小说中，一个“自甘退步者”的人物群像正在浮出水面。这让我想到了韩少功说过的一句话：“进步的回退。”虽然韩少功说的是文学发展前进过程中的一种现象，但文学既是人学，它的发展前进，就不可能与人的生活进程或曰人生追求没有关系。换一句话说，韩少功的这个说法，也适用于社会人群，也可以用来观察人的生活进程或曰人生追求的某种态势或状况。这样，刘悠扬所说的蔡东小说中的这群“自甘退步”的人物，按照韩少功的说法，还是在朝向前进，或曰只是看上去是在“退步”，而实质上是在“进步”。所谓看上去的“退步”，是指表面上的、某些行为上的、某种目标追求上的；所谓实质上的“进步”，则是指对人生意义的认识、对自我本质的确证、对一种理想的存在状态或生活状态的体认，等等。简言之，也可以说是以退为进。但这个进退不在一个层级上，也不属同一种性质。退的是物质的实利的追求，进的是精神的心灵的收获。虽然对刘悠扬所说的这些“自甘退步”的人们来说，未必有这么自觉的意识，但他们的“退步”状态，却明白地昭示了这一切。而且，他们个人的进退，又与社会历史的进退，有着密切的关系。

进入现代社会，人类告别了稳定发展的古典时代，受达尔文的物竞天择适者生存的进化论影响，都在拼命地追求进步。先是西方发展很快，跑在前面，后来东方也发展起来了，也在后面拼命追赶，现在差不多到了东西方竞走赛跑的状态。中国置身其中，自然也无例外。在这样一个被疯狗追着前进的时代，无论是跑在前面的，还是追在后面的，都觉得很累。所以，像一支云南民歌唱的那样，就不免有人顿生“歇歇”之念。前一阵子，大家都喜欢引用一则据说是美洲印第安人的故事，说是人走得太快了，要时时停下来歇一歇，好让落在后面的灵魂跟上来。印第安人的这个想法因何而起，我不得而知，但中国古代，也有一种“招魂”的说法。这样的思想，被用之于文学创作，一变而以灵魂为受囚禁或被放逐的精神，要招他回到故国或安妥于自身，如《楚辞》的《招魂》。这些念头可能跟印第安人的想法不完全相同，但有一点，却是大体相近的，就是灵魂不能离开肉体，灵魂离开了肉体，肉体就成了一个空壳，灵魂也无所依归，不得安宁。总之是，都不愿让灵魂脱离肉体，都期望灵魂跟肉体在一起活着，一同前进。美洲印第安人的这个思想，后来有没有发展，我不知道，但中国古人的这个想法，后来却发展成一种“归去”的思想。这种“归去”的思想，也就是人们常说的“归隐”的意思。隐者虽然是带着肉身归去，但产生归隐的念头，却是肉身走得太远，走得太快，让灵魂不堪忍受。出门求官，是走得太远，飞黄腾达，是走得太快，都不合隐者固有之心，所以要让它回到肉身原来待的地方，如陶渊明的挂冠辞官，林和靖的终身不仕，等等。从某种意义上说，这也是肉身在迁就灵魂。只不过印第安人是坐在路边等待落在后面的灵魂赶上来，中国古代的隐者却是回过头去与等在后面的灵魂会合。但凡隐者，大多有一个恬适安静的灵魂，在古代社会，最适合安妥这灵魂的地方，是同样恬适安静的山林或田园。故隐者多隐于山，多归于田。尽管有《招隐士》这样的作品，在吓唬隐士，说山中有多么凶险，但真的隐士还是要执拗地隐居山林，回归田园。因为只有那儿，才是维系他的生命存在的灵魂之渊。

蔡东笔下“自甘退步”的人群中，也有隐者，但这隐者已跟古代的隐者不是同一个意思。今天的中国，除了熙熙攘攘的城市和正在城市化的乡村，很难给隐者提供生存的领地。即便是一段时间人们津津乐道的终南山的隐士，最终也免不了要受别墅群事件的干扰。苏轼说，唯有王城最堪隐，万人如海一身藏。前些时徐则臣还拿这句诗作了一篇小说，题目就叫《王城如海》，但写的还是藏身在“王城”的普通人的生活、欲望和追求。并非如前人所说的隐于朝市的大隐或中隐之人。不过，徐则臣的小说措意于生活在满天雾霾的都市人，如何去除隐藏在心中的雾霾，倒是说到“心”上了。这也就给现代中国人开出一个药方，能隐的地方，唯有心灵。这似乎又说到佛家的修行上了，但让厌恶现代都市生活、倦于名利追求的人，都成为佛教徒，似乎也不切合实际，所以这心隐又须加以物化或外化，才是现实的人的生活。这物化或外化的途径有二：一曰日常，一曰艺术，或许还有自然，舍此无他。所以，蔡东的小说中，就写了许多“自甘退步”者，或耽于日常，或醉心艺术（包括其他技艺），都是抵抗尘嚣、归隐心灵的方式，也是为落在后面或留在后面的灵魂，寻找一个安魂之所。

蔡东的小说是丰富的，“自甘退步”，只是她的小说人物的一种精神元素。但这种精神元素，却切合现代社会普遍存在的一种精神现象。进入现代社会以后，我们在文学史上，看到过“多余的人”，看到过“局外人”，看到过失败的英雄，也看到过“最后一个”的形象，加上蔡东的“自甘退步者”群像，按照时下的观点，这都不是具有正能量的艺术形象。但我却觉得，正是在这些艺术形象身上，积聚了现代人在现代社会所遭遇的精神困境和寻求解脱的努力，所以它的意义和价值非同寻常。

小说残雪

1986年，我随湖北作协的一群青年作家到湖南参观访问，其间一个意外的收获，是认识了一位笔名叫残雪的女作家，同时还读到了她不久前发表在《中国》上的一篇中篇小说《苍老的浮云》。除去喜欢不喜欢之类的因素，说实话，我们几乎都没有读懂这篇作品，后来又去访问了一边做缝纫个体户一边写小说的残雪本人，听她介绍了她的独特的写作方式，我们便送了她一个外号，叫“神秘的女巫”。其时，以古华、叶蔚林等为代表的文学“湘军”，虽仍未失其现实主义雄风，但其代表人物之一韩少功却在倡为“寻根文学”，另有二三文学新进如何立伟、徐晓鹤和晓宫等，也都在尝试现代主义方法，虽然他们的作品颇多出人意料之处，但细细一想，又似乎都在情理之中，不像残雪这样违情悖理，难以索解。所以无论是在现实中还是在文学界，残雪似乎都有些“离群索居”。我依稀记得残雪的家所在的街巷有一个很古雅的名字，似乎是叫“赋闲巷”（也许记忆有误）。

这条街巷的名字也让人觉着，这个叫残雪的女作家毕竟有些“边缘化”。

就是这个“边缘化”的残雪，从那时起，竟把她的独具一格的创作坚持了近二十年。这二十年来，残雪自然也遭到了许多冷落和误解，残雪的不能从众随俗，或者说不能大众化和通俗化，是她遭到冷落的一个原因，更深层的原因，则是那些自认不俗的文学精英或文化精英，也不能真正读懂残雪或误读了残雪。对残雪的评论和研究，于是就只有少数人堪当此任，极言之，甚至是一种“家族的事业”。好在残雪的兄长们谙于此道，尤其是有一个研究西方哲学、在西哲界颇有名气的哥哥，不断地在对她的作品进行同样独具一格的阐释和评论，残雪在这个世界上才算有了一点“知音”。虽然她对她的兄长们的阐释和评论，也不尽满意，但自古“知音难觅”，终究让她避免成为一个文学庙堂上的“孤家寡人”。

文学界或文化界的诸多精英之所以读不懂残雪或误读残雪，实在不是因为他们没学问，也不是因为他们不懂得怎么去读一部文学作品，包括那些晦涩艰深、佶屈聱牙之作，他们也都有破读和破解的办法。他们的读不懂残雪或误读残雪，在我看来，是因为他们不敢或不愿正视残雪所说的那个“自我”或“灵魂”。说到“自我”或“灵魂”，精英学者们或许又要引经据典，逐一说出它们的诸多定义和解释，但这些定义和解释，又似乎都不是残雪对“自我”或“灵魂”的定义和解释。残雪对“自我”或“灵魂”的定义和解释，或许与她的作品一样，也有诸多难懂甚至不免误读之处，但有一点明白无误的事实是，她的“自我”或“灵魂”都是属于潜意识范畴，都隐藏在人的精神世界的最深处。这个最深处的东西，不但是人所不能自知的，而且也是人所不能自为的，因而也就没有善恶美丑之分，尊卑高下之别，但它却有一种本能的理想和冲动，残雪把这种本能的理想和冲动称为人的本质，她的作品所致力于揭示的，就是她认定的这种人的本质。她认为揭示这种本质有助于人性的提升，而且她还特别提请人们注意的一点是：“凡是那些最褴褛、最‘负面’的人物，往往是最本质、层次最深、凝聚了最多激情的。”我想残雪的作品中有那么多为读者接受不了的艺术描写，或许正是源于她对于人的本质的这种深层的追求。

我相信我的这番解释，也是对残雪的创作思想和作品的一种误读（读残雪总免不了有这种担忧）。但又恰恰是这种种对残雪的误读，使我们获得了诸多接近残雪的可能性，同时也使得残雪真正成了一个具有多种解读的可能性的作家。而这种多种解读的可能性的获得，正是一个现代作家之所以成为现代作家的重要标志。尤其像残雪这样的一个以现代主义的艺术追求为己任的作家，更注定要像她所心仪的前辈作家卡夫卡一样，面临终身被误读和误解的命运。这是残雪的不幸，也是残雪的幸运。因为文学的生命，正在于这不断地被读解包括误读和误解之中。就说残雪从事文学创作这二十年来吧，当年在现代主义的文学浪潮中兴风作浪的作家今安在？唯有残雪还继续在被人们所误读和误解。也许这正是一种文学创造的动力，所以，当诸多先锋和新潮们纷纷落伍、退隐或回归、转向时，残雪却仍在肩负着探索灵魂的重负踽踽独行。我的博士生易文翔把对残雪的访谈录定名为《灵魂世界的探寻者》，我要说，还应当在这个标题的前面加上“孤独的”这个限制词。而一个真正的孤独者除非他最终放弃孤独，否则，他不是一个伟大的作家，就是一个伟大的哲人。

小说曹军庆

曹军庆是“荆楚三杰”之一。我在谈及他的创作特点时，曾经说：“曹军庆虽然也执着于探寻世界的真相，坚信写作的伦理、作家的良知，是追求真实，但他由相信文学能揭示世界的真相，抵达存在的本质，到认为世界的真相是多样的，作家所说的只是他能见到和能说出的那一部分，因而最终要通过折光性的写实，说出只属于他的那种真相或本质。”这段话，我认为，基本上能概括曹军庆对真实性的认识过程和他的创作追求真实性的态度。

在这个专辑的“自述”中，像此前在许多场合一样，曹军庆再一次谈到了这个让他困惑不已的真实性问题，可见这个问题与他纠缠之久。不妨再引一段曹军庆本人的话，来证明一下我上面的判断。他说，“既然我们都知道谎言是编造出来的，而小说里的故事恰恰也是编造出来的，那么谁能证明小说里的故事就一定不是谎言呢？这也是我的另一重焦虑，是扼住我咽喉的另一只手。我明明在虚构子虚乌有的事情，但是我不能撒谎。不能撒谎是写作者的基本道德”，“讲真话的途径在作家这里偏偏又是‘编造’，这个太有意思了”。曹军庆说的这个“太有意思”的问题，其实也就是巴尔扎克所说的那句流传很广的话：“文学是庄严的谎话。”

说到真实性问题，今人可能认为这不过是一个普通的文学概念。但放在三四十年前，这可是一个文学时代的关键词和核心问题。围绕真实性问题展开的讨论、争吵和斗争，在20世纪中后期的中国文坛，更是众声喧哗，不绝于耳。最近四十年来，真实性问题在七八十年代之交，直到80年代中期以前，还热闹了一阵，那主要是围绕当时的“伤痕文学”暴露伤痕展开的争论，后来开始实验现代派，讲“异化”，讲“变形”，真实性就成了多余的话题。再后来虽然有“新写实”在复兴写实主义，但那意思却不一样，“新写实”在观念上奉行日常主义，叙事持客观主义态度，艺术上兼容现代主义和后现代主义，已无限地放大了现实主义的边界，所以真实性已非题中应有之义。“新写实”之后，又有“现实主义冲击波”冲击了一阵，但还没有来得及让人细想其中的真实性问题，就被后一浪文学潮流推到了沙滩之上，真实性问题从此隐身文学江湖，很少有人提及。与真实性问题在创作上迭经变化的同时，真实性作为文学批评的一种判断标准，在历史上也曾经发挥过“一言九鼎”的作用。但随着世运推移，这种作用也日趋式微。今天的批评家若说刘震云的作品很真实，未必是对他的褒扬，相反，若说残雪的作品不真实，也未必是对她的批评。如此等等，这个问题难怪要让曹军庆闹心。

其实，让曹军庆闹心的真实性问题，还不止这一层。这还只是讲它在历史上的沉浮起落，曲折变化，最闹心的，在我看来，似乎还不是这些历史问题，而是这个问题本身，从理论到实践，从来就没有人能掰扯得清。现在的学者都说，真实性问题是起于19世纪的法国文学，有的甚至落实到诸如左拉等具体作家艺术家身上，说是受了这期间自然科学和实证主义方法论的影响，这当然都是事实。但20世纪中国文学中的真实性问题，似乎更多的是来自斯大林的影响。斯大林号召作家在生活中学习，认为一个作家如果用艺术的方式写出了生活的真实，他就会达到马克思主义。胡风就拿这话作了他的“写真实”论的理论根据，他甚至认为“写真实”能弥补作家生活的不足和世界观的缺陷。但也有人不这样认为，说光强调“写真实”不行，还得看你是站在什么立场，用什么样的观点和方法去写，这也就是说，与立场、观点、方法相联系的世界观是起决定作用的。这一派的理论家同时认为，现实生活是复杂的，有主流，有支流，有现象，有本质，是写主流还是写支流，是写现象还是写本质，也要看你是什么态度，持什么样的立场、观点和方法，总之是光讲“写真实”不行，还得看你怎么写。实事求是地讲，这两派的观点，都有合理的地方，也有各自的局限和不足。主张“写真实”的，常常引用契诃夫的话说，要“按照生活的本来面目描写生活”。但生活的本来面目，也就是曹军庆所说的“真相”到底是什么，谁又能说得清楚呢。就算是自认为说清楚了，那也是言人人殊，不会有统一的结论。既然如此，那就写本质吧，但本质也是人抽象出来的呀，不同的人对同一生活现象的本质抽象，结果也不会相同。这样，就算是写出了你认为的本质，也未必就是生活的“真相”。说到这里，已经有点近似乎绕口令了，但这个口令，还可以继续绕下去，诸如生活真实与艺术真实的关系问题等。世界上的东西原本就是由人认定的，纯粹客观的东西似乎并不存在，所以但凡涉及主客二元的问题，从来就掰扯不清。

这掰扯不清，倒让曹军庆在调和“真实”与“谎言”时钻了一个空子。文学既是作家编造的“谎言”，是“子虚乌有的事情”，但编造这“谎言”的作家，态度又必须“庄严”，不存谎骗之心，说到底，也就是古之谓“修辞立其诚”的意思。这份真诚之心有了，则无论是用照相机照出现象，还是用 X 光透视本质，都是你能告诉读者的那一点“真相”，其他的，就只能由读者自己去琢磨了。作为小说家，你也只能告诉读者这一点“真相”，此外，你还能干什么呢，连爱因斯坦、霍金都不能说出这个世界的“真相”，你能吗？

小说曹文轩

我跟曹文轩很熟，但读他的作品不多，倒不是因为懒，而是自认自己的主业观照的对象是成人的文学，对儿童文学作家朋友的作品，就未能兼顾，不是非要写篇评论文章不可，平时往往疏于阅读。除了这一层原因外，我对把某作家叫儿童文学作家这个说法，始终有一种莫名其妙的怀疑，总疑心是有人挖的一个陷阱，要构陷某些人和某些作品。好端端的文学，一摊上“儿童”二字，似乎就降了等级，矮了辈分，牵连到这文学的作者，也要另眼相看。我自认热爱儿童、不歧视儿童文学，也认为文学没有年龄性别之分，所以就没有这等的势利眼，平日里对我身边的儿童文学作家，如徐鲁、董宏猷等，待之以友，尊重有加，对曹文轩这样的兼搞学问和创作的两栖作家，或曰靠教书吃饭的作家，则在尊重之外，还有一重同道的亲切感。

一个偶然的机会，曹文轩送我一本他写的长篇小说《红瓦》，翻读之下，竟不能释怀。心想，这不是照着我写的吗？林冰初中毕业那年暑假，眼角长了一个疖子，我初中毕业的那年暑假，也是因为腿上长了一个疖子而推迟了到高中报到的时间。我要去的高中是黄冈高中，现在很有名。连这细节都一样，这就奇了。又转念一想，这原本就是我们这一代人的事，只不过有些许的时间错位罢了。听说曹文轩此前还有一部非常有名的《草房子》，是写小学生活的，就赶紧从图书馆借来补读。读完之后，我竟有好长一段时间，不能从我的中小学时代的回忆中走出来。就想起路遥的《平凡的世界》，孙少平读中学的年龄与林冰相仿，也是在那个被称作“文革”的动乱年代，有过类似的人生经历和情感经历。又把这两位作家这些作品的接受情况，作了一番比较。我曾带学生对《平凡的世界》的阅读情况作过调查，发现高校学生尤其是来自农村的学生，无论文理，也无论贫富，许多人床头都放有一套《平凡的世界》，问其缘故，多数都说与自己的经历相似。曹文轩的《草房子》和《红瓦》虽然也印过数百次，发行达千万之数，但在成年的大学生读者中，却没有这样的阅读效应，更不用说参评国内某个文学大奖的遭遇了。私意以为，这样的差别，显然与儿童文学的命名有关。就又想起王朔的《动物凶猛》、余华的《在细雨中呼喊》和苏童的《河岸》《黄雀记》等，这些，都是以少年为主角的小说，或载入文学史，或得了某奖，都没有因主人公是少年而另眼看待。我倒不是要为《草房子》和《红瓦》抱不平、赚吆喝，曹文轩已得了国际大奖，这些作品的价值自不用说，何况曹文轩也不在乎他的文学史地位，“没有关于文学史地位的焦虑”，但作为一个文学问题，我觉得这件事还得要掰扯几句。

儿童，据说是在“五四”时期发现的，此前在中国人眼里，儿童不是成人的附属品，就是缩小了的成人。说是附属品，是把儿童当了如同“道具生畜”一样的东西，说是缩小了的成人，是说儿童不过是成人的复制品，是微缩的成人。前者是把儿童不当人，后者是把儿童不当成一个具有独立人格的人。把儿童不当人，是说儿童无须像成人一样得到理解，受到尊重，不把儿童当成一个具有独立人格的人，是说无须顾及儿童的想法和要求，“小孩子家的事，不用管它”，只管照着成人的意思做去就是，总之是无视儿童的存在。“五四”思想启蒙，倡言人的发现，儿童便是这发现的成果之一。受西方先贤如卢梭等人的影响，儿童也成了与成人完全平等的人，也有自己独立的人格和意志，欲望和诉求，于是就产生了满足儿童的精神文化需要的文学创作。最先发现儿童的周作人便把这创作叫作“儿童的文学”，据说这便是现代中国儿童文学命名的由来。在周作人心目中，这样的“儿童的文学”，应该是以儿童为本位的文学，是依了儿童内外两方面的生活需要，恰如其分地供给他，使他的生活得到满足和丰富的文学。要做到这一点，从事这创作的作家自然要设身处地地为儿童着想，要站在儿童的立场，了解儿童的想法，尊重儿童的意愿，写出属于儿童的言语和行动，感情和思想。当然也可以站在儿童身外去描写儿童的生活状况，但不论怎么写，都不能把成人的意愿和想法强加于儿童，不能老想着去教训儿童，也不能尽按着成人的模式去描写儿童的生活。这样的“儿童的文学”自然与成人的文学无高下轩轾之分，用那时候的话说，都是人的文学，说夸张点，都是大写的人的文学。

不知从什么时候起，这样的“儿童的文学”就变了味儿。由儿童本位的文学变成了成人本位的文学，成人把他们的想法和要求强加于儿童，按照自己的理想模式塑造儿童的形象，描写儿童的生活。儿童又成了成人手中的道具，成了按成人的模型浇灌出来的铸件。也许是成人文学的味儿先变了，由人的文学变成了工具的文学，由大写的人的文学，变成了小写的人的文学，连带着儿童的文学也难保它的原汁原味儿。成人的文学既由人的文学降为工具的文学，由大写的人的文学降为小写的人的文学，儿童的文学自然也跟着降等，连带着儿童文学作家的等级也不免下降，虽然没人敢明面儿上这么讲，但潜意识深处却不免有这样的想法。普通读者怎么想，我不知道，但我知道，在一些批评家看文学的青瞳中，却常常要对儿童文学另加一道无形的白边。

儿童，今天在我们这个社会，是得到了格外多的照顾，儿童文学也有专门的委员会管着。对儿童的照顾，不能光顾着让他们吃饱穿暖，还要关心他们的精神人格的成长，对儿童文学的关心，同样也是如此。不能光顾着让孩子“傻乐”，还要关心儿童文学的精神文化内涵。这精神文化内涵，在曹文轩看来，就是儿童文学的人性和审美，或曰人本位和文学性。他说，“儿童文学乃至文学，其功能是为人类提供良好的人性基础”。这话在今天听起来，似乎有点陈旧，也有那么一点不合时宜，曹文轩因而常常被人视为疏离了主流，甚至还有一点叛逆。但他所坚守的，正是“五四”时期人的发现的真理。正是在这个意义上，曹文轩的创作打通了成人的文学和儿童的文学，在成人和儿童之间找到了人性这个共同点，因而在他的作品中，我们读到的是人，是人性的真、善与美，而不是大人或小孩，成人或儿童。也正是在这个意义上，曹文轩说，“好的文学艺术品，没有特别专门的对象”，也是真理。

小说陈丹燕

在当代中国人的心目中，上海往往代表着一种世俗生活的质量和境界，至少在“文化大革命”及其前后的一段时间，是如此。饶有意味的是，“文化大革命”及其前的一段时间的“反修防修”的革命，已经把人们世俗的生活欲望革到了最低限度，但上海产的日常生活用品连带使用这些日常生活用品的上海人的日常生活，依旧对内地的人们产生了无法抵御的诱惑力量。所以，那年月，能弄到一点上海产的日常生活用品，是一种骄傲；能说几句上海话，是一种资本；能有一点上海的关系，是一种身份。总之是，在一个物质匮乏同时又压抑欲望的年代，上海无形中成了人们想象和追逐世俗生活满足的一个欲望的对象。

近二十多年来，中国的改革开放，使得物质产品包括日常生活用品的极大丰富，充分地满足了人们日常生活的需求，内地人已经可以轻而易举地买到正宗上海产的日常生活用品了，自家的日常生活需求得到了满足，也就无须艳羡别人的生活，所以，海派产品和它们在日常生活中的形象，捎带着连同整个上海人在内地人心目中的形象，也就渐渐地淡薄了。更何况这期间还让港人港货和粤人粤货行时了一阵，多少也抵消了一点沪上的影响，此后的一段时间，上海在内地人的日常生活中，已为粤、港两地所取代，甚者竟至于湮没无闻。直到最近一些年来的开发浦东，上海经济腾飞，重振雄风，才再次吸引了内地人的眼球，不过，这时候的上海，吸引内地人眼球的，已不再是那些琐屑平庸的日常生活和日常生活用品，而是高楼大厦、地铁磁悬、股票地产、金融证券、富商大贾、豪宅香车等现代经济和现代生活的标志。

这说的是现实生活，现在该轮到文学创作了。以上海为题材的文学创作，就陋见所及，当始于近代，尤其是上海开埠后各种畸变的生活形态，更吸引了喜好猎奇的文学人士的目光。于是，写上海的青楼杂花，竟成一种文学时尚。到了“五四”以后，严肃的新文学作家也写上海的平民生活，时髦的新文学写手感兴趣的，则是对上海的全新感觉，当然也有如茅盾和周而复那样的，不惮其沉重和繁复，措意于写整体的上海社会和上海的历史变迁，这已经属于今人所说的宏大叙事，与写上海日常生活的风花雪月自有轻重之别。写上海日常生活的风花雪月，要追溯其滥觞，自然还是近代的写上海的青楼杂花，但新文学既将青楼换成了弄堂棚户，将“海上花”换成了阿三阿五，于是风月场上的“狭邪”也就变成了正经的日常生活，后来的张爱玲虽然把这正经的日常生活拘于家庭纠葛和男女之情的一隅，但她笔下的细节，毕竟是写上海的日常生活的极致。也许是张爱玲的影响太大，让许多人从她的作品中，品出了上海的日常生活的滋味，所以后来的许多作家，就纷起仿效，用日常生活的细节，去编织上海的繁华和热闹，以至于有作家认定，上海的特别，就在于它的日常生活，日常生活于是也就成了上海这座城市的历史和城市的精神的集中体现。读这些作家的作品，甚而至于会给人这样的印象，仿佛上海人就会过日子，上海的历史就是由这些平常的日子构成的，尤其是最会过日子的上海的女人，仿佛这座城市的精神，就是由这些最会过日子的上海女人铸造而成的。这当然不是上海的真实的历史和这座城市的真正的精神之所在，借一句时髦的话说，说到底，这是这些作家对上海的一种想象或想象上海的一种方法。而这种想象的资源，又显然不是来自上海的历史和上海的日常生活本身，而是来自某些流落到海外的曾经在上海生活过的中国人的童年或青少年时代的记忆，这种记忆的背景和经验之源，毫无疑问，是殖民地时代的上海或作为半殖民地的上海，它们以一种文化的名义出现，在召唤人们已逝去的记忆的同时，也把上海的日常生活拉回已逝去的年代。而读者对这类作品的兴趣，又显然不是对记忆的重温，而是如前所述，由来已久的对上海的世俗生活的崇拜，以及由这种日常生活的拜物教所孕育的心理情结。

关于上海和写上海，陈丹燕在本辑“自述”和我的博士生周颖菁对她的访谈中，说了许多话。我注意到她说她对上海的兴趣，开始于对自己的探索，又说去欧洲旅行，使她发生了一次身份认同的危机，这种危机引导她对上海的探索，而后发现了整个上海的身份认同的危机。我不知道陈丹燕的写作和她笔下的上海的故事是否有效地解决了这种危机，以至于实现了对自我的精神探索，但我十分赞赏她的这种危机感和自我探索的创作旨趣。因为作为一个读者，看过了张爱玲笔下的上海，包括某些海外人士笔下的文化上海，对今天某些作家笔下的上海，难免也要产生一种身份认同的危机感，而解决这种身份认同危机感的有效方法，莫过于在创作中通过对自我的精神探索，去除顽固的怀旧心理和卑下的殖民情结的双重遮蔽。

小说陈染

我见过陈染，是在一次中日作家、学者对话会上，苍白、瘦弱、少言寡语且索居离群，与陈染当时享有的先锋、现代的名声颇不相符，更与我在前此阶段见过的先锋、现代的新潮作家有天壤之别，当时就留下了一种世外高人的印象。后来读到陈染的许多作品，尤其是她的一些谈创作的文章，越发觉得陈染绝对不是她笔下的那些将“私人生活”在读者公众面前搬演的女性，古人有言“文如其人”，从这个意义上说，陈染的文非其人，颇扫了古人的兴。

我说陈染是世外高人，并非夸张之词。她的高妙之处就在于：封闭了自己，却让她笔下的人物与这个世界较真。就拿陈染笔下的人物最纠缠不清的“恋情”来说吧，父亲是可恋的吗，陈染笔下的人物却脱不了恋父情结；同性是可恋的吗，陈染笔下的人物却热衷同性的恋情，但与此相反，异性是不可恋的吗，陈染笔下的人物却往往规避异性的恋情；他人是不可恋的吗，陈染笔下的人物却常常醉心于自我的肉身。如此等等，这世界原本是被上帝或曰前人（叫历史也行）安排好了的，用一句行话来说，就叫秩序。父亲在中国称作父严，同性在中国叫作姊妹，与异性的结合才叫夫妻，自己爱自己则被视作怪癖。现在你要把这一切都颠倒个过儿，这不是自己给自己找不痛快吗，所以陈染笔下的人物大都不痛快。这不痛快也有一些专门的说法，叫作矛盾、焦虑或困境。陈染让她笔下的人物纠缠于这些矛盾、焦虑和困境之中，她自己却躲在一边享受那一份特有的清高和孤独。

或者说，读陈染这样的先锋、现代作家的作品，不能以常情常理断之，那么，好吧，就说西方影响吧，就说女性主义或女权主义吧，但偏偏陈染说没有受过这些影响，“我自己就这么认为的。我比较欣赏那种超功利、超性别之爱”。这就对了，原来她笔下的人物的那些个不痛快，不是因为什么女性主义或女权主义的西方影响，而是源于她的这种“超功利、超性别”的“爱之观”。既然要“超功利、超性别”，自然就无人不能爱、无性不能爱，当然也包括对自我的爱。那缘何又有不痛快之说呢，殊不知，这不痛快的根源，同样是西方人的马克思（当然还会有别的西方人）早就预言过了的。马克思在谈到人的受动性时，曾经说过，人只要是感性的，就是受动的，所谓受动，就是受限制的，受制约的。这种限制和制约，当然也适用于最具感性特征的爱之活动。既然感性的人的一切感性的爱之活动都是受限制的、受制约的，所谓“超功利、超性别”的爱，当然就只能是一种理想的状态了。因为有现实的不满足，才会有理想、有幻想，所以，究其实，陈染笔下的人物所有的不痛快，都是源于陈染在现实中遭遇的不痛快，不过这不痛快不会是或不会全是因为爱的原因，而是一种存在的烦恼和困境。这存在的烦恼和困境，在哲学上，是一些艰深的名词和命题，但对陈染来说，却是与他人沟通的困难与不自然。她把这种困难和不自然转化为一种自说自话式的内心独白。这种内心的独白无需听众，但也不拒绝听众；不期待与他人沟通，但也不拒绝能沟通的人。陈染就是以这种方式来表达她的“生命意识”和生存意识，以此来表现人的内在的丰富性和复杂性的。所以陈染的理想主义应该称作生命的理想主义或生存的理想主义，这理想主义是要让生命和生存本身按照它所要求的那样去行动，如弗洛伊德氏所讲的人的本能，但偏偏这生命和存在的现实有许多规矩和秩序，要让人去承担许多矛盾、忍受许多矛盾（“承担”和“忍受”是黑格尔用的词），让人不得自由自在地按照生命和存在本身的要求去行动，于是就有了人的许多痛苦。这痛苦弥散在陈染笔下的人物身上，于是也就有了陈染的小说和她的小说中的故事。

好在陈染现在已经走过了那个与世界较真的阶段（当然是通过她笔下的人物），开始进入一种她自己所说的“心气平和”的状态，既不“难为”别人，也不“难为”自己，或者如本辑主笔、我的博士生杨敏所说，“与世界和解，与自己和解”，以平常心做平常事，平平常常地过日子。作为一个作家，这或许要被人指责为从先锋位置的后退，作为一个女人，这或许要被人认为变得庸俗。但在我看来，经历过这个灿烂至极的平淡，正是陈染作为一个女人同时也作为一个作家的成熟。这成熟也意味着她对人的受动性的自我意识，其中当然也包括对人之爱的受动性，以及表达这爱的写作活动的受动性的意识。这意识并不意味着宿命，而是意味着现实。有什么比现实更丰富更复杂的呢，又有什么比现实更亲切更迷人的呢，从这个意义上说，陈染的转变同时也是她的理想的一个终极的实现。

小说陈世旭

我相信除了他的亲朋故旧，多数认识陈世旭的人，最初是通过他的作品，尤其是那篇脍炙人口的《小镇上的将军》。我自然也是这样认识陈世旭的。但在此之外，我与他的相知，还有一点后续的机缘。这机缘，便是他在我供职的武汉大学上作家班的时候。在这期间，我与他的关系，是亦师亦友：名分上是师生，实际上是朋友。而且朋友的成分，要远远多于、高于师生的名分。这一方面因为我们本是同一代人，有着共同的“上山下乡”的革命经历。另一方面则因为我们的年龄不相上下。我虽然虚长一岁，但按照我们老家旧式的说法，勉强也可以与他拜个老庚。更何况他“上山下乡”比我早，称得上是前辈“知青”，我纵然后来比他早一点上大学，多这一点资格，又怎么好意思以老师自居呢？

其实，以朋友相处比以师生相处要自在得多。以师生相处，多少会有祖宗传下来的那一点顾忌，即使不刻意讲究，下意识深处总还是有一些的。

以朋友相处，则没有这一层天然的厚障壁。除却了这一层厚障壁，也就容易见出一个人的本色来。

世旭的本色是冷调子的。至少从外在的表现来看，是如此。至于是否有内热，热到什么程度，除却他的作品，在日常生活中，是很少见他表露出来的。他因此在他的同学中，也就显得格外老成。无论是年龄还是做派，他在同学心目中，俨然都是一位老大哥。他的老成，不仅表现在为人处世上，同时也表现在求知问学上。也许因为职业使然，作家班的学员，常爱惹些公私方面的小是非，世旭在读书期间似乎未见有这类“非闻”。他似乎也不急于写作，而是一门心思扑在读书听课上。我常常担心他读着读着，就像我们一样读傻了，再也不能回去当一个小说家了。可听他谈读书听课的感想，又分明是地地道道的小说家言，全无我等的冬烘学究气息。不久以后读到他写大学生活的一些短篇小说，果然从中读出了一点学问的底气。方知世旭的读书问学，不仅在尽一个学生的本分，同时还在修炼一个小说家的内功。他后来写知识分子的小说，竟自成一个独具特色的系列。其中的材料虽不全是取自大学校园，但这段“恶补”知识的历史，毕竟也让他连带着对知识人多了一层新的认识和了解。从这个意义上说，世旭的好学，终归是对他的创作有所裨益。

也许这段读书问学的生活，让世旭沾染了太重的知识分子气，或者他的骨子里天生就有一种古代士人的气质，所以他的思想和艺术，在如今这个时代，才不合流俗。这一方面固然是世旭的幸运，让他保持了清醒地审视现实生活（包括艺术）的一份权利和勇气。他的作品的某些批判锋芒和道德理想，我想就该是源自他的这一点精神气质。但另一方面，也不免要让他陷入某些矛盾和困惑之中。因为这物质的和精神的流俗是如此的强大，并且会愈演愈烈，历久不衰。面对这强大的流俗的力量，以世旭一人之力，显然是无法抗争的。在当代文学中，似乎又缺少巴尔扎克式的“批判现实主义”，相反，倒是有许多作家迎合这现实，追逐这现实，从这现实的俗务中，获取各自所需要的名利。这就不免要让世旭这样想坚持一点知识分子立场和人文精神的作家为难。虽然这样的作家也不在少数，但终究布不成阵，成不了气候，左右不了时势，也就无法挽狂澜于既倒了。但话又说回来了，文学也似乎从来没有这样的牛力。要不，鲁迅当年怎么会说大炮比诗歌厉害，更何况今天要面对的不是一个军阀孙传芳，而是千百万人心中的物欲这个万劫不灭的混世魔头。诗歌和文学自然就显得更加无能为力。

好在世旭也不想一个人单打独斗地反潮流，更不想效法他的乡先贤张勋，组织一支“复辟”现实主义的辫子军，他只想在这个人欲横流、追名逐利的世界中，保持自己的一点精神人格的独立性。但真正要做到这一点，很难。所以世旭笔下的众生，无论是小镇人物，还是知识分子，都不免要陷入这两难之境。本期主笔江磊说世旭笔下的人物是在“夹缝中行走”：陷入了“困境”，又想“突围”，进退维谷，左右不是。这又何尝不是世旭本人的处境呢？千百年来，陷入类似“困境”的文学家实在不在少数，但又有几人真正成功地“突围”而出呢。所以这样的处境不啻是文人的宿命。

对这种宿命的意识，世旭也有一份难得的清醒。读着他在自述里附的那首自嘲诗：“无事静坐，有福读书；偶得所感，作文遣兴；旧雨新知，淡酒薄茶；到水穷处，看云起时；鲲鹏扶摇，恭贺新禧；蓬间雀戏，不亦乐乎！”你或许觉得，他的这种态度，实在有些太过超然。但仔细想想，你又不能不说，这又不失为一个作家在当下可能有的一种明智的选择。虽然这种选择不是理想的极致，但却是一种精神的保全。文人毕竟不是政治家，他不能以他所拥有的物质力量去改造社会。但文人也不是出家人，时刻不忘把他拥有的东西“放下着”。他得坚持一点什么。这坚持的东西，不像政治家的权力那样，是别人赋予他的，而是像一个一无所有的出家人那样，是他的自身所固有的。这自身所固有的东西，无非两样：一是肉体，一是精神。肉身只要不死，是无须坚持的，但精神相反，你不坚持，它必死灭。是故文人所能坚守的，古往今来，唯精神而已。

小说陈应松

陈应松是一个大器早成、文名晚著的作家。

作家出名的情况有多种多样。西方作家的情况我了解不多，在文学创作尚属业余活动的中国古代，作家青史（文学史）留名，大抵都是身后之事。因为当时的作家，在世的时候，既无今天的出版条件，也无今天的传播渠道，所以知道的人就少，作品也无法广为流传。像今天这样，一书既出，变着花样地炒作，一夜之间就身价百倍的情况，古人大约既不敢想象，也耻于为作。所以也就只能等到死后让后人慢慢去品味，等品出一点味道来了，又有若干同好，自然就会有一个恰当的说法。这时候，如果有更多的人认可，名气也就出来了。据说，老杜（甫）的名气也是到了宋代以后，才逐渐大起来的。这也许就是今人所说的，经过了历史或时间的选择、淘汰吧。愚意以为，只有这样的名，才出得实在，出得长久，怎么说，也强胜昙花一现、烟云过眼。

我不敢说陈应松将来就一定会在文学的“青史”上留名，但从他的创作经历看，他是应该写得出“青史”留名的作品的。记得20世纪80年代初，刚刚认识陈应松的时候，他还是个诗人。读过他的一些诗，我觉得很有灵气，文字也美。后来他似乎参与过湖北的一些现代派诗人的活动，出过一本颇具现代派色彩的诗集，我读了之后，也觉得不同凡响。所谓不同凡响者，是很少常见的模仿痕迹，感觉的独特，意象的诡奇，皆由一己的心灵出之。颇有一点他的乡先贤当年所主张的“独抒性灵，不拘格套”的味道。所以我当时曾说，与其说陈应松搞的是西方的现代派，不如说他搞的是现代的“公安派”。后来，他把写诗所培植的这一点性情转用在写小说上，故而有一段时间的小说，尤其是中短篇小说，也都成了“见性情”的文字。我说的这个见性情的文字，不是什么小说的诗化之类的俗套，而是说生活中的任何一点细枝末节，他都能够用心灵去咂摸体味，然后把他咂摸出来的这点味道，用文字敷衍开来，尽管仍是人间烟火，却褪尽熏燥之气，满纸都是作者的人生趣味。所以他这时候的作品，不管有没有故事，情节浓淡与否，你都得细细咂摸，咂摸久了，也就放不下来了。我曾说，这就是陈应松写小说的本事：不要很多的材料，随意点染，就能成篇，而且耐读耐看，经得起琢磨。

但这毕竟是很个人化的一种写作方式，偏偏而今的社会是一个大众的社会，而且是由所谓大众文化所培植的趣味在左右读者的阅读选择，这样，陈应松在一段时间的被冷落，也就是情理之中、意料之中的事。实事求是地讲，陈应松这时候的创作，已经到了一种境界，只是尚未被普遍认可。这“普遍”二字，实则指传媒和被传媒控制的读者。我曾对陈应松说，他现在就差一篇照亮全体的作品。我说的这篇作品，是很世俗的获得某项全国性大奖的作品，或者被传媒关注和炒作的作品。这篇作品本身也许并不重要或不很重要，但由此引起的关注，却可能使一个作家的文学价值受到重视，并且由此获得恰当的评价。谁叫我们生在这样的一个大众化的社会，由大众媒体操纵生杀予夺的权力呢。所谓好酒不怕巷子深，固然难得有这份自信，但一种好酒，如果久置深巷无人问，等到成了考古发现的对象，只怕也要失去先前的成色。不说别的，就说当今的文学界，正不知有多少优秀作家，被埋没在“深巷”之中哩。所以，一个作家，一部作品，被传媒和读者热捧，固然不一定都是好事，也未必全都名副其实，或者全不符合实际。但如果因此引来几双慧眼，能识得该家该作的真正好处，倒也不辱没了作家的一番追求的苦心和读者对精品佳作的期盼。你说这种想法是功利主义的也可，但我觉得还不如套用一个创作方法的名词，说是现实主义的更加好听一点。

近年来，陈应松的创作，就遇上了这种现实的机缘。我不想具体地评价陈应松的“神农架系列”作品的特点、价值和意义，本辑主笔周新民博士已在他的访谈和评论中，作了十分精当的评析。我只想说，陈应松今天被人们所称道的种种，其实不但早露端倪，而且在先前的创作中，已有许多具体的体现，只不过神农架题材给了他一个集中展示这些才华的天地，同时也让他把长期积累的创作经验，发挥到了一种高峰状态。从这个意义上说，近二十年来，陈应松由诗而小说，由“独抒性灵”而关注底层，直面自然和人生的一些普遍的和终极性的问题，这其中追求的种种艰难曲折、焦虑痛苦，都没有白费。

我与陈应松有师生之谊。20 世纪 80 年代中期，他来武汉大学读作家班，我既是教员，又是主事者，与所有作家班学员，都结下了深厚的友谊。这其中，陈应松等湖北籍学员，因为创作都比较活跃且卓有成绩，所以也就悉数网罗入校。记得直到开学报到的最后一天，还不见陈应松前来报到，经多方查问，方知他还在江上放排，只好破例保留了他的注册权利，让他尽快前来报到。这个细节，当时可能被视为野性未驯、不守校纪校规的表现，今天看来，又何尝不是陈应松的那一点特立独行的个性光辉的闪耀。所谓“独抒性灵，不拘格套”，为文如此，为人亦然。快哉应松，端的不愧为公安、竟陵后裔！

小说陈忠实

本辑主笔李遇春博士从西安回来后，对我谈及他这次访问陈忠实的感想时说："我觉得对于陈忠实来说，有一个'重新走进文学史'的问题，他的小说创作历程贯穿了60—90年代，中国当代文学的几次大的话语转型在他的身上有着明显的体现，而这个问题是我以前所没有意识到的。从柳青到陈忠实，从革命现实主义到开放的现实主义，从生活体验到生命意识……"李博士的这番话，既是对一个作家的文学史定位问题的重新认识，同时也触及了当代文学史研究的一个重要的方法论问题。

长期以来，当代文学史研究因为受当代文学发展的某种历史"断裂"的影响，往往被人为地切割成若干相对独立且相互封闭的文学史段落，例如十七年文学、"文革"文学、新时期文学等，在这些文学史段落之间，人们虽然也在努力寻找一种"历史"联系，但寻找的结果，往往不免于迁就或沿用政治家或历史学家对历史描述的结论，用一般意义上的"历史"

的联系，代替了文学的发展所特有的“文学史”的联系，上述所谓文学史段落的划分，就是以这种方式套用当代历史分期的结果。有时候，在这种一般意义上的历史联系之中，人们似乎也找到了某种属于文学自身的联系，例如1950年代“干预生活”的文学潮流与“文革”后“伤痕文学”潮流之间的联系，1950年代孙犁、茹志鹃的诗化小说与“文革”后汪曾祺、铁凝、何立伟等的诗化小说之间的联系，等等。但这种联系的建立，又大多停留于一种现象或表现形式上的趋同或近似，均未能深究其内在的根由和逻辑。这种文学史研究的方法论，自然合乎近代以来中国人的一种求新求变的思想观念：去旧迎新、弃旧图新、破旧立新，等等。旧的既然都被“去”了、“弃”了、“破”了，就只需一门心思地研究“新”的就是，还要管它与“旧”的联系作甚。但问题是，新和旧之间的关系，又不是那么简单，不是说“去”就“去”，说“弃”就“弃”，说“破”就“破”得了的，其中还要经历一个复杂得不得了也深奥得不得了的转变过程，任何一个作家、任何一部作品、任何一种文体和风格，乃至任何一种方法和技巧，只要处在这个过程之中，哪怕是这个过程的一个具体的局部和某一细小的环节上，它就获得了文学史的意义。文学研究因而也只有将任一作家，任一作品，任一文体、风格乃至方法、技巧，置放于这一过程之中，或这一过程的一个具体的局部和某一细小的环节之上，才能深入地透视其文学史的意义，恰当地估定其文学史的价值。从这个意义上说，李遇春博士认为对陈忠实来说有一个“重新走进文学史”的问题，是很有见地的。

包括笔者本人在内，对许多当代文学研究者来说，我们所熟悉的陈忠实，也许仅限于他的一部《白鹿原》，至多是与之相关的一些创作材料，并未系统深入地了解他的全部创作经历，深研他在创作发展的各个阶段上的诸多作品，因而，我们对这位作家的文学史定位，也仅限于他在1990年代长篇小说创作潮流中所取得的突出成就，并未全面涉及包括他的长篇在内的全部创作对当代文学历史所显示的总体的意义和价值。如果考虑到这个问题的话，我们就不能不考虑李遇春博士所提出的“从柳青到陈忠实”

的问题。这个问题实质上是整个中国当代文学历史进程中的一个带根本性的也是带全局性的问题，即中国当代文学是如何经过1940年代的根据地（解放区）文学的孕育，到1950年代开始确定它的雏形，而后又是如何把一种统一的文学规范推向极端，导致“文革”后的历史反拨，引发1980年代的文学变革，进而在1990年代进入一个真正开放的多元的文学时代的。解剖柳青和陈忠实的创作历程，以及后者对前者的承接关系，包括在这种承接过程中的超越和新变，几乎可以完整地展现这一文学历史的复杂演变过程，因而“从柳青到陈忠实”，无疑也就构成了20世纪下半叶中国文学的一个重要的历史侧面。尤其是这两位作家同处于一种悠久的文明和一场伟大的革命的发祥之地，由这一文明传统和革命传统孕育衍生的中国文学，是如何在当代中国发生种种富有意味的变迁，在他们身上，无疑也存有极为丰富的历史信息和文化信息，因而解剖这两位处于特殊地缘位置的作家的创作及其相互之间的承接递进关系，对深入地揭示中国当代文学与中国悠久的历史文化传统（包括革命历史文化传统）的内在联系，及其自身的发展演变规律，就更具典型意义。以上所说，无疑是一个极为重要的文学史研究的课题，完成这个课题，显然不是我们这个作家研究的专题栏目所能胜任的，但这个问题既然作为一个文学史研究的问题，被提到我们面前，我们当然就有理由期望它最终得出一个理想的结果。这个结果如果简化为一句话，那就是李遇春博士所说的：在当代文学研究中，让陈忠实“重新走进文学史”。

小说池莉

在当今文坛，池莉的创作已经构成了一种独特的文学现象和文化现象。这种现象的独特性就在于，一方面，她自 1990 年代以来的作品几乎每一部都深得读者喜爱和文学报刊及出版部门的青睐，尤其是被改编成电影和电视剧之后，更获得了很高的票房和收视率。因为这样的原因，池莉有时候就难免要被人目为流行作家甚至通俗作家，她的作品也难免要被人看作流行文学或通俗文学作品。另一方面，从 1980 年代末期池莉作为一个新写实的代表作家进入人们的阅读视野以来，许多读者尤其是一些职业的包括某些学院派的文学评论家，又从池莉的作品中读解出了一种新的带有某种平民色彩的人生哲学，有的甚至把这种新的平民的人生哲学也纳入西方现代哲学（例如存在主义）的思想范畴，在这种情况下，池莉似乎又是一个带有一点先锋意味的作家，至少是在我们的习惯中所说的那种关注当下人生的现实主义作家。这两个方面的问题交织在一起，就使得池莉的创作作为一种文学现象和文化现象，变得十分微妙又十分复杂，其中也包含有一些应当引起我们深思的普遍性的文学问题。

我很同意本辑专栏评论的作者、我的博士生赵艳同学对池莉的创作所下的一个断语，说在她的作品“那些丰满、生动的生活画面之下凝聚着作者对生活的心得与感悟”。由此她说池莉的作品是由对感性生活的“参透”所得的“悟语”。通观池莉的创作，无论是她早期以《月儿好》等作品为代表的、写自己直接的人生见闻和人生经历的作品，还是她的中期以《烦恼人生》等作品为代表的、写自己深层的人生体验和人生感悟的作品，抑或是她的近期以《来来往往》等作品为代表的、写自己综合的人生观照和人生思考的作品，都贯穿了这种“参透”生活的创作精神。这好比前人说诗讲究“熟参”，要取得对生活的“妙悟”，就必须对生活的一应重大变动和细枝末节，都悉数“熟参之”。池莉的创作可谓得此中真谛。就她的作品所涉及的近二十年来的重大生活变动对人的影响而言，有“文革”结束后的一代人的人生和命运的变幻，有改革开放之初社会生活转型时人们所遭遇的生活困境，也有市场经济兴起、商品大潮涌来之际在生活的海洋中事业和人生的起落浮沉，如此等等。如果把池莉笔下的一些人物的人生道路和生活经历连缀起来，她的作品几乎写尽了近二十年来一些普通的中国人的完整的生活经历和人生图景。从这个意义上说池莉是一个“为人生”的作家，似乎不算过分。

如同“为人生”可以泛指一切关注现实生活或现实主义作家的创作一样，池莉的创作在这一方面虽然与新时期以来的许多作家有共同之处，但具体到她的小说如何为这人生而作，却自有她独到的特色。这个特色就是我在上文中说到的，通过对生活的“熟参”达到对人生的“妙悟”。熟悉池莉的作品的读者都知道，池莉的作品尤其是她的现实题材的作品，从情节到人物，都没有什么大起大落和惊险离奇之处，情节是取自那种平平淡淡的日常生活，人物也是日常生活中常见的那些普普通通的“芸芸众生”。这样，几乎每一个普通读者都可以从池莉作品中的同类人物和他们的生活中，找到自己和自己的生活的影子，或者与自己和自己的生活大体近似甚至完全相同的地方。池莉的作品因此就让普通读者感到与他们和他们的生活十分切近。这是池莉的作品有别于一般意义上的通俗作品所独具的通俗性之所在，同时也是池莉的作品不同于一般意义上的流行作品易于在普通读者中流行的奥妙之所在。池莉的作品也因此而成了普通读者的生活的聚光镜和人生的教科书。但是，池莉在创作中似乎又无意充当生活的摄影师和人生的教员的角色，她只是想通过这种方式，在对生活的平平涵泳和细细咀嚼中，咂摸出人生的那一点独特的滋味来。这滋味恰如参禅悟道最终所达到的那种“妙悟”的境界。池莉的许多作品尤其是她的一些中短篇代表作，如《烦恼人生》《热也好冷也好活着就好》等，都达到了这样的境界。这是池莉的独特之处，也是池莉的过人之处。从这个意义上说，池莉的创作似乎更接近中国文化中重经验、重感悟一派的传统。她的作品有哲理而不艰涩抽象，有细节而不琐屑繁赘，看似平淡却自有深意，形似通俗却内含雅趣，都是源于这种由“熟参”而达“妙悟”的创作旨趣。

作为一种复杂的文学创作现象和文化现象，对池莉及其创作的评价，已然有许多分歧的意见。就我个人而言，我更看重池莉的创作中那一点类似于参禅悟道的体验生活和感悟人生的方式，这也许是由于我二十年前看多了那种刻板的写实，近二十年来又看多了那种诡谲的现代所产生的一种逆反心理的缘故吧。

小说迟子建

“小说家档案”这一期为之“建档”的，是东北籍的女作家迟子建的创作。选择迟子建的创作“建档”，至少有如下几个方面的考虑：

第一，从文学地理学的角度看，迟子建出生在漠河这个被称作“北极村”的中国最北端的村镇，并且以她的全部童年记忆和人生体验写出了这个地域特有的自然景观和生存状态，在中国作家中，不但是独特的，而且是唯一的。

第二，在迟子建的作品尤其是在她早期的一些中短篇作品中，东北这块冻土地不独是寒冷的，同时也是温暖的，她是用一种温暖的充满人性的笔调去撩拨这块被冻雪封冻的土地，让它的每一个毛孔都发散出一种生命的热力，因此她笔下的人生，都有一种异乎寻常的从冰雪封冻的地层深处蒸腾起来的温暖气息，这种气息是十分让人心动的，比人工提炼的香水更动人心旌，这不能不让她的作品的读者为之着迷。

第三，迟子建的作品是“泛神”的或“泛灵”的，万物有神或万物有灵，可以看作是她的作品尤其是她早期的一些作品的一种主导的文化观念，尽管这种文化观念对于她本人来说未必是自觉的，但却浸润在她的作品的字里行间，使她的作品不独具有北欧文学那样因地域的独特所带来的幽深和神秘，更具有中国文学因文化的独特所秉承的感悟和灵性，这在当代中国作家中，亦属罕见，而且对消解当今社会日益强化的工具理性对感性生命的约束，无疑也具有一种独特的文化意义。较之某些作家剑拔弩张的解构行动，似乎更切近文学的本义，因而也更具有“人文”意味。

第四，东北作家群在20世纪30年代，就是现代中国文坛的一支劲旅，其中的小说家如“二萧”、端木蕻良和骆宾基等，尤为引人注意。虽然这些作家的创作在其后的三十多年间未能有新的更大的发展，但近二十年一些新进的东北作家，如迟子建列举的马原、洪峰、阿成、张抗抗、谢友鄞、刁斗和孙惠芬等，仍然构成了一个不可小觑的创作群体。而且这个创作群体中的某些成员，对当今中国小说叙事艺术的革命，还起了一种导向先路的作用。迟子建作为这个新的东北作家群体中的一员，因为处于同一地域和相互之间的影响，在她的创作中，自然也可以找出这个群体所共有的某些特点，但她似乎更多的是属于她自己所特有的童年记忆、心灵感应和生命体验。如果说这一切与这个历史悠久的东北作家群体有什么关联的话，那就是她自己所说的，在她与她所喜爱且经历相似的东北作家萧红之间的一点灵犀相通之处。但迟子建又绝不是萧红的重复，无论是对自然还是人生的描写，迟子建都比萧红开掘要深、格局要大，因而她事实上也就把萧红所开创的一种叙事风格向前推进了一步，使之达到了更加丰富、醇厚的境界。

第五，我注意到迟子建在她的长篇《满洲国》里，正在有意识地试验一种她称之为“用民间立场书写历史”的叙事方式，这部结构独特的长篇小说以编年体史书的体例，逐年叙述了满洲国从成立到覆灭的短暂历史，但叙事的重心却不是围绕这个傀儡政权的历史展开的政治和军事斗争，而是在这个傀儡政权下生活着的普通民众和皇帝、后妃、王公大臣的日常生活，是在这种日常生活中“隐藏”着的、“漫不经心”的又无所不在的屈辱和悲痛，如果用我们常说的折射历史的概念的话，这也是一种折射历史的方式，而且是一种难度更大更具有艺术穿透性的折射方式。虽然这部作品在对历史叙述所作的这种日常化处理方面，尚难免琐屑、絮烦之弊，但这种通过日常化的处理方式还原历史的努力却弥足珍贵，并且在当代历史小说的创作方面是有开创性的意义的。

最后，我要说的是，迟子建向来不大热心接受媒体的采访，这次却对我们给予了热情的合作和帮助，而且表示愿意接受对她的创作的这种认真的研究和评论，这使我们在深受感动之余，也深感到一种认真的研究和评论对于当代作家，一定是一种发自内心的期望和需要。我的博士生闫秋红对迟子建的创作评论，依例仍然只取了一个特定的角度，而且所论及的只是迟子建的创作中的一个问题。除了避免重复此前已发表的对迟子建的诸多评论和研究的角度外，“死亡”问题也确实是影响迟子建的小说叙事的一个重要的艺术问题，从中也可以窥见迟子建所独具的一种“亦真亦幻”的叙事特色。

小说邓一光

最近十几年来，有一批当年的“大院子弟”，在文学创作上十分活跃。如邓一光、石钟山、都梁等。所谓“大院子弟”，即“文革”和“文革”以前生活在北京或各地方军区大院的军队干部子弟。最早有王朔，据说也是“大院”出身。如果是这样的话，王朔的创作也就是“大院派”文学的先声了。只不过，王朔虽然拥有一个“大院”的出身，但他的创作却并不直接反映“大院”军人的战争历史与和平时期的现实生活，只用在“大院”和因“大院”出身所养成的那一点看人看事的眼光，来观察和描写他自己的经历和社会人生。因为这一层原因，所以尽管当年王朔红极一时，读者却并没有把他与“大院”联系起来，更谈不上有什么“大院派”文学的说法了。

到了20世纪90年代，湖北武汉的作家邓一光，在结束了一个较长时间的试探摸索阶段以后，开始开发启用他所熟悉的“大院”生活题材，发表了中篇小说《父亲是个兵》和长篇小说《我是太阳》等一系列作品，很快便引起了人们的注意。同时，也让人想起了“文革”中，在某些政治文本和口头传说中偶尔言及的“大院”生活。加上随后又有根据石钟山的作品改编的电视剧和都梁的电视剧作推波助澜，一时间，“大院”题材的文艺创作，竟蔚为大观，“大院派”作家，也成为一个热门话题。本辑主笔、我的博士生杨建兵说，这都应当归结为邓一光的影响，我认为是说得过去的。虽然对这些作家和不同体裁的文艺作品的评价，难免见仁见智，但邓一光的创作在其中所起的启发和引导作用，却是毋庸置疑的。

说到“大院子弟”，对我们这些非“大院”的普通人来说，其实并不陌生。“文革”前，“大院”的生活，十分神秘，就是在“文革”的动乱当中，“大院”在原则上还是受到保护的，不能随便冲击。尽管如此，当军队后来事实上已经介入了地方的“文化大革命”之后，尤其是当“大院”子弟和某些“大院”家属，也卷入了知识青年上山下乡和战备遣散的狂潮以后，实际上在无意中已经揭开了“大院”的神秘面纱，让我们得以窥见其中的真实面目。这时候，我们所见的“大院”子弟，多数有一个共同的特点，是见多识广，胆大妄为，聪明灵活，无所不能。极少数还有独特的思想，有组织能力和号召力。所以无论是走正道还是搞歪门邪道，都十分出众。虽然最终被树为先进典型的不多，但被认为是调皮捣蛋的却不在少数。像这样的知识青年，自然不会安心务农，所以一有机会，不是参了军，就是上了大学。到了改革开放的时代，还是他们中的一些人最先下海经商，发了大财，有的则进入政界。这些人连同地方的高干子女，被统称为“高干子弟”。

不要以为“高干子弟”或本文所说的“大院”子弟，都是旧时代的纨绔子弟。恰恰相反，虽然他们父亲或母亲的社会地位很高，他们的生活条件，除“文革”中的某些特殊情况，在常态下，也要优于普通人，但他们从小所身历心受、耳濡目染的，却大都是出身于农民或一般平民家庭的父母灌输的吃苦耐劳、勤俭节约、忠诚老实之类的传统美德，或者是从学校和“大院”的环境中接受的革命教育和革命军人的影响。所以他们看起来调皮捣蛋，无“恶”（恶作剧）不作，骨子里多数其实是十分传统、十分正派的。所以其中便有许多人长大了以后真的有所作为，有的还干出了一番事业。

这当然只是问题的一个方面，问题的另一方面是，因为中国的革命，是起于农村，是中国共产党领导的一场现代的农民战争，并且大半是凭借历次暴动建立的武装，所以这些“大院”子弟的父母，尤其是父亲，大半都是来自农村，是由传统的农民蜕变而来的革命军人。虽然经过了革命战火的熬炼和生死考验，也接受了革命理论的教育，养成了革命军人的作风，但大半却未脱尽、也不可能脱尽农民的本性，尤其是与家乡和土地的联系，以及某些根深蒂固的思想观念、思维方式和生活习惯，即使官居高位，也不免于此。加上和平时期的家居生活和进入暮年以后怀旧情绪的召唤，那些潜藏于意识和下意识深处的、未能被革命彻底改造的根性，难免死灰复燃。这就使得他们不但在没有战争的和平时期，念念不忘冲锋陷阵，而且在成为革命干部甚至人民军队的高级将领以后，还以农民的方式思考问题和待人接物，这就难怪已经城市化了的而且很有现代感的他们的子弟，要觉得他们思想古怪、行为乖张、不可理喻了。他们中有人当了作家，把这些思想和行为都不免悖谬的故事写了出来，并非是为了向西方人学习审父，而是因为他们觉得，在他们的战功赫赫、英雄盖世，从小就被他们视若天神、无限敬佩、无比崇拜并引以为骄傲和自豪的父亲身上这些互相矛盾的东西，既可笑又可爱，值得一写。而且，在这些既可笑又可爱的思想和行为背后，似乎还隐含有一层更深的意义。这层意义不仅仅是指向个人的，而且同时还是指向中国革命和现代农民战争的历史。所以，他们笔下的这一切，又不仅止于歌颂，也不仅止于嘲讽，而是同时还有一种对历史的反省和思考的价值在。

小说刁斗

清人赵翼说：“江山代有才人出，各领风骚数百年。”这句话在20世纪80年代，被人改动了一个数量词，叫作“江山代有才人出，各领风骚数百天”。有的甚至把这个“代有才人出”的“代”字，再改为“年”字，又依次把数百天也作了压缩，赵翼的这句诗结果就成了“江山年有才人出，各领风骚数十天”。这都是说的20世纪80年代文学更新速度之快。没听人说，有人形容文学更新的这种速度，好比是有一条疯狗在后面撵着，连停下来撒泡尿的工夫也没有吗？这些话是说得狂了一点，也粗了一点，但你又不能不承认，这夸张和形容的，毕竟都是实情，谁叫咱们几十年一贯制地维持一个固定不变的规范和传统呢，这就好比开闸放水，蓄之愈久，其发必速，后浪推前浪，汹涌向前，给人的感觉，自然就有点一哄而上，目不暇接了。

如果说20世纪80年代文学的更新换代，是对长期以来维持不变的历史惯性的一种逆反和突破的话，那么，到了90年代，当这种逆反和突破的使命已经完成，文学的历史已经走上正轨，甚至又形成了新的惯性的时候，文学界再有更新换代的事情发生，就不好又用这样的理由来加以解释和说明了。所以，当90年代的文学面对一个新的作家群体崛起于文坛，聪明的文学批评家就改用了一个新名词对之加以命名。这个新名词，就是“晚生代作家”，或者用一个后来更流行也更具体、更通俗的叫法“60年代出生的作家”。不管怎么叫，总之，都是以作家出生时间的先后，而不是像以前那样，以创作方法或艺术风格来对一个作家群体加以命名。这代际的招牌一路挂将下来，依次从“60年代出生的作家”到“70年代出生的作家”，再到“80年代出生的作家”，如今已挂到“90年代出生的作家”名下了。好在最近几年炒得很热的少年作家中，有一些小到四岁左右的幼童作家，还没有注册商标，否则，最该叫的名称，就应当是“新世纪出生的作家”，或“2000年代出生的作家”，抑或“2000后”作家了。

上面说的，自然都带了点玩笑的性质，但又不全是玩笑。我实在搞不懂，对作家作这种时间短促的稠密的代际区分，意义究竟何在？如果说，只是说明性的，说明有这么一些作家，都是某某年代出生的，那就如同指着白菜说，这是白菜，指着萝卜说，这是萝卜，是只对尚无起码的认知能力的人，才是有意义的。如果不是这样，那又是什么呢，是表明这一代作家与上一代作家有着根本性的不同吗？如果这种不同，是指一般意义上因为年龄的差异所造成的不同，那就如刁斗先生在本辑的访谈中所说，“别说两代人，就是同一代人亲哥们儿，那区别也是又多又大的”，而且他也列举了他与上一代作家的区别种种。但是，同样是这位刁斗先生，同时又说，“文学是个大传统，精神、文化、修养、德行、趣味，甚至习惯，总以各种方式代代传承”。他甚至还说，不管“哪朝哪代的作家”，“既往那些乐于将小说引入智力游戏这个层面的作家，我都愿意引为同道”。刁斗先生是被人归入“晚生代作家”或“60年代出生的作家”之列的，是这一作家群体的代表人物之一，我想，他的这个意见，至少也可以作为作家不好以代际区分的一个证明。

我没有全读刁斗先生的作品，但就我所读过的那些主要的篇什看，以我的笨拙，并没有看出他与上一代作家或几代作家有什么根本性的不同，恰恰相反，我看到的，更多的倒是他们的共同之处，即作为“人学”的文学对人的问题的忧虑和关心。恰如本辑主笔、我的博士生张赟在评论文章中所说：“他敏锐地捕捉着现代人的灵魂世界，表现他们的精神的困境和灵魂的焦灼，同时，又把对人生世相的具体精确的描绘上升到形而上的寓言的层面，去探讨生命、欲望、人性、困境等问题，体现了刁斗对人类终极问题的关注。”“他认为，对于一个小说家来说，整个人类所面对的共同问题，才是他需要穷极一生去‘深入’其间的：比如痛苦、比如幸福、比如责任、比如背叛、比如信仰、比如绝望、比如仇恨、比如爱……”从这个意义上说，作为“60年代出生的”“晚生代作家”，与早于他十年、数十年，乃至百年、数百年出生的作家，是没有什么区别的。这使我想起了李晓早年间有一篇小说的名字叫《关于行规的闲话》，如果说文学也是三百六十行中的一个行当的话，那么，这个行当也有它的行规，这行规用如今流行的一句手机广告用语来说，就叫作“以人为本”，不论你是哪一个年代出生的作家，你从事文学活动的经历有多长，也不论你在文学的十八般武器中，操的是何种武器、会的是哪般武艺，概莫能外。往低了说，入了这一行，就要知道这一行是干什么的；往高了说，则是要懂得这一行的精义所在，心魂所系。否则，任你是哪个年代出生的都不行。靠一点年龄或出生时间的优势（未必就是优势），就睥睨当世，目空前人，以为唯我独新，唯我独进，是断断不能服人的。从这个意义上说，刁斗先生赖以服人的，绝不是因为他是“60年代出生的”“晚生代作家”，而是他孜孜矻矻于文学事业的一片精诚。这精诚不仅在于他所得的“劳动模范”的美誉，同时还因为他是这个行当里的行家里手。这行家里手的表现，我以为可以用以下十六个字来概括，就是：表面“轻浮”，内里庄重；表面“游戏”，内里严肃。究其实，文学的真谛恰恰就在于这庄与谐、轻与重之间，不管你喜不喜欢刁斗的作品，我以为他是深得此中三昧的。

小说东西

在“小说家档案”所有专辑评论中，本辑主笔胡群慧的这一篇分析东西的《后悔录》的文章，是写得最为抽象也最为晦涩的。虽然我把她的一些超长的句子，尽量用逗号截成短句，但读起来依旧绕人。我想，她对东西的作品既有如此独特的体验和独到的见解，就不能说她是在以艰深文浅陋，而且她正处在认真求学阶段，也没有必要去刻意糊弄读者。究其实，只有一种可能，就是她所谈论的，也是东西的作品所表现的这个身体的和性的问题，确实是一个无法具体谈论的话题。这倒不是因为什么道德观念的约束和禁忌，也不是脸皮太薄羞于启齿，在这个观念和行为都十分自由开放的时代，这些都不是问题。问题是，这个问题一经具体化，就纯粹是一个器官和器官之间的问题，而与文学所要表现的东西无关，或者关系不那么直接，所以，胡群慧才要把这个问题扯到社会、历史、世道、人心上来，这就难怪她的文章要让人觉得晦涩了。

说西方人把精神与肉体二分，重精神而轻肉体，中国人又何尝不是如此。而且中国人还有一个独特的发现，就是当肉体包括肉体的器官，被限制和摧残之后，精神反而会异常振作。最有名的例子，是司马迁本人的经历，和他自述“发愤著书”的那一段话，他所举前人的那些故事，不是身体被囚，就是器官被残，但最后都因此振作精神，成就了一番事业。就连孟子说的那段有名的励志的话，也强调要折磨身体，才能磨炼意志，堪当大任。现代革命领袖毛泽东年轻时就对此身体力行，中流击水，冷雨浇身，布衣草鞋，跣足徒步，也是为的培养革命意志，为未来的革命实践作准备。轮到我们的时候，也模仿过一阵子，只是最终没用到正经的革命上，没有干成惊天动地的伟业，而是用来做工务农，养家糊口。说到做工务农，20 世纪五六十年代有一句流行语，就叫作“勒紧裤腰带子干革命”，这和当年江湖上说“把脑袋别在裤腰带上”的意思大体相近，都是说要干出一番大事，闯出一片天下，就必须舍得把身体豁出去。在那个艰苦的年代，中国人虽然亏待了身体，可终究赢得了革命和建设的伟大胜利，算算倒也值得。

但话又说回来了，人不能总是为了精神而戕害身体，古人所谓身体发肤，受之父母，不敢毁伤，是说身体其实并不是你个人的私有财产，它的产权是属于生养你的父母，所以保护好身体，就是保护了父母的财产，也就是对父母尽了孝道。但这种说法，又似乎与现代为事业献身的精神矛盾，所以自古以来这忠和孝就不能两全。更何况身体又常常要受欲望的驱使，身体的欲望满足了，像曾广贤的父亲曾长风那样，有时候又难免要触犯种种的道德禁忌和社会规范，身体因此又要付出沉重的代价。如果说为事业献身，身体最终融入了事业，或者像胡群慧说的那样，进入了历史，那是对身体的价值的一种提升，但如果像后者那样，为了一己的欲望而伤害了身体，那只能自认倒霉。所以人在这种情况下，往往是放弃后者而选择前者，这就是为什么古往今来，总有许多富家子弟，甘愿放弃齿牙口舌之福，离开温柔富贵之乡，去追逐崇高的理想，建立不朽的功业。归根结底，人之为人，是很难处置自己的身体的，放纵身体的欲望，使之得到最大的满足，难免受苦，献出自己的身体，使它的价值得到最大限度的提升，也要受苦，而且可能更苦。左也是苦，右也是苦，倒不如像动物那样，只管身体欲望的满足，不管欲望以外的东西，反而自在快活。但人毕竟不是动物，所以人就注定要为自己的感性存在——身体和欲望受苦。

性不过是人的身体欲望的一种表现，因为禁锢得太紧，太久，所以显得神秘，谈起这个问题来，也就显得敏感罢了。在一个“掊物质而张灵明”（鲁迅语）的时代，身体作为一种物质的存在，既要为精神作奉献，就不免连带着也要将身体的欲望献出去，包括欲望之一的性。只不过这献的方式，不是供奉牺牲，让众人顶礼膜拜，而是深锁禁宫，隔绝人事，让它不得见天日。禁欲的时代于是便只有身体的影像而看不到身体本身。性的描写在这个时代中，于是也便有了许多替代的符号或代名词。记得从前读周立波的《山乡巨变》，其中写到一对男女的性事，居然说是做了一个“吕”字，你不能不惊叹现代中国人抽象能力的奇妙和高超。当然有更绝的是，古典小说和古代评书涉及男女性事，往往用“那话不谈”四字一笔（或一语）带过。中国的文学和文化千百年来就在对性的避讳和纡回的表达中，创造了别一样的同样灿烂的文明形式。

但这事终究不能这样长久下去。原因之一是社会总在不断地发展变化，要求献身的时代过去了，顾惜身体的时代或者就要到来；禁锢欲望的时代过去了，开放欲望的时代可能就紧随其后。何况社会的发展变化，同时还为身体的出场和欲望的开放，提供了足够的环境和条件，就像今天这样，欲望大张，人欲横流，身体和身体的欲望都得到了空前的发挥和满足，这样的时代虽然也少不了精神价值，但却不一定要以牺牲身体和禁锢欲望为代价。恰恰相反，有时候还得借助身体和欲望的力量，来推动社会的发展和进步，比如说，我们今天所处的这个商品经济、消费社会，如果没有身体和欲望的需求，物质和精神文化产品的生产就失去了动力，社会和经济的繁荣就无从谈起。没有消费就没有生产，这是老祖宗马克思的意思。所以这个时代，不但不能禁锢身体和欲望，相反，还得充分地发挥它们的价值和作用。关键就看你用什么方法，如何发挥身体和欲望的价值与作用。东西说他的写作，是从身体和欲望出发的写作；陈晓明说东西的写作是“用身体去穿越荒诞的历史现场”。不管怎么说，东西的写作都与身体和欲望有关，也与身体欲望的表现之一“性”有关。既然如此，我这些不着边际的话，就当是阅读东西的作品的一点额外的提示。

小说董立勃

有一个流行的说法，说是不到新疆不知中国之大。是的，这个占全部国土面积六分之一的新疆，可谓大得没有边际。笔者前些年去新疆，就深有体会。单说问路一节，内地人问个路，回说几十公里、上百华里，就不免让人思谋着，还要费力走一阵子的了。可在新疆，回说几百公里，是掉在口边儿上的，不用过脑子想，一下子就溜出来了。真让人倒吸一口凉气。但就是这么大个新疆，要说景物，虽也有它的丰富繁茂之处，但那些个沙漠、戈壁，却难免给人以枯索单调的印象。可偏偏偌大个新疆，就主要是以这些枯索单调的沙漠、戈壁，来显示它丰富繁茂的蕴藏。且不说地面上的绿洲，那可是地道的人间天堂，就说地底下看不见的石油矿产资源，说它是取之不尽、用之不竭的宝库，丝毫也不过分。新疆就是以它这样简单朴素的外貌，来展示它内在的姣好。这可不是公园里那些人造的景点、游乐场内那些搭建的迷宫，以虚饰为美丽，以艰深文浅陋。这可都是实实在在的“干货”，是天山雪水的滋润、昊天杲日的蒸馏、沧海桑田的变迁，如《红楼梦》上说，不知历“几世几劫”，方才得到这么一点结果。新疆的宝贵，正在如此。

说了这半天闲话，是因为去岁在京度假，闲来无事，读了一些董立勃的小说，得了一些联想和感受。这个董立勃，就是新疆的作家，他的小说写的，又都是新疆的事情，而且写法也颇特别，不像前些年的小说，要费老大的劲去琢磨作家的写法，等琢磨清楚了写法以后，才大约知道作家要表达个什么。可是，经这一琢磨，起先想读小说的兴味，可就全没了。时间长了，也就不想再读这种小说了。想想也是，谁吃饱了撑的，放着什么也不想的轻松，去绞尽脑汁地找不痛快，用一句很不雅观的话说，这不是有病嘛！可中国的小说，就有这么一段时间，是让找不痛快的人去读的，所以也就成了一种写作和阅读的病态。

读董立勃的小说，绝对不会有这样的问题。本辑主笔、我的博士生李从云在评论文章中说了许多董氏小说诗意的话，董立勃自己也说过，他是拿小说当诗来写的。但诗也有晦涩难懂的，早些年关于“朦胧诗”的争论，不就是因此而起的吗？再说，写诗化小说的，也并非董氏一人，前面还横着鲁迅、废名、沈从文、萧红、孙犁这样的大家，再来说董立勃的小说的诗意，就犯了当今扮“小资”的大忌：谁让你谈音乐提贝多芬啦，谁让你谈绘画提达·芬奇啦，谁让你谈京剧提梅兰芳啦，这样的谈法，俗。要尽挑那些不见经传的角色说，最好是胡编一个别人不知道的小人物说，这样，才见出你的不同一般，不合流俗，也才显出你的新潮，你的酷。

可谈董立勃的小说的诗意，认真地说，又似乎与这种忌讳无关。因为一则他本身就是一个才不见经传的小人物，二则他的小说的诗意，也确实不同于鲁、冯（废名姓冯）、沈、萧、孙。这几位的诗意，是陈平原说的“情调”或“意境”，可称之为一种古典的诗意。可董立勃的小说的诗意，固然也不缺“情调”，不乏“意境”，但究其实，却是从字里行间透出来的一种生命的原汁。不说别的吧，如同大多数作家一样，董立勃也是喜欢写女人，同时又是擅长写女人的。但他笔下的女人爱男人，只由着自己的性子，不管这男人是否能得到她，抑或是以怎样的方式得到她，都没有多少得失利害的考虑。这就把附着在男女关系上的那些外在的东西，都统统地抛到一边去了。抛掉了这些外加的东西，男女之间就得以赤裸裸的情和性相对了。这不是向动物和本能的退化，而是从人类生活中，剥去那些层层加码的观念的包裹，以及各种功利的世俗的枷锁，让活生生的生命的原汁无遮无拦地流淌出来。这种生命的原汁，正如新疆的沙漠，戈壁上的绿洲和沙漠、戈壁下的宝藏，也是不知历“几世几劫”的天山雪水的滋润、昊天杲日的蒸馏、沧海桑田的变迁，所得的一点精华。这精华才是人间天上最美的诗意，这诗意无须雕刻谋划，只需用最简约的文字就可以表达，所以董立勃的小说就没有多少夸饰形容的语言，也无须去搭建曲里拐弯的叙述迷宫。整个儿的就是一个中国人在讲故事，说的是日常生活中的大白话，用的是祖辈儿传下来的“花开两朵，各表一枝”的老方法，要的是那一点吊人胃口、熏浸刺提的听觉效果，让你在不知不觉中轻松愉快地就这么跟着他的故事走。读这样的小说，这样读小说，才不至于落下毛病，才会让你健康长寿。

列位要说，这不就是当年赵树理的路数吗？没错，果真就是。可老赵偏偏没赶上先拜现代派作师傅，然后再撇开师傅走自己的路。有这一遭和没这一遭，可大不一样。这正如鲁迅的小说，虽则也注重画龙点睛式的简约，也用工笔白描的手法，可毕竟融进了许多西洋小说的典型化和细节描写的方法与技巧，与纯粹中国的《世说新语》《聊斋志异》和“三言二拍”，自是不可同日而语。董立勃也走过一段他称之为“描贴”的模仿西方小说的路，也写过一些西方的痕迹很重的小说，但最终还是找到了自己的路，而且把从模仿西方学来的本事，融进了属于自己的小说。所以他今天的小说似老赵又不全是老赵，而是我以前说过的经历过“灿烂”之极复归的“平淡”。这种“平淡”的境界自然不同一般。我并非因此说，董立勃一定比赵树理高明，而是说他从西方影响中所得的，是赵树理所没有的一种新的人生观念。这种人生观念，以日常状态为人的存在的本真状态。前些年中国年轻的诗人追求日常化，也就是追求这种本真的状态。如今，董立勃又用小说呈现这种状态，所以说他追求的也是一种本真：生活的本真和人性的本真。海德格尔有一句被人们反复征引，已经耳熟能详的名言：诗意的栖居。所谓诗意的栖居，我理解，也就是一种本真状态的存在。董立勃的小说写了这存在，所以他的小说才透着一种骨子里的（本真的）诗意。

小说范小青

说到苏州，很容易让人想起“上有天堂，下有苏杭”的俗谚。如果将这人间的天堂一分为二，苏州竟占了这人间天堂的半边，而且排名第一，可见其地位的重要。但话又说回来了，天堂毕竟是人想象的，没有人真的去过，所以并不知道它究竟好在哪里。有关天堂的种种好处，同样是人想象出来的。然则苏州不同，它却是实实在在地有许多人去过，照理说应该知道它的好处所在，要不，古往今来的骚人墨客也不会留下那么多脍炙人口的名篇佳句。有名篇佳句传世，就一定能说出苏州的好处吗，我看未必。就像鲁迅笔下的狂人那句疯话说的：从来如此便对吗。原因就在于，骚人墨客，行事作文，喜好夸诞，总要在没事的地方，找出点儿事来，把不怎么样的事情，说得真怎么样。要不，敝乡黄州的一片普通的石崖，怎么会硬生生地让宋朝的苏轼先生造出一座三国的古战场呢？弄得后人一脑门子官司，不辨真假，至今还为争旅游资源，在打着官司呢，可见骚人墨客的话不可信或不可全信。

真正懂得苏州的，只有苏州人自己。往大了说，是热爱故乡的感情使然；往细了说，是对日常的生活细节刻骨铭心的感受所致。但真正能把这份好处说出来的，又并非所有的苏州人，而是苏州人中被称为作家的那一类。这就又说到骚人墨客的好处了，因为作家也是舞文弄墨的，在古代就称作骚人墨客。好在今天的骚人墨客，多少讲点现实主义，像苏东坡那样凭空杜撰、滥发骚兴的事，并不常见。即使是如前辈的苏州作家陆文夫那样，在《美食家》中“烧”出了一些并非一定是苏产的苏州菜，那也是融汇了苏州人的生活趣味和生活智慧的特色产品，并没有欺世盗名的意思。要不，有人按照《美食家》提供的方法，还真的烧制出了一款南瓜盅呢，可见言之不虚。这当然说的是苏州人的饮食习俗和生活方式，笔者在20世纪80年代曾在鲁院与陆文夫先生把酒闲话，听他谈苏州的饮食习俗和苏州人的生活，竟忘却杯中之物，便觉着一篇《美食家》，一个朱自冶，直让后人不敢再言苏州，不敢再道苏州人。说它是当世绝唱，实在一点也不为过。

在当代作家中，陆文夫无疑是最懂得苏州，也最能说出苏州好处的一个人。他不仅懂苏州的饮食习俗、生活方式、民情风习，还深谙姑苏文化的精髓。这是另外一个话题，按下不表。我现在要说的是，陆文夫这一代苏州作家，对苏州的观察和体验，也有他们有意无意地忽略或未及观照的地方。比如本辑主笔李雪所言范小青笔下的佛性，似乎就是。虽然在陆文夫复出的那个年代，已有汪曾祺等作家言佛，但毕竟不很普遍。故苏地民性中的佛性，在他们的创作中未及充分发掘。这或许也与他们长期受正统的政治规训和唯物教育有关。范小青这一代作家，与他们的经历虽有部分重合之处，但毕竟欣逢盛世，观念要开放得多。用这种开放的观念来看苏人的性情，在淡泊宁静、随顺知足的人生态度中，自然会咂摸出一点禅心佛意的滋味来。这同时也为学者和评论家阐释苏州作家的创作，开辟了一个新的空间。这空间，在范小青，是独特的。如同陆文夫写世俗的苏州，范小青写苏州人的佛性，一样是无可替代的。

说到一个地方的民性，本是一个十分复杂的话题，敝乡鄂东，为禅宗成就之地，佛缘特深，禅风甚重，对乡民性情，确有影响，至于文化人，就更不用说了，从熊十力的“新唯识”学说，到废名创作中的禅意，都是这种影响的确证。就像范小青的小说一样，通过他们的著述和作品，也说出了本乡民情中的那一点佛根。但是，一样如同范小青，他们的弘扬佛性，也不是为了传教布道，而是应对时势，因境而生。这样，在他们的学说和创作中，就不免要渗进许多时运的变化和今人的观念。说熊十力太理论化了点，就说废名吧，他笔下被人称作现代田园牧歌式的桃花源和天真未凿的人性，既可视作一种禅修的境界，又何尝不是五四新文化崇尚自然、追求真纯的文化精神的表现呢？由此看来，李雪在评论文章的最后，对范小青的作品建设“理想国土”所作的佛理阐释，实在不是牵强附会，而是佛的精神与现代人的生活理想期然遇合的表现。范小青写出了这种精神的遇合，所以她的这些作品有深意存焉。

我未全读范小青的作品，但如《瑞云》这样的作品，却让我怦然心动。一个人对着石头说话，这本身就奇，更让人意想不到的是，就在她向石头诉说的那一瞬间，她其实已化身为石，与对象合为一体。这在哲学上叫对象化，在心理学上叫意识投射，在中国文化的理念里，就叫物我同一，这其中就包括有佛教禅宗的修为、禅定的意思在内。传说禅宗初祖达摩在嵩山少林寺面壁十年，修成正果。瑞云的受到众人的尊重，也可谓修成正果。由此可见，佛教禅宗的修持、禅定，也并非全是消极的东西，没准儿就是范小青所说的“韧”，即人的普遍的意志力的表现呢。可惜在历史上带头面壁禅修的达摩，竟是对南人失望，才以一苇渡江，北上中原的，尽管他对梁朝的皇帝不很满意，但他留下的精神却依旧在南方开花结果。可见无论南人北人，无论有佛无佛，只要有那一点慧根，就可以承接佛性。苏州人就是这样的一些有慧根的人民。范小青写出了苏州人的这一点佛性，所以她也是一个有慧根的作家。

小说冯积岐

中国革命所走的道路是农村包围城市，中国文学所走的道路也是如此。这当然是指新中国成立以后的当代文学。20 世纪五六十年代的作家，多半是随着革命前进的步伐，从农村进入城市的自不待说，就是“文革”后的新时期文学，也多半是由从农村改造回城的所谓“五七族”，或者从农村接受再教育回城的所谓“知青族”创造的。除了这些作家之外，在当代作家队伍中，还有一批从农村进城的作家，就是真正在农村土生土长的作家。先前有赵树理、马烽、西戎等山西作家，后来有路遥、陈忠实、贾平凹，包括本辑档主冯积岐等陕西作家。如果说前述作家是农村的过客的话，那么，这些作家就是真正的土著。我常常开玩笑说，中国当代文学作品，大半是农村来的作家写给城里的读者看的，所以在农村习以为常、见怪不怪的事，到了城里的读者眼里，就不免大惊小怪，觉得不同寻常。土著的农裔（或农籍）作家因而常常要占着这一点题材的便宜。

这当然只是玩笑话。其实，城里的读者要真正了解中国农村，还得看这些作家的作品。原因是只有这些作家，才真正了解中国农村，才真正熟悉中国农村的现状，才真正参透了中国农村的历史。如果说中国农村是一本打开的书，他们就是书中的字词句。他们的个体生命、个人经历、家族历史、家庭故事，以及他们的内心世界乃至下意识深处，都记录着中国农村的变幻，都刻印着中国农民的影子。用一个蹩脚的比喻，可以说，他们是中国农村历史的微缩景观，是中国农民命运的方寸微雕。冯积岐的长篇小说《村子》，就给了我这样的印象。从这个意义上说，说他们的作品是用自己的人生写就的农村历史，是个人化了的农村史诗，可也。

我没有见过冯积岐，只读过他的部分作品和介绍他的一些文字资料及本辑的自述、访谈文章，从他的生平事迹看，《村子》无疑留有他的个人经历和个体经验的影子，烙上了他的个人情感和独特思考的印记。像《村子》所写的那些故事，虽然不过是近三十年间发生的，但在人们的记忆中，有许多已被遗忘或改写过了，不复是当初的那个样子。今天的年轻读者，读冯积岐的《村子》，也许会感到陌生，因为在他们所接触到的诸多言论和文本，尤其是在一些主流的话语体系中，近三十年中国农村的变化，从大集体到联产承包，再到农民进城、新农村建设和土地流转，已然由中国社会这个历史家（套用巴尔扎克“法国社会将要作历史家”的说法）认定了一种变化的逻辑，农民由贫困而温饱、而富裕，由物质而精神的追求，其生活和命运的变化，也进入了这种逻辑的程序，作家的写作或评论家说的当代农村叙事，只要按照这个逻辑程序，编织相应的故事，塑造相应的人物就行。至于某些特殊个体，如冯积岐笔下的祝永达和马子凯们的遭遇和感受，却可能因为与这个程序的某些理念和规则不合，而难以为这个程序所兼容和接纳。这样，祝永达和马子凯们的遭遇和感受，也就有可能被这种逻辑的铁幕所遮蔽，在这种历史的逻辑中湮没无闻。今天的读者，尤其是年轻的读者，自然也无意在滚滚滔滔、奔腾不息的历史长河中，去打捞这些经验和感受的细节，去收拾这些历史的漂浮物或沉淀物。但问题是，历史毕竟不是一种预设的或后设的逻辑程序，而是无数个体鲜活的生命和感知、经验和意志的集合物。只有这些个体的生命和感知、经验和意志，才是历史的细胞和血肉，才能显示历史的感性存在，才会赋予历史以欲望和激情，才有文学家所说的历史的生命，也才有他们所追寻的活生生的历史。否则，历史就是一页页了无生气的文字，一堆堆水渍虫蛀的故纸。

我说这些话，并非要在这里与读者讨论文学如何表现历史之类的问题，而是想借此说明，一种历史逻辑一旦形成，不管是钦定的还是公认的，就很容易让作家自觉不自觉地进入它的规范，有意无意地按照它设定的程序叙事，以至于落入新的公式化、概念化而不自知。我读许多反映近三十年农村变革的作品，就有这样的感觉。说这些作品千部一腔、千人一面，可能太过，但却大多是用文学的叙事，为近三十年农村变革的历史，作形象的注脚，却是事实。造成这种偏向的原因，可能有种种种种，但我以为，其中一个很重要的原因，是作者往往注重公共的、大众的、集体的或多数人的经验，而忽视某些个体的独特经历和特殊经验。但恰恰是这些个体的独特经历和特殊经验，不但刻录了历史变化的过程，而且也凝聚了历史变化的动因和契机。比方说，冯积岐笔下的松陵村的历史，如果没有祝永达长期以来被压抑的欲望，被消解的激情，被扭曲的意志，也就没有祝永达近三十年来改变命运的渴望，追求成功的冲动和百折不挠的意志与力量。同样，没有田广荣长期以来唯我独尊的地位，极度膨胀的权欲，极端张扬的心性，也就没有田广荣近三十年来所经历的失落感，所施用的心计，所表现出来的奸诈、贪婪和疯狂。凡此种种，松陵村的历史，便是由这些独特个体的欲望和激情、经验和意志纠结而成的。包括一些女性的情欲，也缠绕其中。作家的责任，就在于写出这些欲望和激情、经验和意志，像巴尔扎克所说的那样，“编制恶习和德行的清单，搜集情欲的主要事实、刻画性格、选择社会上主要事件、结合几个性质相同的性格的特点揉成典型人物”，写出一部真正属于当代中国农村的“风俗史”。我无意拿冯积岐的《村子》与巴尔扎克的《人间喜剧》中的作品相比，但就他所设定的创作目标和实际的艺术描写而言，无疑也是对中国农村近三十年历史变迁所作的“风俗研究”。

小说格非

说到格非，人们的第一印象，便是他是一个“先锋”作家或“现代派”作家。原因是他在20世纪80年代中期，与马原、洪峰、余华、孙甘露、残雪等人一起，推动了一股被时人称作“现代派”的小说创作潮流，显得十分“前卫”或“先锋”。但到了90年代，人们根据他的某些小说新作，又判定他“转向”了或“回归”了现实主义。我不知道让作家这样转来归去的，究竟有什么意义，又能说明什么问题。难道回归了现实主义，就是梁山好汉接受了朝廷的“招安”，由“现代派”的反贼，变成了现实主义的顺民吗？我倒觉得，对格非来说，转不转向、回不回归现实主义，倒可以另说，但他对中国小说历史传统的重视，却是一件值得称道的事，他所谈及的“中国小说的两个传统”，也是一个十分有趣的话题。

研究中国现代新文学的学者，眼光从来是向外看的，总觉得是因为有西方的影响，才有中国的文学变革，才有中国的新文学和新小说。而自家的传统，则是批判和扬弃的对象。就近、现代文学改良和文学革命的某些现象来看，似乎也没有错，但却忽略了一个基本的事实，那就是，无论怎么改良和革命，中国文学的历史传统，总在明里暗里地起作用。当初周作人在一次演讲中，就以“载道”的文学和“言志”的文学此消彼长的一条曲线，勾勒了中国文学历史发展的脉络，并且将明末的文学与民初的新文学直接联系起来，认为“明末的文学，是现在这次文学运动的来源”。惜乎没有引起更多人的注意，原因是那时人们的眼睛大半是向外看，热衷各种各样的西洋镜，对祖传的玩意儿，倒不热心，甚或看成是个累赘，唯恐避之不远，弃之不快。倒是后来有些洋人，颇重视中国人自己的传统，甚至认为中国的近、现代的文学改良和文学革命，大半是来自这种传统力量的驱动，是得益于这个传统提供的资源（如有些捷克学者），与周作人氏的意见大体相近。传统对现代的作用，渐为研究者所重视。近些年来，更因强调现代化进程和现代性构建中的“本土经验”，而把祖宗传下来的那一点玩意儿，视作应对全球化进程的最后一点资本，传统向现代的创造性转换，于是又渐成研究的热点。

我并不是说格非关于中国小说传统的想法，也这样与时俱进，而是说从这个曲折的过程中，来看格非提出的问题，别有一番意味。在中国当代小说家中，我还没有看到哪一位作家像格非这样对中国小说的历史传统，有如此系统、深入的研究和如此精深、独到的体会。他的独到之处，就在于，论小说不以小说一体为限，而是放眼中国文学乃至中国文化的整个叙事传统。而且注意到中国小说的“向内超越”的特征，实在是不可多得之论。

中国小说就其起于民间的一面而言，本是今之谓闲言碎语、街谈巷议，就其与文人的著述相关联的一面而言，大半是诸子的寓言、设譬，史家的边角余料，加上一些巧言令色、哗众取宠之徒为博取高名盛誉而加的修饰，即庄子所谓“饰小说以干县令”者，起源本来就杂，一路走来，又融汇了诗词歌赋、话本戏曲、笔记小品、俗讲变文等文体因素，不像西洋小说那样由史诗而传奇（Romance）进而到近代小说那样单纯，所以讨论中国的小说，也就不能照搬西方的标准。虽然中国现代小说也存在格非所说的那种受西方影响的“小传统”，但这个“小传统”最终要取代中国古典小说这个“大传统”而占据主导地位，却不是那么容易。那原因不是别的，而是用来写小说的“汉语”，就是创造和传承这个“大传统”的物质载体，一个中国小说家，只要还用这种语言写作（即所谓“汉语写作”），就免不了要受这种语言的约束，连带着要牵起这种语言所创造、所负载的文学传统和文化传统的影响，这是谁也逃脱不了的宿命。受外来影响的“小传统”只能改善和充实自家传承的“大传统”，而不能取代它，所以现代中国小说家无论受了多少西方影响，也无论他自己多么想“全盘西化”，最终仍脱不去这个“大传统”的胎记，只不过这胎记有颜色深浅、范围大小的区别罢了。

如前所述，格非是一个受西方影响很深的小说家，或者借用他自己的说法，是在那个受外来影响的“小传统”中浸润很深的作家，甚或就是这个“小传统”的构造者之一。我不想如上述转向论者那样，说格非如今的创作，已由这个“小传统”转向或回归了那个“大传统”，这是不可能的，也是不必要的。因为事实上，当我们说这个“小传统”改善和充实了“大传统”的同时，从某种意义上说，这个“大传统”也融入了“小传统”，或者体现于“小传统”。如此等等，我不想对这个问题作过多的“辩证”分析，我只想说，作为一个曾经以“先锋”和“现代派”名世的小说家，如今有这样的认识，确属难能可贵。我想，这该得益于他的教学和研究生涯，他在接受本期主笔、我的博士生余中华的访谈时就明确地表示：“就我的写作而言，我需要理论的训练，它可以开阔我的视野，那些深刻的思想是任何一个作家都需要的写作资源。”问题似乎又回到了作家“学者化”这个说了近三十年的老话题上了，但这回不同的是，在中国当代作家队伍中，已有不少像格非这样的学者型的作家或正在“学者化”的作家，我期待这样的作家越来越多，这样，中国文学庶几可以结束纯粹的经验形态而获得更多的理论的自觉。

小说葛亮

用葛亮新写的一篇《故城》作本辑作家自述，似乎有点不伦不类。一是此文不关乎葛亮的生平，二是也未谈及葛亮的创作。但要说与他的生平创作完全无关，似乎也不是如此。至少就我个人的阅读感觉而言，不是这样。葛亮笔下的“故城”圣彼得堡，也就是他笔下的“故城”南京，葛亮对“故城”圣彼得堡的观察和思考，也就是他对“故城”南京的观察和思考，所以，他对“故城”圣彼得堡的叙述，也就与他对“故城”南京的书写异曲同工。他说，“‘南京’代表着我写作的内在肌理，也就是它不仅仅是我写作的题材，它也代表着我的文字审美、我的史观，代表着我如何去考察历史现场的因由，涵盖很多层面”。他写圣彼得堡也是如此。

说到底，这也就是葛亮书写“南京”这座“故城”的观念和方法。朴婕把这观念和方法归结为“层垒的‘南京’”。这“层垒”二字，大约就是顾颉刚的“层累地造成中国古史”的“层累”的意思。这倒是一个很别致的说法，也是观察葛亮的创作，尤其是他的“故城”南京书写的一个特别的角度。

说到“故城”，很容易让人想到故乡，想到故乡，搞文学研究的人，又会进一步想到作家的故乡情结。无论是土生土长一直扎根在故乡的作家，还是土生外长后来远走他乡的作家，故乡的经历，包括生活经历和情感经历，都是他进入社会人生的原初经验。因为这原初经验联结着生命的母体，发动于生命的本能，并且未经社会文明的浸泡和污染，是一种澄澈透明的人生经验。这种纯真的原初经验，正是文学的最宜表现对象，所以，大多数作家，都喜欢用自己的作品书写故乡。有些名气很大的作家，像外国的福克纳，中国的莫言，他们笔下的故乡，都有尽人皆知的名号，就像注册商标一样，如福氏的约克纳帕塔法郡，莫言的高密东北乡等。当然，你会说，这都不是或不一定是他们真实的故乡，而是真真实实、虚虚假假的故乡，是当不得真的。是的，没错，这都是虚构的，不是他们真实的故乡，但他们在自己的作品中，却都实实在在地把这“乌有”之乡，看作是他们真实的故乡，并且切切实实地写进了他们自己关于故乡的记忆和童年经验，这也是事实。

这就说到了与文学作品中的故乡书写有关的另一个问题。

但凡写故乡的作家，都要依托对故乡的回忆。但这回忆，偏偏又是一件不太可靠之事。原因之一是时过境迁，过去的东西难以复原，原因之二是抚今追昔，难免要掺杂进回忆者当下的情绪。鲁迅说，他记忆中故乡有许多鲜美可口的蔬果，后来吃了，也不过如此。这是时过境迁。有一回，他终于回了故乡，却又说，“我所记得的故乡全不如此。我的故乡好得多”。这是掺杂进了他回乡时的情绪。他自己也坦言，“这只是我自己心情的改变罢了，因为我这次回乡，本没有什么好心绪”。回忆既然要受这么多内外因素的影响，作家缘何还要凭借回忆书写故乡。如果还要借用鲁迅的话来说，就是“回忆故乡的已不存在的事物，是比明明存在，而只有自己不能接近的事物较为舒适，也更能自慰的”。这就是所谓怀旧和乡愁，20 世纪 20 年代初的一批乡土文学作家，就擅写这怀旧和乡愁。中国古代作家似乎也大都如此。现代爱国主义思潮兴起后，更多作家想表达的，是一种与爱国同构的爱乡情绪，结果，这回忆中的故乡又难免被记忆所美化。说到对故乡的美化，让我想起了一段文坛八卦。20世纪80年代，作家刘绍棠的家乡冀东十八里运河滩，尚属贫瘠荒凉之地，但在他的作品中，却是风景如画，物阜民丰，豪杰并出，英雄遍地，在文学界名气很大。那时还没有开发旅游，一帮文友就吵着要去看看，有一次真的去看了，结果大失所望，回来都大骂刘绍棠骗了他们。可见，作家笔下的故乡，虽托名回忆，套用王德威先生的一句话说，其实都是关于故乡的想象。但这想象，又确实是以回忆为依托。要说欺骗，这骗子绝不是作家的人格，而是作家的记忆。爱乡的作家，都愿意接受这样的欺骗，甚者如鲁迅，心甘情愿地说“他们也许要哄骗我一生，使我时时反顾”。

葛亮的“南京”书写，似乎不是如此。对南京这座“故城”，他也有类似于乡土作家的故乡情结，但在写作中，似乎又不拘泥于怀旧和乡愁，也不仅仅执着于热爱和眷恋，而是另有一种别样的情愫。这情愫源于南京的绵长，源于南京的沧桑，也源于南京的繁复，源于南京的淡定和从容。葛亮为这绵长而缠绕，为这沧桑而震撼，也为这繁复而纠结，为这淡定从容而喟叹。如果说，从前乡土作家的故乡叙事，是把故乡作了母亲，那么，今天葛亮的“故城”书写，就是把“南京”作了祖父。他觉得他这个祖父就在眼前，又觉得他是从很远的地方走来，他觉得眼前的祖父沧桑纵横，又觉得祖父的从前一定遍地风华，他觉得他很了解他的这位祖父，又觉得对他的这位祖父十分陌生。写这位祖父，他要靠家族史的传承，又要靠他的想象加以丰富和补充。结果是，愈到后来，他笔下的这位祖父年寿愈高，生平愈繁，交游愈广，行迹愈奇，涵蕴愈丰，就像顾颉刚说的，“时代愈后，传说的古史时期愈长”，“时代愈后，传说中的中心人物愈放愈大”，葛亮笔下的“南京”，也便这样“层累式的”造就成了。这种“层累式的”故乡书写，自然有别于怀旧和乡愁，葛亮也因此为文学中的故乡书写，开辟了一个新的门道。

小说葛水平

像所有后来成了作家或后来可能会成为作家的人一样，葛水平提笔写作的历史也不算短，但等到她功成名就的日子，却年近不惑，这不能不说是姗姗来迟。用一句套话说，也可以叫大器晚成。古今中外就有不少这样的作家，向来为人们所称道，坊间传为佳话。葛水平自然也不例外，要不，怎么会被三晋士人引为骄傲。话虽这么说，但在如今这个什么都讲年轻化、低龄化的时代，你再看看那些十几岁甚至几岁就暴得大名的文学神童，多费了一二十年的墨水、稿纸，多占了数百千兆的硬盘、软盘，再怎么说，在走向成功的路上，葛水平所耗的写作成本，也着实太大。如果再算上焚膏继晷、点灯熬油、胼手胝足的劳作之苦和牺牲节假日的休憩欢娱的损失，那就更亏大发了。就这一点上说，葛水平与那些成了文学神童的孩子们比，用上一句广告用语，是输在了起跑线上。

但上天眷顾，没有给葛水平少年得志的幸运，却给了她中年成名的后劲。在当代中国文学史上，以一篇作品（或处女作、成名作）成名的作家，不在少数，但像葛水平这样，在一炮打响之后，再来个“连珠七发”（“连珠”“七发”本是古代的一种文体，这儿借言其势），实属罕见，故坊间有某年为“葛水平年”之说，虽不免夸张，但也足证葛水平的蓄势之足、后劲之猛。这样的势头，令我想起了京剧里一种叫急急风的锣鼓点子，后来有一种步法，也叫急急风，用不着翻书，也用不着有很丰富的京剧知识，单从这三个字的字面意思，就可以想见这种锣鼓点子或步法的气势。葛水平就是带着这样的锣鼓点子，用这样的步法，登上当代文学舞台的。如果葛水平的乡贤赵树理先生还在，像给他笔下的人物起诨名一样，送葛水平一个绰号，没准儿就叫“文坛急急风”呢。

说到锣鼓点子和身段步法这些戏剧术语，不能不让人联想到葛水平与戏曲的姻缘。根据作者的自述，她从小演戏，演过丫环侍女之类的小角色，终究未能成角儿，这才转向编剧，而后顺理成章地走向了小说创作。这就像当年有个叫金敬迈的部队作家，写过红极一时的长篇小说《欧阳海之歌》，他此前也当过演员，演过话剧，当然也是特务甲、匪兵乙之类的小角色，最后由编剧而小说创作，才成就一时功名。我孤陋寡闻，不知道在当代作家中，从这一条道上走过来的人，还有多少，我所知道的，除了金敬迈之外，还有一个就是沈虹光。沈虹光是湖北作家，现在正当着省文联主席，此前曾做过文化厅长，说来也是一方文化大员。她也像葛水平一样，从小学戏，至于演过的角色是大是小，不得而知，但从她后来改当编剧这一过程看，也可能一样没演过多少正经的主角儿，否则，成了名角儿也就不会改当编剧了。这位作家后来也曾一度专注于小说创作，写过《美人儿》《大收煞》等演艺题材的中短篇小说，颇受业界好评。如此等等。

我说了上面这两个由演员而小说家的例子，是想借他们与葛水平类似的经历，证明在演员和作家之间，存在着一种极大的转变可能，甚至是一种潜在的必然性。这不但是因为，从常识的意义上说，戏剧和文学有许多共通之处，二者在许多方面都可以通约，而且还因为，演戏和写小说，原本是演绎人生的两种不同方式，演戏的时候，演员担当某一类人生角色，用自己的生命在舞台上书写人生，写小说的时候，代替演员的是作家，虽然作家无须具体担当某一类人生角色，但他却需要像演员一样，具备角色所应有的经历和体验。从这个意义上说，用一句理论一点的话来表达，演员和作家，具有质的同一性。而且，当过演员的人，不论他曾经扮演过的角色是大是小、是主是从，都习惯于把诸多日常的东西，通过表演加以放大，以收取视听的效果，大到所演绎的人物命运和故事情节，会跌宕起伏、曲折多变，小到所表现的生活细节和语言动作，会夸张变形、突出放大。这样的职业习惯，带进小说创作，往往会使这些作家笔下的人物命运，充满戏剧性，会使这些作家笔下的故事情节，带有传奇色彩，同时会使某些生活场景和生活细节，具有特别的视听冲击力。虽然不能说每一个当过演员的作家的创作都是如此，但至少在葛水平的小说中，这些鲜明的特征，都不难得到具体的印证。从这个意义上说，葛水平与赵树理，是有很大区别的。赵树理虽受民间文艺影响，也涉足过民间戏曲，但从他的小说创作所取用的民间形式看，更多的是民间故事和快板鼓书之类的说唱艺术。相对于戏剧这种在中国古代被称作“传奇”的表演艺术来说，与民间日常生活水乳交融、血脉相通的故事和快板鼓书之类的形式，无论从哪方面说，其色彩和强度、节奏和效果，都要冲淡、舒缓、平和得多。即使是写阶级斗争，如赵树理的《李有才板话》《小二黑结婚》，与葛水平写庸常人生的《喊山》《甩鞭》等作品相比，都没有那么紧张。虽然不能把赵树理和葛水平的区别，统统都归结为民间文艺的影响，但从这种影响去看他们的区别，也许不失为一个可取的角度。

小说关仁山

在20世纪90年代中期闹“现实主义冲击波”的时候，我就读过关仁山的小说。那时候，他虽然被拴在河北“三驾马车”上，但跑的姿势颇特别，给我留下了很深的印象。比如说他的一篇在当时很有影响的小说《九月还乡》，本辑主笔孟繁华教授拿它与莫泊桑的《羊脂球》作比，我认为眼光独到，很有见地。但羊脂球在牺牲了自己，解决了那群上等人的危机之后，却遭到了他们的无情唾弃，有着类似身份和经历的九月，最后却被淳朴的乡村和宽厚的土地所接纳，如果说莫泊桑作为一位批判现实主义小说家，批判的是虚伪势利的法国上流社会的话，那么，关仁山的“现实主义冲击波”，冲击的就是陈旧的乡村道德观念。在其他“冲击波”小说关注转型期种种社会矛盾和社会问题的时候，关仁山关心的，却是像九月这样的漂泊者的精神情感或曰灵魂的归宿问题，可见其不同凡响。

也许关仁山的创作始终与现实结合紧密，所以现实主义就成了本辑的中心话题。孟教授在访谈中频频以现实主义提问，在评论中又从“现实主义——广阔的道路”切入，关仁山的回答自然也离不开他对现实问题和现实主义的看法。诘问应对、申述发明，俨然一个现实主义问题的高端论坛。把关仁山的创作归入现实主义范畴，绝对毫无疑义，但现实主义本身，在当今中国文学中，私意以为，却是一个难以说清的问题。从前论文学很重视创作方法，而且把古今中外的文学，都分封给现实主义和浪漫主义这两大诸侯，后来又出来了个现代主义，才有了三分天下的格局。但问题是，创作方法是苏联拉普派留下来的概念，虽然在拉普派以前，就有人用过这个概念，但拉普派却在这个概念中，塞进了许多私货，创造了一个“辩证唯物主义的创作方法”的新概念，后来拉普派的许多理论，包括他们创造的这个新概念，都遭到了清算，但却留下创作方法这个概念沿用至今。后人则援例把诸如现实主义、浪漫主义，包括现代主义，都归入创作方法的范畴，创作方法于是大行其道。根据拉普派的看法，创作方法，类似于哲学领域的思想方法，起决定作用的是作家的世界观或思想、政治倾向，也就是看取社会人生的立场、观点和态度。虽然拉普派的理论遭到了清算，但他们对创作方法的这种理解，却依旧在产生影响，中国的新文学理论，受影响更深。因为有这样的一段历史因缘，所以在诸如现实主义、浪漫主义这样的创作方法概念中，人们往往喜欢不断地给它添加前缀或限制词，例如“社会主义现实主义”“革命的现实主义”“革命的浪漫主义”“革命的现实主义和革命的浪漫主义相结合”，等等。这样一来，被划入某一创作方法或自愿遵循某一创作方法的作家，在完成这一创作方法分内的任务之外，还要添加许多额外的工作任务。例如像关仁山这样的现实主义作家，放在三十年前，他在真实地反映现实生活之外，还要深刻地反映社会生活的本质，预见社会生活的未来发展，即理想前景。真实地反映现实生活，自然是现实主义作家分内的工作，深刻地反映生活的本质和预见生活的未来，就不免难为作家了，因为作家毕竟不是政治家，也不是社会学家，是无法完成连政治家和社会学家也未必完成得好的这些额外的工作任务的。正因为如此，所以在社会主义现实主义的原产地苏联，后来也修改了他们自己对社会主义现实主义的定义，去掉了其中附加的工作任务，只保留了现实主义作家应该做的工作，即“真实地、历史具体地去描写现实”。好在关仁山本人没有在自己所坚持的现实主义之前，添加这些多余的前缀或限制词，因而也就减少了这些额外的工作任务，关注他的孟教授似乎也无意强加于人，所以他借用秦兆阳先生的“广阔道路”论，来论关仁山的现实主义，也就恰到好处。

较之关仁山所心仪的赵树理、柳青、浩然这些农村题材的小说大家，他也许在艺术上确有许多未逮之处，但诚如孟教授所论，他看取农村现实和农民问题的眼界和见识，较之这些作家，却要“广阔”、深邃得多。上述作家因为要为政治服务，按政策写作，所以他们关心的主要是各种政策，尤其是农业合作化政策，如何在农村落实，以及在落实这些政策的过程中，可能存在的或实际发生的矛盾和斗争，至于农民兄弟的想法或内在的心理活动，通常是把它们归结为一种思想问题，让他们通过艰苦的甚至是痛苦的思想斗争（主要是指中间状态的或落后的农民），最后统一到公有制或社会主义的方向上来。换一句话说，在这些作家笔下，不但农民兄弟外在的物质生活世界，被政策安排好了，连他们内在的精神生活世界，也被政策安排好了。这样大包大揽的写作，自然谈不上关仁山所说的，“从人性复杂多样的角度，来审视乡村社会所有人的行为动因”，“尊重农民，尊重他们的尊严”，“尊重他们生活的场景”，“尊重他们生活的逻辑”，“写出个体灵魂的煎熬、跃动，写出时代变革对人性的真正拷问”，更不用说“写出时代的荒谬与芜杂，写出人的挣扎中的繁复与卑微”和“属于这个时代的大悲哀和大欢喜”来。与上述作家不同，关仁山的这些主张，用一句流行的话说，表明了他的写作基点，是“以人为本”，而不是以政策为本。他要在精神文化的层面，着力开掘我们这个大变动的时代，在农民的内心深处激起的巨大波澜，让他们的人性接受拷问，让他们的灵魂经受煎熬，同时也让他们在这个过程中，自己选择“究竟如何生活，可以如何生活，应当如何生活，是否还可以有另外的生活？他们的生命价值到底是什么？”如果说在当代农村题材的小说家中，关仁山有什么特别之处的话，我以为，这就是他不同于前代作家，也有别于同代作家的一点“特别”之所在。

小说鬼子

初见鬼子这个名字，相信谁都有些骇异，等你见了鬼子这个人，会觉得果然不同一般。我是在去年去广西的一所大学参加研究生论文答辩时第一次见到鬼子的：方脸、高瘦、长发垂肩——鬼子是否就应该是这个样子，当然不好说，只是觉得这人骨相清奇，像他的笔名一样，真的有点另类罢了。此前我与鬼子似乎有过一两次电话或通信联系，说的都是一些闲话，这次在饭桌上下，虽然依旧说的是闲话，但因为有足够的时间海阔天空地神聊，所以多少也算对他有了一点切近的了解，便觉得这个人其实很亲敬、很随和，与“鬼子”的凶残和“鬼”的狰狞没有一点儿关系。

但鬼子毕竟是鬼子，依然有一些不同“凡人”之处，比如说他在这个专辑中写的“自述”，不按要求谈他的生平创作，而去大谈特谈年终填表之类的题外话，整个儿就是一篇反“自述”。我与本辑主笔、我的博士生胡群慧谈及此事，她说他确实怕写这类东西，也不愿写这类东西，我才知道他这样做，真的不是故作姿态，而是他的一些极真实的想法。文贵乎真，既然如此，我还有什么可说的呢。不过，话又说回来，即使是在这样的一篇反“自述”的“自述”文字中，我们依然可以读出鬼子对文学的看法来。这看法，简言之，就是反对一种“等因奉此”（程式化）、人云亦云（无新意）、评功摆好（为自己）、刻意逢迎（为领导）的官样文学。由此，也可以看出鬼子的独特个性。既有文学观点，又见个性特征，两项要素皆备，这不是我们所要求的“自述”又是什么呢？这恰如文学史上被称作反骑士小说的《堂·吉诃德》和反武侠小说的《鹿鼎记》，如果反过来，将它们分别称作骑士小说和武侠小说，或曰反骑士的骑士小说和反武侠的武侠小说，又何尝不可。更何况后者还是公认的金氏新派武侠小说的代表作哩。可见，世界上的话，正说反说都行，只要是心中的那点意思就行。

尽管如此，我还是相信鬼子的判断：“一个作家最好的自述，就是他的作品。想真正了解一个作家，最好还是拿他的作品说话。”关于鬼子的作品，我想，不同的读者会有不同的说法，我要说的，依然是本辑主笔在评论文章中提出的话题，即所谓“文本中的文本故事”问题。这个问题被胡群慧的文章搞得很复杂，西方学者也有一个专门的术语叫“文本间性”，虽然不是专指这种现象，但也可以借用来说明这个问题。其实，这个问题说白了，就是一个文学文本生成之后，可以通过引申、转换、嫁接、反串等“改写”活动，生成新的文本。就像胡群慧的文章中提到的《卖女孩的小火柴》和《贫民张大嘴的性生活》那样，都有先前的文学文本作“底本”。这种文学“底本”与新生成的文本之间的关系，依旧可以用西方学者说明“文本间性”的一个比喻说：“就像将原有文字刮去后再度使用的羊皮纸，在新墨痕的字里行间还能看出早先的文本未擦尽的痕迹。”这当然只是一个比喻性的说法，而且是相对于严格意义上的“间性”文本而言的，但我认为，这个比喻，同样也适用于对鬼子的诸多文本的阐释和理解。只不过胡群慧的文章，已经把这个问题引向了文本与文本之间的关系，让文本在生产、流通和传播的过程中，经由作家、编辑和读者之手，发生种种形塑和变迁。事实上，也就是将西方学者所说的“文本间性”的生成、衍布的过程，通过对鬼子的作品的阐释，作了一个动态的描述。而在这个动态的描述中，同时又引进了诸多社会历史的文化的和现实的影响因素。这样，鬼子文本中的“文本故事”，就恰如胡群慧所说，“并不只是关于文本的故事，它还是一个有关文本如何介入人们包括作家的生活的故事，一个有关作家如何利用文本的方式表达他对这个世界包括文本的认识的故事，一个‘世界、语词和言说之间的自我实现’的故事”。

其实，这样的“文本中的文本故事”，在现代中国文学中并不鲜见。往早了说，有鲁迅的《故事新编》，是有关中国古代神话、传说和哲学、历史文本的“文本故事”；稍后点，有施蛰存的《石秀》《鸠摩罗什》等，是有关中国古代文学和宗教文本的“文本故事”；晚近的，又有香港作家刘以鬯的《寺内》《除夕》《蛇》《蜘蛛精》《追鱼》等，则是众多的中国古代戏曲、小说和民间故事文本的“文本故事”。凡此种种，这些“文本中的文本故事”，虽然有各自不同的生成方式和表现形态，但终归都是拿先前已有的一个文本（或文本的残片断章）说事。这种取材的方式，较之常说的那种一空依傍的所谓独创，似乎来得容易一些，但究其实，也毕竟不是一种文本的游戏，而是对先前文本的一种新的阐释方式。这阐释，或带了对历史文化的新的看法，或带了对社会现实的新的感受，或带了对世道人心的新的理解，或者干脆就是为了表达一种哲学和人文理念，总之是各自依了各自的性情和兴趣，在先前的文本之中或之外或之后，极尽腾挪变化之能事。从这个意义上说，这又是中国现代小说极为自由又极富个性的一种叙述方式。

小说郭文斌

初读郭文斌的《农历》，感到十分新奇。从体式上看，这部作品似乎不像小说或不太像小说，但读进去了以后，却又放不下来，倒觉得比读通常的小说倍感温暖，并且时常勾起一些童年的回忆，让人乐而忘返。所谓小说云云，这时候倒不去想它了，相反，却让我想起了从前读过的一本书，这本书的名字叫《荆楚岁时记》。《荆楚岁时记》也是一本与“农历”有关的书，是记录中国古代荆楚之地的岁时节令、风物故事的。只不过写法与郭文斌的《农历》，大异其趣。它只实录其事，却无想象和虚构，所以不能叫小说，只能叫笔记。这又让我想起了我多次说过的笔记与小说的关系。笔记是中国古代的一种独特的文体，你说它是散文，它确实是一种散体的文字，而且某些特征也与今天的散文类似；你说它是小说，它确有许多篇什兼具今天我们所说的小说的某些要素，所以有人又把这一部分叫作“笔记小说”。但问题是，古人把小说也归入散文，因为它也是散体的文字。

这么一说，笔记与小说的关系，似乎就有点复杂，二者既属同一家族，却又要分领不同的姓氏，怎么的都让人觉得有点搅和。这当然都是那些爱动脑筋的人把问题复杂化了，叫我这个头脑简单的人看来，你就别管什么散文不散文、小说不小说的啦，笔记就是笔记，你可以说它是散文，有些又可能是小说，你也可以说它既不是散文也不是小说。我这样说，不是在胡搅蛮缠，有意混淆散文和小说的界限，而是因为你所谓的散文、小说云云，用的都是西方的标准，拿来鉴别中国古代的笔记，并不恰当或不完全恰当。如果你硬要说笔记与散文、小说有关的话，那这散文也是中国古人心目中的散文，即所谓散体的文字，那小说当然也只能是中国古人心目中的小说，即活在笔记文中的那种小说，也就是前人所说的“笔记小说”。正是在这个意义上，今天的中国作家才可以用笔记的“散体之神”来改善已经全盘西化了的现代中国小说，才可以让笔记中固有的小说元素得以回生再造，成为今人所说的新笔记小说。

说到新笔记小说，人们自然会想到20世纪80年代中期前后的那股创作热潮。那时节受着文学革新的推动，读者和作家都感到以前的小说太刻板、太写实、太人物中心、太典型化了，而且还要表现重大题材，时代主题，太不自由潇洒了，需要减减压，松松绑，于是便乘“寻根文学”翻腾先人遗物之机，顺手拣起了笔记文体，学着其中的样子做了笔记小说，即后之所谓新笔记小说。因为写的人多，竟成一时之盛，演为一种创作热潮，很是红火了一阵。但时过境迁，再回过头去看看那时节衮衮诸公的新笔记小说，除了三几高手略有古意，或者稍具文人雅趣外，多数也仅止于这改善小说一途，并未真得笔记文体三昧。等到我读了《农历》之后，始觉沉寂多年的新笔记小说，不但在郭文斌这里又得复活，而且在各方面都进到了一个新的境界。这境界不仅在于《农历》的写岁时节令、民情风俗，如《荆楚岁时记》那样的实录其事，同时还在于这实录者，不是单纯的民俗事象、节庆场景和具体的风俗器物，而是人的全部日常生活，是由这些岁时节令和民俗生活编织起来的人的全部生存活动，以及贯穿其中的，人的欲望、感受、期待、臆想和全部精神信仰。从这个意义上说，《农历》又不是一般意义上的新笔记小说，而是一部民俗文化和民间生活，也包括民间信仰的“百科全书”。或者也可以说，是一部远比《荆楚岁时记》要丰富多彩的《西北岁时记》。我曾在一篇文章中说：“笔记就其总体而言，其内容可谓包罗万象，其写法则不拘一格。大到天下国家、自然万物、人间万象，小到身边琐事、市井逸闻、海外奇谈，皆可入笔记。这些不拘大小雅俗、纯杂奇正的题材，或经作者深思熟虑，或不过是偶然所得，但一入笔记，便沾染了作者的思想和性情，便是一种有文学性的文字，便可称之为一种广义的散文。”现在，我还要加上一句话，倘有五月、六月这样精灵式的人物游走其间，便可称之为一种中国化的小说。

说《农历》是一部中国化的小说，除了上面所说的理由，即它的“包罗万象”的生活内容和杂糅叙事、抒情、议论于一炉的“不拘一格”的写法，包括穿插其间的各种文学的和非文学的、文人的和民间的、书面的和口头的、通俗的和雅致的文体等之外，还有很重要的一点，就是它所具有的教化的功能和作用。中国文学向来重视对人的教化，小说、戏曲等通俗的文体兴起之后，文学的教化功能更为强大，所发挥的作用也更其强烈。后来因为受西方影响，加上某种功利因素的作用，中国文学所固有的这种潜意识的教化，似乎逐渐为有意识的思考所取代，同时也由无形的浸染，逐渐为有形的模仿所代替，文学的教化功能由是日衰，教化的作用由是渐弱。但在郭文斌的《农历》中，我似乎又看到了文学这种潜移默化、浸润无形的教化作用，在逐渐复苏。《农历》也许不会给你树立一个学习的榜样，也不会带给你艰深的思考，或者引导你去追问人生的终极问题。但却会让你沉浸其间，随着岁时节令的推移，让你通过日常生活的细节，通过世代传承的习俗，一点一滴地去体验生存的滋味和乐趣，一点一滴地去体味生命的意义和价值。它不指点你最终的去处，一切只在过程之中，也不预支未来的祸福，一切只在生之欢乐。这样的理念，也许就是郭文斌所倡导的“安详”哲学。他用这种包罗万象的笔记文体，不拘一格的现代写法，通过一部《农历》，和他众多的作品、言论，向人们传播他的“安详”哲学，可以说是把文学的教化作用，在当今社会，发挥到了极致。就冲这一点，我们在接受郭文斌的文学“祝福”的同时，也应该对郭文斌报以深深的“祝福”。

小说海男

对女性文学这个说法，很长时间以来，我有一个无知的偏见，总觉得中国的文学，就其性质而言，似乎没有男女之别，古时候没有，现在也难得有。如果就作家论，当然有男作家，也有女作家，但男女作家想的事情，又似乎差别不大。比如说最早表现女性幽怨的弃妇诗，就未必是出自女性之手，后来为女性鸣不平、争自由的诗文，也大多是男性作家所为。就连《红楼梦》这样要为众多女性立传的作品，作家还是个男性。不是中国古代没有女作家，也不是中国古代的女作家不愿意说女人自己的话，或者不愿意为女人说话，而是她们要说的话，能说的话，大体上男性作家也想说、也能说，加上男性作家人多势众，无形中也就担当了女性代言人的角色。至于女性想说而不能说或不便说的话，大体上都是当时的道德规范所不允许说的，男性作家自然也不去说它。这样，一部中国古代文学史，就几乎成了男性作家的天下。给少数女性作家留下的空间，微乎其微，除了写作的技巧和风格上的独特性，女性作家几乎没有多少特别的表现。有些本属于女性的题材和主题，在男性作家笔下，甚至被描写得更加深刻、细腻。这也不能归咎于男性作家的霸道和女性作家的才力不逮，而是一种社会制度和文化的力量使然。在中国古代社会，女性从生命到肉体，从思想到情感，既然都从属于男性，男性对女性的事自然就全知全能，可以肆无忌惮地包办代替。

“五四”以后时兴反封建，女性求解放、争自由，在文学上似乎也该有自己的声音。无奈这时候的中国，求解放、争自由的，不仅仅是女性，而是整个国家、民族，是所有的中国人。在这些中国人中，仍然是在外面出头露面、见多识广的男性，担当了思想启蒙的主要角色，女性虽也有先知先觉者，但在一些基本的社会人生问题上，又大多与男性引为同道。后来是不断的革命、连绵的战争，男人自然而然地又充当了主力军，有了更多说话主事的机会，这样，女性刚得到的一点求解放、争自由的话语权，又不得不让位于男性。而且这回男性的话语权，又是假民族、国家、人民之类的共名，女性不但不能享有特权，甚至连她们所特有的那一点似水柔情，暂时也得有所收敛。所以这期间即使是女性作家，也不敢放胆地在作品中谈情说爱，男女作家的性别差异，至少在文学的题材和主题上，泯灭殆尽。论者所谓女性作家男性化，说的就是这种现象。这种状况甚至持续到革命成功、战争胜利之后的和平建设时期，男性和女性都成了社会建设的主力，各自用劳动撑起了半边天，但既同在一个社会主义的公天下，女性就不能尽说自己的私房话，所以这期间的女作家也不写儿女私情。

改革开放以后，思想解放，观念更新，阶级斗争淡出政治舞台，革命战争遁入历史深处，吃喝拉撒成了社会生活的主流，饮食男女在日常生活中的地位开始凸显，儿女私情随之也受到了应有的尊重。虽然描写爱情，仍是某些男性作家的强项，不是女性作家的专利，但女性作家因为压抑太久，积情太深，所感所思，见于笔端，就不免时有惊世骇俗、超凡脱众之语，如张洁氏，如遇罗锦氏等。到了思想观念更加开放，男女情爱无论在日常生活中，还是在文学中，已属见惯不惊的时候，女性作家就开始全面突破性爱描写的禁区，如王安忆氏的“三恋”等。虽然此前已有不少男性作家做过大胆的尝试，并且为此付出过代价和牺牲，但在一个高度道德化的、男性中心的社会历史文化传统中，新时期女性作家的上述表现，也算是一种勇猛的挑战。女性作家也因此开始从长期以来男女作家的混成旅中分离出来，成了读者眼中的前卫和先锋，成了当代中国文学的一种独特的存在，斯时才有当代中国的女性文学。这当然还是我个人的一点愚见。学者可以把女性文学做广义和狭义的区分，但我以为无论是广义还是狭义，总得有那么一点独特性才行，否则，对作家做个性别鉴定就可以分别男性文学、女性文学，岂不是滑天下之大稽。

说到这儿，似乎还未入得正题。因为这种所谓女性文学，还缺了一个东西，就是西方人的女权主义或女性主义。虽然这些个主义，传到中国来并不晚，“五四”时期就闹过女权之类的新说，但真正对中国文学产生实质性影响，并且由此催生了当代中国女性主义文学，毕竟是晚近二十年的事。如今有许多学者做女性主义文学研究，学生做学位论文，也热衷这样的选题，其述也详，其论也深，其说也新，无须我再饶舌。我想说的不过是，在这一轮女性主义文学潮流中，女性作家把艺术描写的笔触，指向自己的隐私和身体，虽然也受了外来影响，但在中国的历史文化传统，包括文学传统中，却堪称三千年来未有之大变局。这种变局，不但给喜欢填补空白的国人带来了一种心理的满足，而且也让号称人学的文学，尤其是中国文学，弥补了长期以来不知女人的不足。美国有一部电影的中文译名叫《闻香识女人》，凭借香水的气味识别女人，是片中的那位男主角的绝活，听起来似乎不可思议，但殊不知所有人，包括女人自己对自己的认识，也大多是凭借长相和衣饰之类的外表。真正深入女性的内在，包括生理和心理的内在，而且那样的真切细腻，深入骨髓，洞察幽微，又有谁能与这一轮的女性作家相比。海男是这一轮女性文学创作的翘楚，虽然她像大多数女性作家一样，似乎也不特别标榜女性主义，但愚意以为，她们的创作，是暗合西方女性主义题旨的，对女性的自我认识，乃至人在普遍的意义上“认识你自己”，是有独特意义的。关于这一点，本辑主笔梁小娟已从女性成长的角度，作了系统的论析。我只是因为对这个问题有骨鲠在喉，便借读海男的作品，肆意一吐。本不想饶舌，结果还是把自己绕进了女人堆里，做了一回长舌之妇。

小说韩东

由诗改行写小说，或者兼擅二者的人很多，我曾经说过张执浩，这回又遇上了韩东。而且在我的印象中，韩东似乎又是由写诗改写小说较早且较成功的一位，至少是那一批“转业”诗人中的佼佼者。

说到韩东，就想起了他闹“第三代”（或曰“第五代”“新生代”“后朦胧诗”“朦胧诗后”）诗那阵子。那会儿，中国诗坛山头纷列，旗号林立，英雄好汉，频出江湖，三十六天罡，七十二地煞，直闹得个天翻地覆。韩东似乎归在“他们文学社”的旗号下，是该派的创始人和执牛耳者。当是时也，倡“诗到语言为止”说，崇尚“语感”，与同道者于坚等致力于“口语诗”的创作，意在通过口语使诗更接近人的存在的本真状态，或者曰“每个人的生命形态”，颇影响了一部分人。尤其是他本人的《有关大雁塔》，用日常姿态和口语化的表达，对此前杨炼的同题材诗进行了一番解构，成第三代诗的一大经典，从此告别了“崇高”，告别了“意象”，走了一条与风行一时的“朦胧诗”完全不同的路。

我这样描述作为诗人的韩东，自然会给你一个反叛者的印象，何况韩东后来又与朱文制造了一个“断裂”事件，更引起了一批学者教授们的讨伐，笔者当年似乎也卷入了这场讨伐战。那原因大抵是因为朱文、韩东们的说法，与学者教授们惯常的说法相反或很不一致，所以招致批评和反诘。虽然当时双方的态度都很激烈，但现在想来，让大家说说也未尝不可，为什么非要把一种说法一说到底呢，换一种说法就塌天了吗，不就是一个文学问题吗，又不关乎国计民生，就算是关乎国计民生，让大家畅所欲言，集思广益，总比一个人在那里拍脑袋要好。所以韩东们的反叛自有反叛的意义在。

就说这由写诗改写小说吧，惯常的说法是，把写诗的经验和诗的表现方法与技巧，尤其是意境和意象这些中外诗歌的构成元素，带到小说中来，因而使诗人的小说有别于小说家的小说，包括由写诗改写小说的“转业”诗人的小说，带有一种诗化的色彩。但韩东不这样说，甚而恰给相反，他说的是，要“把小说当成小说来写，而忘记自己写诗的身份，不要有意识地利用写诗所积累的优势。扬长避短不可取”。这话似乎又不怎么合乎流行的说法，令人怀疑他不是故作惊人之语，就是蓄意抬杠。但我赞成韩东这样的说法。原因不是别的，而是我以前说过的，各种文体之间，实在没有必要，也不可能用此一文体去追求彼一文体的效果，否则，诗人写诗就是，何必要改行写小说，既写了小说，老老实实地写小说就是，又何必去追求什么诗化的效果，更何况效果不效果的，纯属阅读者的感觉，是不好作定量和定性分析的。让一个排球运动员折腾出篮球打法的效果来，那不是吃饱了撑的吗，可怜的观众，如其看这种不伦不类的排球，还不如干脆去看一场篮球比赛得了。这原本都是一些寻常的道理，让文化人尤其是搞文学的文化人一说，就无端地高雅和神秘起来。韩东的言论就专破这高雅和神秘，所以我说他的说法自有他独特的意义在。

我读韩东的作品不全，但凭一点精略的阅读印象，我也觉得韩东的作品很注重故事和经验。这原是小说之为小说的两大要素，而这两大要素，对一部好小说来说，又是相为表里的。经验是故事的底子，故事是经验的外化，不是从经验里长出来的故事，是胡编乱造；没有通过故事讲述的经验，是家常理道，算不得小说。韩东的小说把这两大要素，糅合得恰到好处。我想引用本辑主笔、我的博士生李勇的一段话，来证明我的说法。他说："韩东讲故事要'规矩'很多。他总是以他特有的敏感和细腻娓娓道来，既不兴高采烈，也不眉飞色舞，而他所讲的也都是那些平常的人事——他所经历的现实和往事，身边的或旧日的亲人、朋友以及闲人过客，等等；人事都是极现实也极平常的，没有波澜起伏的故事情节，也缺少大起大落的悲欢离合，所谓人生、所谓命运不是被'挖掘'而是被'展示'出来的。"就说最近博得广泛好评的长篇小说《扎根》，你说它是"知青小说"也好，说它是"下放小说"也好，或者笼统地说它是"文革小说"也好，都与此前同类题材的小说大不相同。这不同不在别的，就在于它的不动声色，不事修饰，不刻意传奇，也不费力挖掘，只如实地把干部老陶带领一家人到农村"扎根"的过程讲述下来就是。当然这讲述的过程，既经过了笔头，更经过了心灵，就与当年实实在在"扎根"的过程不一样了。要说艺术性，这不一样就是这篇作品的艺术性。有刻骨铭心的经验，必有刻骨铭心的故事，这其中的差别，只在于讲述者是否能如实地用自己的故事传达出这经验的刻骨铭心，倘能，艺术性自然就有了，倘不能，就是添加再多想象和思想的佐料、方法和技巧的做工，也不管用。

关于创作，韩东的经验和感受，自然比我丰富得多，深刻得多，也复杂得多，但我仍要说，我对韩东印象最深，也最为赞赏的，还是他的日常主义的态度和口语化的追求，当年读他的诗如此，如今读他的小说，还是如此。也许这也是一种经验和故事的关系，有关于韩东的阅读经验，才有我讲述的关于韩东的故事。只不过，这故事已不是一篇小说，而是一个人对于另一个人，一种写作对于另一种写作的印象。

小说韩少功

大约是在20世纪80年代中期，韩少功在文坛上闹过“寻根”之后，突然隐身江湖，蛰居在武汉大学一幢名为“老斋舍”的古朴的学生宿舍之内。据说他此行是来专修德语的，朋友熟人对他这次的行踪，大都不得而知。我虽身在珞珈山，亦未曾谋面。终于有一次，外地来的一位朋友一定要见到少功，我只好硬着头皮找到了少功在老斋舍的住处。人不在，但双层床上有零乱的被褥，自修桌上有同样零乱的书本、瓷碗和其他杂物。据说少功吃饭的瓷碗最大，早餐从食堂打回一碗粥，饿了就喝，有时要管一天。就这样，与大学生杂居在一起，潜心于他所专修的德语之中，何时离去，不得而知。

那次带朋友见了少功出来，我脑子里突然冒出一串类似于麻衣相士的术语：此公决非常人，乃卧龙也，日后必有大成。

这当然只是一种听凭直觉支配的下意识活动，而且难免落入江湖术士的俗套，不足为据，但日后的事实，似乎又在不断地证明着少功的不同凡俗之处。如果我的记忆大体不错的话，这次修完德语之后，不久便翻译了昆德拉，虽然所据并非德文而是英文译本，但在创作间歇中偶一为之的这次译事，却引发了旷日持久的昆德拉热，对当代中国文学的影响，比之当初的倡导“寻根”，实在是有过之而无不及。这以后，他曾经有一段时间淡出文坛，到海南去办了一份在海内外广有影响的非文学类杂志。我在20世纪90年代初曾一度厕身海南，知其筚路蓝缕、艰难竭蹶，非常人可以想见。如果他沿着这条路走下去，没准儿会成为一个实力雄厚的实业家或报刊业巨头，也未可知。偏偏他急流勇退，回到书房，重操旧业。而后便有他的词典体的小说惊世骇俗，乃至《暗示》的“用语言来挑战语言”，熔具象与抽象、经验与理性、文学与哲学于一炉，臻于一种新的境界。世纪之交，少功又辞去了他主持改版、在知识界已广有影响的《天涯》杂志社长和作协的领导职务，在他当年下放当知青的村子起了一幢小楼，一年有半数时间隐居于此，远离尘嚣，躬耕垄亩，潜心写作，实实在在地过起了诸葛孔明当年在卧龙岗上的隐士生活。言者、闻者，无不艳羡。尤其是像我们这些当过知青而今又做了知识分子的人，更属“虽不能至，心向往之”。然则不能至者，非财力之故，盖因未臻斯境，心力不逮故也。

我这样描述韩少功，并非要树立一个什么榜样，也不是出于朋友之私，而是要说明一个事实。这个事实就是：韩少功自出道二十余年来，在文学上和思想上始终坚守着一种特立独行的超然姿态。这种超然姿态，既非思入空冥的形而上学，亦非无关痛痒的超然物外，而是与文学和思想的对象始终保持一种若即若离的适度距离。论中国作家讲究的紧跟时代潮流，这二十多年来，从《月兰》的暴露伤痕，到《西望茅草地》的反思历史，再到《爸爸爸》的倡导“寻根”，韩少功在哪一股文学潮流中，都堪称得风气之先，或者作为首开风气的始作俑者，从未落在时代潮流的后面，他的思想历程也因此可以套用一句时髦的话说，叫作与时俱进：从“伤痕”“反思”文学阶段激进的政治批判，到倡导文学“寻根”过程中深刻的文化反省，乃至近期的主张“传统的现代再生”，等等。在这个文学和思想与时俱进的过程中，尽管有人时而把他归入文化保守主义，时而又把他归入“新左派”之列，但他似乎并不十分在意自己所属何门何派，恰恰相反，倒是对人们强拉他去入伙的那些个左门右派，都持有一定的怀疑和警惕。这怀疑和警惕，就使得韩少功在二十余年来中国社会瞬息万变的思想文化（有时候也包括文学）潮流中，永远是本辑主笔张均博士所说的一个“不合时宜的‘少数’”。

这种“不合时宜的‘少数’”，或许正是韩少功在瞬息万变的潮流中所持的一种特立独行的超然姿态。在我们这样的一个人数众多的社会，少数的意见本来就容易被人忽视，时代又从一个革命的多数统治进入一个世俗的多数统治的时代，文学媚俗，思想从众，要想作一个文学和思想上的少数，诚非一件易事。这不易就在于，作为一个以写作为职业的知识分子，你首先得切切实实地关切现实的多数存在，为现实的多数的生存和发展而思想、而写作，以不辱一个知识分子作家的使命；但与此同时，你又得与那些自称代表多数的思想和文学保持一定的距离，因为事实证明，它们往往是更多自以为是或自相矛盾，并不一定真的就是现实的多数的利益和愿望的代表。在这种时候，你注定就得做一个不合时宜的少数。你的责任就在于，提醒那些现实的多数，警惕他们在思想和文学上的代表；而后，你也并不想取而代之，以你的文学和思想来代表现实的多数，你所做的，依旧不过是尽一个知识分子作家的责任和良知罢了。如果我的这番议论还不太离谱的话，我想，韩少功二十余年来在文学和思想上的特立独行，包括他一贯超然的生活态度和现今某种隐逸的写作方式，绝不是一种故作的姿态，而是以这种姿态，在争得一个不为文学和思想的多数所同化而为现实的多数思考和写作的权利。

小说红柯

“文学的杂交优势”并不是一个新鲜话题，但在今天这个时兴谈论“中国经验”（或“本土经验”）的年头，再听红柯谈论这个话题，而且是用他的切身经验作根据，就别有一番滋味。我最近写了一篇文章，也谈“中国经验”，其中的一层意思是，没有纯粹的中国经验，不必要也不可能追求到纯粹的中国经验，那原因也是因为自近代以来，凡中国的人情物事，包括对这些人情物事的经验，都渗进了外来影响，都经过了一个“杂交”、融合的过程，都不可能是纯粹“中国的”。这原本是一个常识问题，因为作为中国人的社会人生经验的结晶的中国文化和中国文学，在历史上就曾经经过了许多的“杂交”和融合，就没有哪一个时代真正地纯粹过，遑论国门大开的近、现代社会。

红柯所说的这种“杂交的优势”，在当代文学史上，也有例可证。20世纪五六十年代，文学因受政治影响，从思想内容到艺术形式，往往都比较整齐划一，艺术风格也比较刻板单调。唯独这期间生活或工作在边疆地区的诗人、作家，包括一些少数民族作家，因受少数民族历史文化、山川地理和民情风俗的影响，融进了这些少数民族地区某些异质的元素，用红柯的话说，也就是进行了一番“杂交”，其创作才显得活泼灵动、摇曳多姿。如闻捷、白桦、公刘的诗，陆地、李乔、玛拉沁夫的小说等。在今天看来，这些诗人、作家的作品，在当时虽算不得“主流”，也称不上“经典”，但在总体上却显出了有别于“主流”和“经典”的别一样格调。因为它们的存在，那个年代的文学才多少显出了一点多样的色彩，今天的文学史家才有资格说，当代中国文学，是一种多民族融合的文学。

当然，这融合、“杂交”的范围，后来也在逐步扩大。“文革”前虽然也有过向苏联老大哥一边倒的历史，但因为语言不同，当代文学从苏联文学接受的影响，主要是一些革命理念和创作的方法与技巧，基本上是在与一种同质的文学进行融合与“杂交”，结果是许多作家的作品，差不多成了苏联文学的拓本和翻版，显不出融合和“杂交”的优势。“文革”结束以后，越过苏联向西，融合、“杂交”的范围就大了，而且又都是一些异质的因素，即以前称之为资产阶级或资本主义，现在称之为现代派的东西。经过了这样的融合、“杂交”的实验，20 世纪 80 年代的文学才显得虎虎有生气、勃勃有生机，才成为当代中国文学的一个黄金年代。

红柯自己当然也是得益于这种“杂交”和融合，这在他的“自述”和本辑主笔、我的博士生李勇对他的访谈中，已经说得很清楚，只不过不仅仅限于文学这一个狭小的范围，而是整个新疆少数民族地区的历史和文化。我观红柯入疆和出疆的经历，他起先虽然是抱着一个文学的梦想入疆的，但很快便转换了身份，把自己当作一个普通的陕西人，全身心地融入新疆的历史和文化，像他所说的世世代代入疆的陕人一样。当他真正被新疆“同化”了之后，他才开始提笔写新疆。这时候，他笔下的新疆自然就不同于匆匆来去的过客，也不同于土生土长的“胡裔”，而是“杂交”了陕人的历史和文化，融入了陕人的精神和气韵。李勇在访谈和评论中所称道的那些创作特征，大约就是这种“杂交”和融合的精神果实，也是红柯的独特性之所在。

我有一个古怪的想法，陕西这个地方虽是周人故地，并非殷人旧邦，但却留有商、周两代的文化影响。常识说殷人“尊神事鬼”，而周人“尊礼敬德”，受这两种历史文化影响，今天的陕西作家，似乎都有某种历史传承，前者如贾平凹的奇谲诡异，后者如陈忠实的沉郁凝重，都分别暗合上述两代的文化精神。周武“革命”，商、周异代，但在文化上是否也有一种纵向的历史传承或曰“杂交”、融合呢？如果说这种“杂交”、融合影响于后世的，是时间性的话，那么，红柯与西域的“杂交”、融合，就是空间性的，他因此也就显示出了不同于上述两位陕西作家的文化特征。陕西有这样三位作家以及众多与之相类或相近的作家先后崛起、比肩接踵，纵贯时空、横绝异域，亦可谓当代一大文化景观和文学景观。孔子有言：“周监于二代，郁郁乎文哉！吾从周。”以夫子之意，观陕地之文，亦余心之谓欤！

小说胡学文

胡学文在接受金赫楠的访谈时，谈到一个很有意思的话题，就是本辑访谈录的标题所说的“人物之小与人心之大”。我们老家的村子有一个跑过江湖的老人，小时候常听他拿一个问题为难我们：世界上什么最浅，世界上什么最深？我们这些小孩子家懂的东西有限，就仅我们知道的瞎答一通，见过没见过的江河湖海、圹圹堰堰都说到了，但都答不对。他的答案却出人意料，既与江河湖海无关，似乎也无法测出深浅。这答案是：世界上人的眼睛最浅，世界上人的心最深。在今天的孩子看来，这简直就是一个脑筋急转弯的问题，与具体知识无关。直到我长大了，阅历渐深，才慢慢明白了，这位老江湖的问题确有很深的哲理性。

也许这个问题与胡学文所说的“人物之小与人心之大”没有直接关系，但这小与大的辩证法，与那位老人深与浅的提问，却有异曲同工之妙。民间有一种说法，叫人小鬼大，是说不要小看了孩子的想法。有时候一个小孩子的想法可能比成人还要玄妙深远，还要神秘莫测。这原因没有别的，我想，该是小孩子的头脑中装的已知的东西甚少，留有空间想象未知的事物，而这些未知的东西，则是成人根据已知难以想象得到的。推而广之，胡学文所说的“小人物”，虽然是指普通的平民百姓或底层黎庶，但相对于“大人物”，即那些达官显贵、大人先生来说，也是因为他们对外面的、上面的东西知之甚少,所以自个儿心里面预留的空间就大,就便于自由自在、穷根究底地想象和追求，所以胡学文就说他们心大。你想想看，这世界上的规矩都是大人物定的，这天下的事儿也都是大人物管着的，连你的脑子里的东西，有许多也是大人物塞给你的，大人物把该说的、该做的、该想的都干尽了，把天下的好处也占完了，无论心理的空间，还是物理的空间，都剩不了多少了，所以他们再要想点什么，就极为有限，无非是在既有的、既得的东西上打主意、兜圈子，所以他们的心也就大不了。小人物就不同了，他们一无所有或所有甚少，因而他们总想得到一点，至少是属于自己该得的那一点，总希望得到，实在得不到，就用心去想，想可能得到，想得到怎样，再实在觉得任你怎么想也难以得到的，就要刨根究根地去追问为什么，去寻找这其中的根由。而且像胡学文笔下的某些人物一样，“一根筋”，就逮住了这件事，就认这个理，不像那些大人物，颠来倒去的，随风倒舵，没有个准性，所以这些小人物的心就大。胡学文的小说，写的就是这些人小心大的小人物。他说：“我更愿意称自己的叙述对象‘小人物’，而不是‘底层’。因为总觉得‘底层’两个字似乎不能囊括小人物的全部，或者说给人的感觉是只有人之小，没有心之大。从某种社会阶层的划分标准上看，他们是小，如果说我注意到这种小，同时我更注意小这层外衣包裹着的大，那种心的宽阔让我着迷。而尽可能地去发现和呈现这种‘小’之后的‘大’，是我对自己小说写作的期待和要求。”

我很赞同胡学文的这个看法，的确，底层这个从后殖民主义理论家那里趸来的概念，与殖民主义的文化语境有关，有它特定的所指和内涵，并非我们通常所说的下层劳动人民。而小人物大人物之分，则可能超越时代和文化的局限，适用于一切社会身份和社会地位差异极大的人群，具有文学所要求的普遍性。我曾经说过文学是为小人物准备的之类的话，是因为大人物什么都有了，无须文学锦上添花，小人物多有欠缺，需要文学来补充。所以文学史上除了那些依附正史，或者为现实中正在创造正史的大人物作注的文学，其余的文学大多是写小人物的。但文学史上写小人物的作品，也有它的问题。就我辈读得最多的现当代文学作品而论，要么是启蒙的，要么是革命的，或者说，要么是人性论的，要么是阶级论的。是启蒙的，多写他们的愚昧麻木，是革命的，多写他们的反抗斗争；是人性论的，多写他们的被侮辱与被损害，是阶级论的，多写他们的受剥削受压迫。虽则立场都站在小人物一边，但却很少有人关心过这些小人物的内心，或者明知道他们怎么想，也不把它当回事，依旧把自己的想法强加于他们。比如上面说到的几种写法，也许你觉得他愚昧麻木，但他却觉得人生无计、世事无奈；也许你觉得他不知反抗斗争，但他在心里已经杀死了他的敌人；也许你觉得他是被侮辱与被损害的，但他却觉得自己有足够的人格和尊严；也许你觉得他在忍受剥削和压迫，但他却觉得是在接受命运的安排，如此等等。这些都可能是那些年代作家笔下的小人物可能有的想法和精神状态，是他们内心的复杂性的表现，但一旦被作家纳入了他们或启蒙或革命、或人性或阶级的想法，就变得千篇一律。在作家这一面，这种种的写法，就叫思想倾向，但在他所写的小人物那一面，这些强加给他们的“思想”，如果他们在作家的笔下有知，未必领情。

我读胡学文的作品，觉得他写的小人物，没有这些预设的理念，也没有强加给他们的想法，而是实实在在地根据他们的生活背景和生存理念，充分地展开他们的内心。他不愿意让他笔下的小人物“被底层”“被苦难”，也不愿把他笔下的小人物划入“贫”或“困”的圈，就像张北草原上的羊群，他只想尽其可能地自由放养，让他们“想多远，走多远”。可见，小人物要在文学中表现“人心之大”，还得创造小人物的作家有大的心量。从这个意义上，我要说，胡学文是一个有大心量的作家。

小说黄咏梅

最近，在《新文学评论》杂志上读到黄咏梅的一则谈创作的文字——《小说家不是旁观者》，其中讲到她在媒体工作时的一些事情，说是跑社会新闻的记者，接到报料电话后，回问对方的第一句话就是：死了人吗，死了多少人？接下来的是，做社会新闻版的编辑，也按死人的多少，安排记者提供的稿件：这件新闻死了五个人，头条；这件死了三人，二条；这件闻所未闻，三条；这件既没死人也不新鲜，枪毙。这样的事，听起来好像是一个段子或是玩笑，但却在在下这个普通读者这里，有了相应的反馈，或者说也得到了相关的印证。在都市小报十分兴旺发达的那几年，本市有几张报纸很受读者青睐，但订阅者却各有所选。一日，在下与本系的一位同行闲聊，相互比较各自所订都市小报的优劣，半天争持不下。在下最后拿出的撒手锏，就是黄咏梅所说的这个死人的标准。我问，你订的报纸今天死了几人，答曰一人，我说，我订的报纸今天有三条死人的新闻，结果自然是我订的报纸胜出。看官也许觉得我们这样近乎无聊，但如果细想一下，这件本属无聊的谈资背后所隐含的阅读心理，就不难发现，寻找或追求一种超出生活常规的极端刺激，确实是今天这个连感官也日渐物化的社会普遍存在的一种阅读心理现象。对于普通读者为满足自身的阅读需求来说，这样的阅读取向自然无可厚非，但在这样的一个阅读情境或社会文化语境中从事文学写作，就不免要生出许多困惑。尤其是像黄咏梅这样从事叙事性文体创作的小说作家，更难免有左右为难之感。中国的小说自来就讲传奇，古人所谓无奇不传，说的就是小说家的选材“报料”都要新奇，否则就无人愿读，无人想看。按照鲁迅的说法，“始有意为小说”的唐人，甚至干脆把小说叫作“传奇”。想想中国古代许多有名的小说，虽然不一定都以死人的多寡为选材的标准，但选材的新奇却是笃定的。这些古典小说，能流传下来的，读者记得住的，也往往是其中的奇人奇事，这也就是与无奇不传对应的另一个说法——无传不奇。现代的小说，其实也是如此。多的不说，就说20世纪五六十年代的小说，现在还有人谈起的，还有人爱读的，还有兴趣改编（而且是循环往复）成电影电视剧的，主要还是如《林海雪原》这样的新英雄传奇。如果硬要扯上死人的关系，则无论古今中外的小说中，那些老去的壮士，牺牲的英雄，屈死的男女，总是最能牵动人心的。可见，读小说与读报纸的心理确有许多地方相同。

这当然只是问题的一个方面，问题的另一方面，还是黄咏梅说的，也是很多人这样认为的，不论作家的选材怎么传奇，作家给他笔下的人物安排了多少死亡的结局，都没有生活本身这样富有传奇性，都不像人的命运的最终归宿那样，统统都要走向死亡。所以黄咏梅说，作家的想象力总是跟不上现实生活，其实也超不出上天给人的派定的宿命。文学和现实生活、和人的宿命这种拧着来的局面，就让作家陷入了一个永远也挣脱不了的悖论。你要搞文学吧，你就得有想象力，可你的想象力再怎么高超，也超不出非文学的生活本身所有的东西。这潜台词已经是再明白不过的了，就是你趁早别干这活儿了。可这活儿偏偏又是一种谋生的职业，许多人还指着它混饭吃。这样，在文学这行当内外，就难免有种种的不得已。写的人因为生计不得不将就着写，看的人因为好这一口也不得不将就着看。如果是大家都能这样将就，彼此相安无事也就罢了，问题是，偏偏有许多不能将就的作家，要另寻别路，也有许多不愿将就的读者硬要逼着作家这样做。这就有黄咏梅说的另一层意思，就是由新闻式的“报道”生活传奇，到进入人的内心世界，烛照人的灵魂，打动读者的心灵。用她的话说，是“沿着这些已经发生的新闻，缓缓地、艰难地挺进，从新闻人物的内心逐渐进入读者的内心，一笔，轻轻地将人的情感‘放倒’，将人们的冷漠、隔膜、躁郁、疑虑等情绪统统‘放倒’。这样的作品才动人。”看官会说，这样的想法也不是黄咏梅个人独有，很多作家都说过类似的意思。我之所以在这里特别引出黄咏梅的话，是因为我觉得，正因为在这样的一个大家都将就的文学时代，还有像黄咏梅这样一些不能将就的作家，中国文学才有希望。这又让我想起前些年我与顾彬先生的一次闲谈。因为前有“垃圾”事件，我就问他对中国当代文学的真实评价，他说，中国当代许多作家的作品没有心。我理解他说的这个心，就是指黄咏梅说的人的内心或曰人的心灵。仅流于表面故事，而没有触及人的灵魂。我当然不会以为一个外国人能当中国文学的裁判，也无意于把一个西方汉学家手中的鸡毛当作令箭，更何况顾彬的这个说法也不是什么高明之论，但是，如果将他的这个说法用之于观察当今汗牛充栋的小说和纷如江鲫的小说家，只要你不想刻意护短，你就不能不承认，这个判断，还是比较符合实际的或属切中肯綮之论。

也许是因为黄咏梅对当今小说这种“无心”叙事的状态有较清醒的认识,才有她的创作由新闻式的猎奇到追求“动心”的转变。论黄咏梅的创作者,多离不开“日常”二字，但这“日常”的取材，在她那里，却不是没心没肺的“零度情感”，而是用全部身心去体贴笔下的人事，也借此去体贴读者的心灵，即由“日常”而深入“日常”覆盖下的人心。以在下的眼光看来，这既是黄咏梅的创作深得人心之处，也是所有为文学者“入人”“化人”的不二法门。

小说贾平凹

如果以“五四”为界，那么，“五四”以前的中国古代文学，要是细加区分的话，应该有两个相互作用、并行不悖的传统，一个可以叫作民间的传统，另一个可以叫作文人的传统。民间的传统包括严格意义上的民间文学和在民间文学直接影响下的文人的创作。小说中话本的原型及其演变，是典型的一例。文人的传统则是以正统诗文为代表的文学创作。当然，二者之间也存在着一种相互影响和相互渗透的关系，以至于在某些时候、某个作家、某种文体的创作中，很难加以明确的区分。但就其历史渊源和表现特征而言，这种区别毕竟是存在的，也是一种文学史的事实和常识。“五四”以后，这两种性质的传统都在发生变化。民间传统因其与民众的联系和形式的通俗化，而被创造性地转化为新文化和新文学的精神资源，并且被逐渐确立为新文化和新文学的一种被称之为“民族化”的发展方向。相比之下，文人传统则因其负载了过多的“封建文化”的信息和僵化的形式对人性的窒息，从一开始便成为新文化和新文学的攻击对象，并且逐渐为新文化和新文学发展的历史所摒弃。

在中国新文学史上，对文学传统的这种不平衡的传承关系，一直持续到“文革”结束后的1980年代，才有所改变。这期间的中国文学一方面固然因为拨乱反正的需要，急欲接续中断已久的新文学传统，因而有意无意地强化了新文学传统中的这种“片面的”传承关系。另一方面，更因为革新创造的需要，深感已经接续和修复的新文学传统资源的匮乏，于是，在广泛地吸取外来的文学营养的同时，也深入地开掘古代文化和古典文学的深厚地层，希望从中找到精神和艺术的支撑。对中国古代文化和古典文学中文人传统的重新发现和重新利用，就是在这个背景下发生的。如同1940年代的根据地（解放区）文学对民间传统的重新发现和重新利用造就了赵树理等一大批带有极强的民间化（或曰民族化、大众化）色彩的作家一样，1980年代对文人传统的重新发现和重新利用，也造就了一批有别于赵树理的带有较为浓厚的传统文人气质的当代作家。这批作家以汪曾祺等老一代带有传统文人气质的作家为先导，先后崛起于1980年代的“文化热”和“寻根文学”的潮流之中，贾平凹是其中的一个代表。这些作家虽然不像这期间的某些先锋和前卫作家那样，形成了一个阵势和群落，也不像赵树理等作家那样，开创了一个崭新的文学时代，但他们却分别以一种个体的优势，复活了一种淹没已久也寂灭已久的文学传统，同时也在民间传统之外，为在这个全球化的时代保持和发扬文学的民族特色，创造性地发掘和转化了一种重要的传统文化和文学的资源。我以为，从这个角度去看贾平凹的创作和他的全部文学活动，会拂开人为地笼罩在他身上的那些神秘的面纱和某种“时鲜”的色彩，而直逼他的创作活动的文化内核，从中发现他的创作活动的别一番文学史意味。

当然，这样说，并不是说贾平凹也像当年的赵树理那样，只从某种单一的文化传统和文学传统中吸取滋养，用他所心仪并沉浸其中的古代文学中的文人传统，去培育一种类似的现代文人传统，把自己也造就成一个现代的士大夫（“文人”）作家，恰恰相反，因为脱离了赵树理生活的那个二元对立的时代，加上置身于一个多元开放的社会文化环境，所以他就有可能兼收并蓄，从古今中外各种文化和文学资源中择优取用，包括民族文化和民族文学中与文人传统相对的民间传统。故而在他身上，虽然有一种比较突出的传统文人（士大夫）的气质，但却同时也富于现代色彩，兼有民间文化的流风遗韵。正如他的创作既有一种主导的积极入世的儒家精神，同时也兼有超然物外、澄心净虑的道、禅境界一样。在艺术上更兼容了民族文学历史中的正统诗文、民间说唱、笔记话本和各种现代叙事文体，以及外国文学中的象征、隐喻、寓言、魔幻和荒诞、变形种种手法。像这样的兼收并蓄、兼容并包，无论就其内在的文化精神还是就其外在的艺术表现而言，对贾平凹来说，都不是对其中的某一个单项的生硬模仿，而是综合融汇了各种因素的创造性转化。又因为这种创造性转化，不是纯逻辑和纯技术的杂糅，而是立足于现实，是以对于现实生活的体验、感受为基础的，尤其是着眼于民族的历史文化应对现代化潮流的挑战与冲击而引发的忧虑与思考，其结果自然是现代中国人的生存经验和集体意识的一种艺术的体现，而不是古代或外国的某种文化或文学的变体。本辑李遇春博士的评论，从贾平凹的小说的叙述范式的嬗变的角度，实际上已经涉及了这个问题，从中我们也可以大致体会贾平凹在杂取多种资源，创造性地转化传统方面所做出的宝贵努力。我当然无意说贾平凹的创作因此就臻于一个至善至美的境界，我只想借此说明，从这个角度来看贾平凹的创作，可能更易于凸显他的独特的文学史意义。如果是这样的话，如同陈忠实一样，对贾平凹来说，似乎也有一个“重新走进文学史”的问题。

小说蒋韵

在张赟对蒋韵的访谈中，有一句话让我感触很深。张赟说蒋韵是一个“成就大于名望”的作家，就我读蒋韵作品的印象而言，确诚如此。也许这是指蒋韵在一个特定时期的状况，事实上今天的蒋韵不但有很高的成就，同时也有很高的名望。而且正因为此前经历了一个“成就大于名望”的时期，所以今天这名望才不是“浪得”的，而是因“实”而“至”，即人所谓实至名归。

说到这个问题，我就想到了一种流行的作家归类法。批评家和学者为了自己的方便，常常喜欢把一些作家归到一种创作潮流或派别、“主义”之下，用这种归类方式来对作家的创作作总体的论述、评价。这几乎成了批评家的一种习惯，或已经流为学者的一种著述成例，笔者也未能或免。这样做虽然省心省力，但却留下了一个可称“后遗症”的东西，即有些作家因为某种创作特征不够明显，或者干脆不合潮流，不尊文统，不入门派，就往往难入批评家的法眼，或者为学者的著述所不取。这对于一般作家来说，“不入”“不取”也就罢了，打个比方，就算你在梁山寨上入了伙，聚义厅也摆不下这么多交椅，何苦来要硬着头皮往里挤。同样用这个比方，这种事倘若要放在像林冲、武松和李逵、鲁智深之类的大咖身上，那又是另外一回事了，就算他本人不计较，聚义厅上少了这些人，终归是一个损失，也会让梁山的历史减色不少。或者说，批评家和学者就这么重要吗，作家嘛，只要读者喜欢就行。这话不错。但问题是，这读者也有当时的读者和后来的读者之分，有生命力的文学，不但当时的读者喜欢，后来的读者也喜欢就好。批评家和学者的作用，就在于能为后来的读者提供好作家和好作品的信息，同时还能给你提供一些阐释、评价这些作家、作品的意见，供你参考。倘若他们压根儿就不理睬这些作家，后来的读者连这些作家的姓名和作品的名字都不知道，他的喜欢又从何而起呢。当然，你可以说，《红楼梦》不是凭着手抄也流传下来了吗，但那是没有专业批评家和红学家的古代，放今天试试，人家不评论你，不研究你，媒体不登评论你的文章，出版社不出研究你的书，你很快就淹没在茫茫书海之中，今天的读者尚且无从打捞，凭什么让后来的读者发现你。从这个意义上说，批评家和学者的工作，的确是很重要。但问题是，让他们用这种归类法一搞，很多好的作家和好的作品，就难免被遮蔽或被埋没。现当代文学史上，正不知有多少作家、作品遭遇了这种被遮蔽、被埋没的命运。

有一个时期，蒋韵也遭遇了类似的困境。在“伤痕文学”于不经意间让她一举成名之后，她却没有继续跟着层层迭起的新的文学浪潮去“反思”历史、参加“寻根”和“实验”各种现代派，也绕开了喧闹一时的“新写实”，作为女性作家，甚至也未加入“女性主义文学”创作潮流，所以在这些旗号下，你很难从批评家和学者的笔下，看到蒋韵的身影。但在这些潮流迭起之际，蒋韵并没有闲着，她不太在乎文学的潮流，却唯恐生活的潮流流速太快，让人丢掉了不该丢掉的东西，失去了本该珍藏的记忆，她要用她的笔召回这些可能被人们丢掉或已经被丢掉了的东西，打捞这些还可能残存或可能重现的记忆。这工作就好比在后浪推前浪的长江岸边，有一叶孤舟在默默垂钓，被浪潮裹挟着前进的人们，也许当时并不在意，但事后一想，自己在急流涌浪中被冲刷掉的东西，可能在那位钓者那里都能找到。蒋韵所做的，用一句文词儿说，主要就是这打捞记忆、捡拾遗忘的工作。张赟说“纵观蒋韵的文学作品，有若干情节母题或情节原点，如追忆80年代、死亡结局、青春绝恋、‘十年之约’、漂泊迁徙，等等，通过对它们的生发、铺排，形成枝繁叶茂、面目各异的故事，最终升华为形而上的文学理想”，可以为证。有人说，“失去”“逃离”“苦难”“乡愁”和“生命悲情”，是蒋韵创作的母题，她自己似乎也不否认这一点。而这些东西，正是常常被我们这些所谓现代人，置身于这个所谓现代社会所忽略了的东西。我们常常因不知所失（包括所爱）而陷入迷惘，因逃离不得而进退维谷，因忘却苦难而身心空乏，因满怀乡愁而无所皈依，因感于生命悲情而流为虚望，如此等等，现代人和现代社会也因此而有诸多精神病症。长期以来，蒋韵远离文坛“尘嚣”、默默无闻地在做的一件工作，就是用自己的笔，在细心地检查这些精神病症，而后对症下药，以她所珍藏的青春、理想、生命、爱情、纯真、善良等精神的良药来医治这些顽疾，救助这些病人。也许她所开出的这些精神的良药都是“诗性的”，或者如蒋韵自己所说是“抒情性”的，所以王德威才说她“关心的是诗，写的却是小说”。至于这诗和小说之间的关系如何转换，二者的矛盾如何统一，无须我来饶舌，最好是让蒋韵自己做一个说明。她说：

他（按指王德威）认为我是用写诗的方式在写小说。这本身就是一个大矛盾。也许，这正是古典情怀与现代生活现代社会之间的关系？或者，我们不用“古典情怀”这个词汇，换一种表述方式——诗的年代，诗性的年代，我想那应该是我，以及我小说中的许多主人公们乡愁所系的“前生前世”。而现代、后现代从生活中所驱逐的，正是诗。这样的困境，不仅仅属于我小说的主人公，也属于作者。但同时，我也必须承认，正是这深刻的困境成全了作为小说家的我，使我成为我自己。回忆才有抒情性，现实的东西是缺少这个的。

可见蒋韵终归是个诗人。

小说蒋子丹

20世纪90年代初，我与蒋子丹做了近半年邻居。那时我流落海南，寄身作协，与她同住画苑小区的一栋楼内，她住楼下，我住楼上，就在她所说的那个“海南著名的古迹”五公祠附近。不过，这个供奉着唐宋两代被贬谪到海南的五个军政大佬的公园，又似乎没有她说的那么“荒凉破败”，相反，我倒觉得它那时还算清静优雅，所以也常常进去蹓达、蹓达。

那期间，听韩少功讲过很多闯海南的故事，包括创办那份很牛气的杂志《海南纪实》的经历，让人心潮澎湃、热血沸腾，觉得湘人果真了得。而据我所知，在早期闯海南的各路人马中，湘人占其大半，海南改革开放的活力，多半有赖湘人，故知海南必有大变。虽然《海南纪实》后来遭遇不测，一干人等也风流云散，但我从韩、蒋二人身上，又分明感到那胆气和灵魂还在，就想，迟早有一天，海南还会有这样的一份杂志出来，只不过未必还叫这个名字。

整日无事，便跟蒋子丹一起编起了《天涯》杂志。原来的《天涯》杂志没有现在这么有名气，到我“染指”时，确如蒋子丹所说，“几乎已沦落为出卖刊号的地摊货”，所以也就见不出她当年编《海南纪实》的气魄和能力，相反，我倒觉得她颇有点敷衍了事的味道，等因奉此，按月出上一期，不出问题就好。我不知道她是因为《海南纪实》的遭遇弄得心灰意冷，还是曾经沧海、冯妇难为，抑或还有别的什么原因，总之若以她当年的气魄和能力，《天涯》不至“沦落”如此。虽然我不负主责，但厕身其间，总不免思之怅然。

不久，我回到旧巢，忙着生计，便与她失了联系，更不知《天涯》的死活。再不久，突然收到一期《天涯》杂志，名称依旧，却面目一新。比较原来的《天涯》，不但版式大方，装帧古朴，而且栏目新颖，文题卓异。且不说各体文学，与此前大异其趣，更有诸多栏目，越出了文学的边界，跻身天下国家、政经文化、人情世态、日常生活、流行时尚、民间语文等诸多领域，虽非完全的“纪实”，但又俨然是《海南纪实》的还魂再生。方知《天涯》已经改版，果然印证了我当初的料想。如今，改版的《天涯》杂志在读书界已久享盛誉，是知识人心目中一座精神的圣殿，一块思想的飞地。蒋子丹把改版的创意归功于他们的灵魂人物韩少功，我想，少功离了她这位坐镇中军的巾帼主帅（有时还兼冲锋陷阵的急先锋），只怕没了这份东山再起的胆气。

子丹性格豪爽，为人仗义，表面上风风火火，骨子里却情柔心细。她家先生是海南著名的摄影家，新闻摄影和艺术摄影皆属上乘，但于日常生活，却疏于自理。但凡出差旅行，皆由子丹为之收拾行装。轮到子丹出差，饮食无着，则到敝处“搭伙”。我自然也得着他们不少的照顾和好处。常忆在她家蹭饭，见有一猫，色黑，体大，客来不惊，客去不唤，状若无人，悠闲自在，深得子丹夫妇喜爱，待若家人。此君虽已作古，但前时听子丹言其老态，犹自垂怜，足见其慈爱之心。便想今日子丹之倾心动物生态，是否亦缘自这一缕爱心！

说了半天与蒋子丹有关的闲话，似乎尚未及正题，但所谓正题者，对一个作家来说，又似乎与这些闲话有关。孟子曰：“颂其诗，读其书，不知其人，可乎？是以论其世也，是尚友也。”（《孟子·万章下》）因为交了蒋子丹这个朋友，又生当其世，所以读她的作品，就容易想到她的为人处世，或者反过来，由她的为人处世，亦可以推见她的作品。关于这个正面的话题，本期主笔张赟博士已经说得很多，我想说的，仍然不过是与蒋子丹有关的闲话。

张赟说，蒋子丹的经历“很富于戏剧性”，我说，这种“戏剧性”，不仅仅表现在她的经历的南北流转、急进急退、大“起”大“落”，更重要的是她的骨子里天生便有一股子“喜欢找新鲜”的劲头。以我的经验，一个人要改变自己是十分困难的，多半也是不情愿的，何况是一个天生便以家为本的女人。（冒犯了女权主义，罪过，罪过！）但蒋子丹却在频繁地也是心甘情愿地改变着自己的人生和自己的创作。如果放在一般人身上，在她过去的人生和创作经历中，任一个时段的成功和声名，都可能给她带来较长时间乃至一生的享受和荣誉：她可以因实验现代派创作而留名文学史，因参与创办《海南纪实》而享誉海内外，因主持《天涯》笔政而跻身名编乃至名流之列，因担任作协主席而享受文化官员的待遇……然而在这些“可能”面前，她都没有去进一步扩大战果，进一步更高地攀升，更多地攫取，而是相反：功成不居、急流勇退。这不是故作超然，也不是湘人的拗气，更不是要做隐士，而是顺乎一己的本意，回到一个作家的本位，回归她所热爱的文学自身。老子曰：“功遂身退，天之道也。”其是之谓乎。

现在，蒋子丹终于回到了她的作家本位、文学本位。由作协主席到作家、由主编到作者、由编者到被编，在这个时代，无论怎么说，都不能算是一种进步。我们这一代人追求进步惯了，每见朋友进步，则为之高兴。现在，我却要为蒋子丹的这种不能算进步的行为高兴了。因为她这样做，不但尽了自己的本分，而且有益于读者，有益于文学。这使我想起了毛泽东的一段话：“一个人做点好事并不难，难的是一辈子做好事，不做坏事，一贯的有益于广大群众，一贯的有益于青年，一贯的有益于革命，艰苦奋斗几十年如一日，这才是最难最难的呵！”套用这段话，我要说，一个叫作家的人弄点文学并不难，难的是一辈子弄文学，不弄名、不弄利、不弄钱、不弄权，一贯地有益于文学，一贯地有益于广大读者，宠辱不惊、矢志不渝，艰苦奋斗几十年如一日，这才是最难最难的呵！

小说金宇澄

在当代小说史上，《繁花》是个另类，是个异数。《繁花》的作者金宇澄先生的许多文学观点，也可以归于另类、“异见”之列。我读他的创作谈，有很多异样的感受，这其中，感受最深，印象也最深的，是他的改造方言之说。

在没有普通话的古代，小说家用什么语言写作，现在很难说得清楚。尽管古代也有一种通行于不同时期不同朝代的类似于今天的普通话的通语，或者叫作官话，一般是开国帝王的出生之地、龙兴之地或国都所在地的语言，当然不像今天的普通话这样统一规范，但在生活中尤其是在官场上，是可以流通的。古代小说家是不是用这种语言写作，不得而知。但中国小说最流行的作品，大多是白话小说，却是比较一致的看法。否则，胡适在尝试白话新诗之前，也不敢说，中国已经有了成功的白话小说。按照学者的说法，这种小说所使用的白话，自然是中国古代的白话，而不是现代的口语。至于这种白话，是否就一定是当时的通语或官话，依旧不得而知或知之不确。倒是有一种可能，可为这白话的性质提供证明。即作为古代白话小说的前身或曰原始形态的“说话”，可能用的是市井方言，而不一定是通语或官话，否则，听者未必能懂，说者也未必能说。到了有文化的人要记录这“说话”，将之写成底本，即“话本”，进而到后来的文人要创作话本小说，又可能要由“说话”的方言，改用当时的通语或官话。由此可知，见于文字的古代白话小说中的白话，应该是类似于今天的普通话的通语或官话。学者当中，也有一种说法是，中国古代白话小说所用的白话，主要是当时的通语或官话，其中保留有“说话”人所在地的方言成分，或者夹杂了“说话”人自己所操方言的元素。有人又说，这些白话小说叙述的语言是通语或官话，对话的语言为了表现人物的需要，有些却用的是人物应讲的方言。不论怎么说，总之是，除了少数小说用方言写人物对话，方言进入小说，都经过了自觉或不自觉的改造。可见，改造方言，是小说家的通例。晚清有三部被称为方言小说的作品：《何典》（成书较早）、《海上花列传》、《九尾龟》，大致代表了上述改造方言的诸种情况。《何典》的叙述语言和人物对话都采用方言，其中显然也夹杂有些许官话，是一部比较完全的方言小说。《海上花列传》叙述用官话，对话却用方言。《九尾龟》虽然叙述也用官话，但对话的语言却视人物身份而定，一部分是官话，一部分是方言。这些小说都以方言小说名世，可见，方言小说并非我们想象的是纯粹用方言写的小说，而是用改造过的方言写的或夹杂有方言的小说。从这个意义上说，《繁花》也可以称之为一部方言小说。

有人或者要说，干脆用普通话写小说得了，费这么老大劲干嘛。要图省事，这话也对。问题是方言在小说中的运用，有些是历史的旧迹，抹杀不了，如由“说话”而话本，有些是当事人的母语，自然流露，如话本的作者，当然，也有因艺术表现的需要而有意为之。总之都是免不了会有会用的。除了这层关系，还有一个更重要的原因，是方言有普通话所不及的表情达意的能力。胡适说，“方言最能表现人的神理”和“说话的人的神情口气”。据笔者陋见，方言的表情达意，不一定全在字义词义，而在语调语气。例如在下生活的武汉，有个方言词汇叫“苕货”，“苕货”二字如从字面上解释，就是傻瓜的意思。但在日常应用中，说某人是“（个）苕货”，并没有骂人是傻瓜的意思，相反，在不同情境之中，用在不同对象身上，却带有袒护、爱抚、嗔怪甚至赞赏等多重意思。普通话当然也有类似的情况，但方言却显得更为普遍。问题是，这些方言词汇一旦用普通话写出，变成相应的文字，就失却了原来的多义，只剩下一个固定的意思。尤其是难以表达在特定情境中，针对特定对象的感情色彩，这就显出了普通话的局限。但真要用方言写吧，又难，这难就难在有些方言，是有音无字的，即一种方言的发音，无法用对应的文字写出来。这让在下想起了当年当知青那会儿，在生产队记工分，因为几个社员的名字的方言发音无法用文字写出，而为贫下中农所讥笑。虽然他们并无恶意，却害得在下郁闷了好一阵子。话又说回来了，就算这些方言发音，你能找到相应的文字写将出来，又能如何呢，还不是个无解，这就叫作有字无义，与有音无字其实是一回事。佛经的翻译就常常有这种情况，所以才弄得有些经文佶屈聱牙，无人能懂。这种音译的经文，后人还可以从原初的语言中找到它的意义，而方言一旦用记音的方式写进了小说，读者即使拿着书找到说这种方言的人，他也未必能说得出意思，要是这样，可不就麻烦了。所以方言如不经改造写进小说，或者写进小说的方言多了，是对读者不负责任的表现，甚至会将读者拒之门外。如果是这样，也就失去写小说的意义。从这个意义上说，金宇澄先生的改造方言，可谓处处为读者着想，苦心孤诣。这样的作家，在今天实在难找。为此，我要向金先生鞠躬致意。

方言和普通话，是一对冤家。写小说的不把这一对冤家的关系调理好，就别想写出好小说。《繁花》的好，就好在让这一对冤家能在金先生的笔下和平共处，所以金先生虽用上海方言，却写出了一部“普通”人都能读、都读得懂的好小说。

小说李洱

我不识李洱，但对李洱与本辑主笔魏天真博士所谈论的问题，很感兴趣。不妨先引李洱的一段话作个引子：

> 我所能写出的，只能是我感受到的一小部分，我无法做到“指哪打哪”“意到笔到”，我永远无法做到这一点。在意念和现实之间，那条鸿沟永远存在。这其实是所有写作者都会面临的问题，包括卡夫卡，包括曹雪芹，不然《城堡》和《红楼梦》也不会写不完。也就是说，有很多东西是说不出来的，写不出来的。
>
> 但是，最有意思的地方，就在这个时候出现了：你一定要尽力“说出说不出来的”，“写出写不出来的”。你已经写出来的那一部分，要能够让别人感觉到，你确实还有一些东西没有写出来。甚至可以这么说，你已经写出来的这一部分，它的意义就在

于显露出没有写出来的那一部分，那是个巨大的存在，它不可言说。你的言说的意义，就是让人知道还有些东西不可言说。但是，那个不可言说的东西，只有通过你的言说，才能够成立。

李洱的这一段话，其实有两层意思，一层意思也就是晋人陆机所说的“意不称物，文不逮意”的问题。所谓“意不称物”，用今天的话说，大意也就是你想要说的意思，不能正确地反映你所要反映的事物；所谓“文不逮意”，也就是你写出来的文字，不能完全抓住（表达）你所要表达的思想。他的这一段话的另一层意思，则是我们常说的“意在言外”“言有尽而意无穷”的问题。

这两方面的问题，都可以归结为写作活动的一种宿命，中国古人对此很早就有清醒的意识，所以才在“两难”之间创造了奥妙无穷的古代文论。只是到了近现代社会，因为有西方来的科学主义撑腰，写文章的人也自信能如科学研究那样穷形尽相、求实求真，“言”与“意”的矛盾自然就不在话下。鸿沟既已填平，剩下来的就看作家的本领了，古人谓“非不为也，实不能也”，现在既已有可能，再要做不到，就得像对当今的某些行政官员一样，判你一个“不作为”，你也就当不成作家或不配当一个作家了。

奉现实主义为圭臬的作家，在这方面信心更足。因为现实主义本来就是以科学的实证主义为哲学基础的，加上现代中国功利主义的文学语境的作用，所以长期以来，真实性便成为文学反映生活的重要标准，有时甚至是唯一标准。殊不知，这“真实性”，也并非真的就是老人家所说的“客观存在的实际生活”，而是对“客观存在的实际生活”的一种意识和判断。说到底，也就是古人所说的“意”。且不说你这个“意”离“客观存在的实际生活”的真实形象和本来面目，究竟有没有距离、距离多远，就是完全没有距离或距离很近，你也不能保证你就一定比古人高明，就一定能挣脱文章的宿命，做到“意能称物”。我要提供的证明，是一个现实主义作家描写的自认为是“真实”的生活对象，在另一个现实主义作家笔下，却是另外一个样子；一部以现实主义的方法写出的“真实”地反映生活的作品，包括其中的某些优秀作品或今人所谓之经典作品，也常常难免被人以各种各样的理由指责为“不真实”。你当然可以说，前者是作者对“真实性”的理解有别，后者是读者评价“真实性”的标准不同，所谓仁者见仁，智者见智是也。但无论怎么说，既有这种差别和不同存在，就说明你对“真实性”的意识和判断，未必真能“称物”；你笔下的“真实”，未必真能“逮意”，否则，你用你的笔把你认为的真实生活（“意”）毫厘不爽地呈现在人们面前，而且与你要反映的生活（“物”）完全相称，又怎么会招来这么多的分歧和饶舌呢？

这就牵涉到文学所描写的人和生活的“复杂性”的问题，这也是李洱和魏天真讨论的另一个让我感兴趣的问题。古人谓“意不称物，文不逮意”，也许说到底，还是由于客观外界的“物”和主观内在的“意”都是很“复杂”的原因吧。对这种“复杂性”的表现，后来的先锋作家往往责怪先前的现实主义作家将其简单化了，他们则要通过一种叙事形式和叙述方法上的革新，呈现这种“复杂性”本身，于是便有了马原等人的“叙述圈套”的出现和其他形式技巧上的实验。结果复杂是复杂了，甚至有时候还难免让人眼花缭乱，但是否真的因此就呈现了人和生活的“复杂性”本身，还得打一个问号。因为，先前的现实主义作家被后来的先锋作家指责为简单化，无非是说他们按照某种意识形态的指令来运思措意，舍弃了其他各种存在的可能性，这些先锋作家则反其道而行之，致力于寻找被这种意识形态的指令舍弃了的各种可能性，换言之，也就是要打破先前的现实主义作家所迷信的本质性和规律性，代之以尚未纳入本质规定的各种随机性和偶然性。这当然是近二十年来中国文学革新的一个积极的成果，但有一点，却又不能不让人产生疑问，即先锋作家所实验的那些复杂的形式和技巧，就真的可以呈现人和生活的“复杂性”吗？如果是这样的话，那无异于是说，他们的写作活动是可以做到“意能称物”“文能逮意”的，是可以挣脱写作活动的宿命的。

我相信没有哪一个先锋作家有这样的信心，也没有哪一个先锋作家敢于这样自诩高明。从这个意义上说，我宁可相信李洱的话，在写作活动中，你是永远也无法做到“指哪打哪”的。你得承认写作活动的宿命，正是在这种宿命的挣扎中，你才可能向世人显露那个巨大的“不可言说”的存在。有人说，先锋文学到了李洱，才是一种成熟的形态，我要说，李洱的成熟，就在于，他没有先前的先锋作家那样的牛气，而是谦恭地以一个“掺了水”的后人的身份，从没“掺水”的“先人”（没“掺水”的“先人”叫李耳，即老子）那里传承了对“道”的一点感悟和敬畏。

小说李骏虎

在“70后作家群”中，我“见”过李骏虎，也浏览过他的一些作品，但真正逐字细读的，还是他的长篇小说《母系氏家》。这仍然得拜“茅奖”所赐，给了我这样细读作品的机会和耐心。当时的印象现在已记不完全，只留了一点理念的残片，觉得在这部小说所写的三个主要女性身上，既有一种现代意识，也有一种世俗精神，此外，似乎还有一种类似于佛家的悲悯情怀。这三种观念的因素，虽然在这三个女人身上的体现，各有侧重，但从总体上看，却为我们展现了作者笔下这个“母系氏家”的一幅丰富驳杂的精神图像。

山西作家都会写女人，尤其是农村女人，李骏虎也不例外。不过，不同的作家有不同的写法，写作的意向，要表达的意思，也不尽相同或完全不同。就拿大家都熟悉的赵树理来说吧，多的不说，只说从《小二黑结婚》中的三仙姑、小芹，到《登记》中的小飞娥、艾艾，也可以说是写了一个“母系氏家”。但赵树理的写法，显然要比李骏虎简单得多或曰单纯得多。也许是篇幅的原因，赵树理只写了这些女性的婚姻、爱情及与之有关的家庭故事，没有涉及更多的社会生活内容。虽然在《小二黑结婚》中，也写了根据地的反封建斗争和民主改革，在《登记》中也写了新婚姻法的颁布，但那只是作品情节的一种背景性因素或推动因素，并不是作者着意要表现的东西。而且，赵树理似乎也不想把这些女性写得过于复杂，他只写了她们追求自由的爱情和自主的婚姻，最后达到了与相爱的人美满结合就戛然而止。这些，都与李骏虎的写法不同。相对而言，李骏虎笔下的女人，不但所经历的社会生活，要复杂得多，而且他们自身的情感世界，也较为复杂。作者着意表现的，也不仅仅是她们的爱情和婚姻，还有与之相关的欲望和命运，等等。所有这一切，都说明，同为山西作家，都可以称为写女人的圣手，但写出来的女人，却截然不同。赵树理笔下的女人，虽然鲜活生动，但难免平面单薄；李骏虎笔下的女人，却显得立体丰满，有血有肉。我这样说，自然不是说李骏虎已经超过了赵树理，而是说，同是女人，在不同作家眼里，会生出不同的样子。个中缘由，首先，自然是时代的变化使然。其次，则不能不说是作家在这些女人身上所灌注的创作理念。文学创作虽然切忌理念化，但作家为什么要写这个作品，他要把这个作品写成什么样子，则决定了这个作品最终会写成什么样子，包括作品所表现的社会生活和人物形象等，说明作家的创作理念在创作中仍起着重要的影响和支配作用。

这让我想起了现当代中国文学中，有关女人的一些故事。在中国历史上，妇女是一个受压迫最为深重的群体，这是一个众所周知的事实。但妇女的受压迫，常识中是由所谓“政权”“族权”“神权”“夫权”等“四大绳索”施加的，即来自社会各方面的外部权力的压迫。这些看得见、摸得着的压迫，可以称之为一种现实性的压迫。在这种现实性的压迫之外，其实还有一种看不见、摸不着的压迫，可以叫作话语性的压迫。这种话语性的压迫，就包括文学的话语在内。在文学的话语系统内，女性首先是一种被抽空了“感性存在”的观念的符号，而后又把这个符号拼写成诸如“淫荡”“祸水”之类的词汇，成为一种文化符咒，以之禁锁女性的灵魂和肉身。后来虽然有一种新的文化出现，声明要解除这种文学话语的符咒，但在一个漫长的时间内，这解除活动本身，又成了一种新的文化符咒，女性由“淫荡”“祸水”之类的代名词，变成了“翻身”“解放”“自由”“平等”之类的符号。以至于到了20世纪90年代兴起的女性主义文学运动，仍有人认为这是女性肉身或性别、性征的一次“解放”，并未真正将其中的女性视作一个完整的、独立的“感性存在”。或者换一句话说，并未将女性作为一个完全的“人”或“常人”来看待。从这个意义上说，历史上的所谓女权主义和今天的所谓女性主义文学运动，实则仍在将女性作为一个与男权社会抗争的符号，乃至测量整体的社会解放的普遍尺度，女性在文学中仍在受着自身制造的话语系统的压迫。我这样说，也许有人要问，到什么时候女性才不受这种压迫呢？这个问题，在专家学者看来，也许十分深奥，十分复杂，至少要一打以上的专家学者，花上十年八年的工夫研讨、论证，但放在上面所说的历史过程之中，也许要简单、明了得多。既然历史上，女性在文学中常常作了符号和工具，那什么时候女性从各种观念的符号，诸如社会性的观念符号、文化性的观念符号以及性别化的观念符号等中解放出来，什么时候不再被人也不再被自己当枪使：在古代，是正人君子的枪，在现代，是文化斗士的枪，而是当“人”看或当“常人”看，女性才算挣脱了这种话语系统的压迫，才算获得了真正彻底的解放。或者再换一句话说，也就是把女性由种种观念的符号，由种种理性的工具还原成“人”，还原成一个不附加任何限制的“常人”，一个有着独立的主体意识和主体人格的个体，一个活生生的有血有肉的“感性存在”。这在一个整体的社会文化系统中，也许需要长时间的努力才能做到，但在文学的话语系统中，只要让这些被上述各种观念劫持的女性回了娘家，大抵就可以做到。这个娘家不是别的，就是李骏虎在访谈录中所说的，也是他在创作中孜孜以求的“现实”二字，或者大家说习惯了的现实主义。这样说来，回过头去再看李骏虎笔下这些毛生生的女子，给人的感觉就是，他在赶着一头自家调教的现实主义的毛驴儿，驮着这些可能被那些观念的汉子强娶了去的女子，回了“现实”的娘家。

小说李锐

叶立文博士在本辑评论文章中说："在面对'诗人何为'的良知叩问时，李锐似乎更像一只刺猬，虽然他的读者在数量上永远无法和一些'与时俱进'的狐狸型作家相比，但他'不是为了观众和掌声'的写作，却始终证明着文学的力量。"李锐在中国当代作家中的独特之处，也许正在于此。

作为一位有过知青经历的作家，李锐在文学上是出道较晚的。当他写出他的代表作、实际上也是他的成名作《厚土》的时候，正如他的朋友、作家成一所说，其时"伤痕"已过，"反思"已过，"伪现代派"已过，总之是，在"文革"结束之后的新时期文学中，一切可以称之为"新"的文学潮流，都迹近成为过去。这个时候有个李锐引人注目，就不再可能是因为暴露"伤痕"，也不再可能是因为"反思"历史，现代派实验似乎也与李锐无缘，唯一攀扯得上的就只有尚未完全成为过去的"寻根文学”了。李锐虽然不是一个有自觉意识的“寻根”作家，但他的创作对生命意识的注重和始终如一地坚守的本土文化立场，却与这场文学“寻根”浪潮的文化取向有诸多共同之处。我不知道今人是如何评价这场已经成为过去的文学“寻根”浪潮的，不管始作俑者的初衷如何，也不管它后来的发展有哪些利弊得失，但有一个对新时期文学影响深远，乃至对中国文学的未来发展也不无意义的问题是：中国作家从对“寻根文学”影响至巨的拉美文学中所得的经验和启示。这种经验和启示，不仅是见之于一些叙事的方法和技巧（如包括李锐在内的众多作家所受马尔克斯的《百年孤独》的叙述方式的影响等），更重要的是拉美文学在西方所产生的“爆炸”性影响，表明民族本土的文学传统和文化传统，也可以通过一种创造性的方式，向现代发生转化。如果说拉美文学的这种经验和启示，在刚刚经历过一场毁灭性灾难的 1980 年代，还只是重振民族文学的信心和希望的话，那么，在冷战结束以后，全球化进程日益加剧的当今时代，就应当成为中国作家所坚守的一种文化立场和文化策略。从这个角度来看李锐的创作及其所坚守的文化立场，我以为会别有一番意味。

从李锐的创作“自述”看，他对汉语写作的前途是充满信心的。这种信心不是建立在一种狭隘的民族自尊的基础上，也不是某些“后新潮”诗人玩弄的“现代汉诗”之类的时髦，更不是以标榜“汉语写作”向“先锋派”的“西化”争夺话语的权力，而是对自己所经历过的新时期文学乃至百年中国新文学的一个自觉的历史反省的结果。中国文学自近代以后，百年以降，在从古典向现代转变和追求现代化的历史进程中，所遭遇的历史境况，确实是十分尴尬的。文学的现代化正如社会的现代化一样，是西方文明和西方文化发展的结果，是西方人创造的一种文明形态和文化形式，这种文明形态和文化形式因为体现了人类文明和文化创造的普遍价值而对于世界各国来说，都具有广泛的普适性。中国文学要走向现代，因而就不能不接受这种来自西方、由西方人所创造的现代经验和现代形式，包括它的某些现代的价值评价标准。这就是百年中国文学所经历过的大大小小的改良和革命，无一不是缘于对西方的学习和借鉴，包括“文革”结束以后的新时期发生的文学革新，也是在亦步亦趋地追寻西方文学的现代化足迹。正因为如此，在这个过程中，中国文学又常常感到迷失了自己的民族本性，诸如中国社会所特有的一种文明形式，中国文化所特有的一种理性精神，中国人所特有的一种生存状态和情感状态，以及汉语言文字所特有的一种文化意蕴和表达方式，等等。这样一来，对现代化的追寻，又常常让中国作家有形无形地经历了一种西方的文学“殖民”和文化“殖民”的痛苦，当然也有李锐所说的陷入这种痛苦而不自知反以之为荣的“自我殖民”的状态。对西方的批判于是又成了一种“历史的必然”。应该说，李锐是这种对西方的批判中较早获得自觉意识的作家，虽然这种意识的获得依旧是缘于西方某些来自“第三世界”国家的学者（如赛义德等）的经验和启示，但对于中国这样一个同属“第三世界”国家的文学来说，这种经验和启示，恰如拉美文学的经验和启示一样，对在全球化背景下追寻中国文学自己的现代化，培育中国文学自身的现代性，重建现代汉语写作的自信心，无疑都是具有极为重要的意义的。从受孕于拉美文学的经验和启示中，确立自己写作的本土文化立场，到在全球化的背景下，在反抗西方“后殖民”霸权的浪潮中，明白地宣示“要用自己杰出的作品建立起现代汉语的主体性，要用自己充满独创性的创作建立起现代汉语的自信心”，在最近二十年来，李锐所走过的是一条追寻现代民族文学自立于世界文学之林的发展道路。正因为如此，所以，最近二十年来，在各种新潮迭起之际，李锐似乎被湮没无闻，但当这些潮流过去之后，所见的又是他踽踽独行的坚实身影。

李锐绝不是一个只发宣言而无创作实绩的作家，或者名实相乖，创作和宣言脱节的作家，恰恰相反，从1980年代以来，他一直在一种坚定的信念的指引下，孜孜不倦地从事着他的独特的艺术创造。对他的创作评价，本辑已有叶立文博士的一篇评论文章。虽然他所取的只是一个特定的角度，但仅就这个角度所见，李锐的创作，也确如叶博士所说，“维护”了中国人的一种独特的生命体验和生存经验。我不知道热心译介李锐作品的马悦然先生看中的是李锐的创作的哪一点，作为一个世界性的文学奖项的评委来说，我想，他理应重视李锐的作品在思想和艺术上所提供的独特的“中国经验”。

小说李修文

在20世纪40年代的诗坛，就有人以“代”际之别来命名作家群体，始有“新生代”作家的说法。后来台湾的当代文学批评家和文学史家，也喜欢这样区分作家，于是就有诸如“前行代”“新世代”“更新世代”作家之类的命名。但这些说法和命名，毕竟都十分含混，并没有将这个“代”字，具体锁定在哪一个年代。到了晚近这二三十年间，情况就不一样了。虽然当年诗坛闹“第三代”（或“第五代”）诗潮的时候，也沿用过“新生代”的含混说法，但到了小说界用这个方法来区分作家时，就不再含混了，而是一个年代一个年代地数下去：起先是“60年代出生的作家群”，后来干脆用洋办法简化为“70后”作家、“80后”作家，现在又有“90后”作家现身。以此类推，我不知道新世纪出生的孩子将来当了作家怎么办，难不成又这么一个年代一个年代地再数一遍，倘如此，倒真是坐实了清人赵翼的那句“江山代有才人出”，只可惜能领的风骚不过十来年，过了这个数，就有人要取而代之了。作家更新换代的速度如此之快，让你不能不感叹前些年流行的那句小品演员的话，说得实在太俏皮：中国人真是太有才了！

这是闲话，聊博一粲。但闲话不闲，据说“70后”女作家群的首次亮相，就是李修文当年在《作家》编辑部当编辑时策划的，所以对“70后”作家的命名，李修文是“始作俑者”。而且无论从出生的年代算，还是以创作的成就论，他都理所当然也当之无愧地是“70后”最有代表性的作家之一。

我和李修文的缘分不仅是同住一个城市，而且是他在这个城市求学、定居之前，就有过交往。那时他还是一个中学生，大约作文写得好，已显露文学才华。现在才知道他曾经得过全国的许多作文奖，而且大多是一等。这对一个中学生来说，自然不是一件易事，也算是一个自信的资本。他跟我写信，谈的大约也是与写作和升学有关的事，其间似乎还见过面。后来就断了音信，再后来听说他保送上了另一所大学的中文系，再再后来又听说他在《作家》杂志当编辑。再再再后来就什么也没听说了。等到很久以后，应邀到他的母校参加他的长篇小说《滴泪痣》的研讨会，方才得知，他已经是武汉市作家协会的专业作家，且是当时全国最年轻的专业作家。于是，在我的脑海里，又迭印上了当年的李修文，只是从前的李修文似乎很秀气，面前的李修文却膀大腰圆，又剃着光头，很有点先锋、时尚的味道。

文如其人，他的作品果然很先锋、很时尚。因为作品的背景是日本东京，所以会上很多人提到日本作家村上春树的《挪威的森林》，说《滴泪痣》是受了它的影响。我买过《挪威的森林》这本书。记得还是多年前与一群作家到胶东半岛去转悠，跟着池莉赶时髦买的。池莉当然知道它的好处，我却不知。所以买回来也没怎么看，就不敢接这个话题的茬。只是心里在想，这本书分明写的是一对中国青年的事，缘何非要扯上别人的影响呢？就算是在情节、人物和写法上有某些近似之处，也不一定就是受了某某的影响。难不成非要扯上某某的影响，才有身价，倘如此，中国的文学也太没出息了。晚近三十年，中国作家从学习、借鉴东、西洋文学中，确实受益良多。其中自然不乏亦步亦趋的套用、模仿者。李修文仿佛不是这样。尽管他把《滴泪痣》的人物和故事放在了日本，也让作品的主人公坐上了《挪威的森林》

的主人公坐过的同一线路的电车，根据某个专家的说法，在《滴泪痣》的主人公身上，甚至还可以“隐约窥见”《挪威的森林》中的人物的“投影”，但我坚信，他写作的根须，依旧是扎在中国人的心灵和情感的深处，依旧是受着中国文化传统的浸润和滋养。

他说：“我认为日本文学的要旨中国文学从来不缺，只是因为我后来强调了日本文学，人们就以为我只跟日本文学有重要联系，其实我也在强调中国古典文学啊，但就没人去听了。”就拿他在接受本辑主笔、我的博士生阳燕的访谈时提到的，表现“极端”或“惨烈”情感的作品，除了《赵氏孤儿》和《霍小玉》，在中国文学史上，戏剧如古之《牡丹亭》《窦娥冤》，今之《李慧娘》，小说如《搜神记》《幽冥录》《封神榜》《西游记》，乃至《聊斋志异》《阅微草堂笔记》等，都可以作为例证。中国文学尤其是戏剧、小说，向来以“传奇”著称，所谓“无奇不传”“无传不奇”，其中自然颇多“极端”“惨烈”的作品，只是中国的文化传统因为背着一个“中和”之美的盛名，主张“温柔敦厚”“不语怪力乱神”“乐而不淫”“哀而不伤”“怨而不怒”，所以就难免要给外人一个不写“极端”“惨烈”的印象，一旦像李修文这样写了“极端”“惨烈”，自然就有人要说，那是受了日本文学的影响。因为日本文学也写“极端”“惨烈”，就断定二者之间必然有“恍惚神似”之处。

我希望《滴泪痣》与《挪威的森林》，也仅止于“恍惚神似”而已。因为一个作家接受文学影响，恰如一个普通人从饮食中吸取营养，你实在不知道自己的身体发育，最终是得益于哪一碗米饭，哪一杯牛奶。结果往往是爱吃米饭的说米饭，爱喝牛奶的说牛奶。可惜晚近三十年来，中国的读者和批评家，也包括作家自己，太喜欢把中国文学的发育，归功于多喝了东、西洋的牛奶。可我怎么觉得，也喝过东、西洋牛奶的李修文，他的膀大腰圆，没准儿最终还是得益于中国人爱吃的那碗老米饭。

小说梁晓声

说梁晓声是知青文学之父，可能有点过头，也有点老派。知青文学既非梁氏首创，也非一人所出，所以他也就当不得这个老子。但老子也有各种各样的当法，倘若真把知青文学当作一个人，只生不养，是一种。就是说，写过知青题材的文学作品，但浅尝辄止，或偶尔为之，任其自生自灭，并没有真的把他当作一个儿子，着意把他养大成人，这算不得亲老子，好父亲。另一种是既生且养，不但供给衣食且灌注精神，令其从身体到人格，都成为一个健全之人，这才是为人父的职责和本分。从这个意义上说，梁晓声仍可称为知青文学之父。在中国当代作家中，具体而言，是自有知青文学以来的近四十年文学中，没有哪一个作家，包括被冠以知青文学之名的作家，像梁氏这样不间断地关注知青从上山下乡到返城后的历史，也没有哪一个作家，像梁氏这样对知青一代的精神成长和心路历程，包括某些个体的思想情感的复杂变迁，给予这么系统深入的观照。在梁氏的作品中，今人不但能读到有关知青运动的许多历史细节，而且还能读到与知青运动有关的丰富的思想资料，尤其是诸如“青春无悔”之类的有争议的思想命题，不但是梁氏贡献于当代思想史的重要材料，而且也是当代中国一个重要的人生哲学问题。无论从哪方面说，梁氏的知青文学都有其独特的意义和价值。从这个意义上说，梁氏的知青文学是知青运动的百科全书，也不为过。

说到知青文学，就想到近四十年来，有关知青文学创作和接受的一些问题。就知青文学创作而言，起先自然是与苦难有关。有过知青经历的人都知道，不论以多么冠冕堂皇的名义，把这件事情说得多么重大多么必要，一批二十岁上下，甚至十五六岁的城里孩子，在毫无思想准备和物质条件的情况下，突然被送到远离城市的农场或乡村，有的甚至是在数千里之外的边鄙蛮荒之地，不熟悉环境，见不到家人，由衣来伸手饭来张口，到自食其力，靠从事艰苦繁重的体力劳动为生，还要独自处理许多琐碎复杂的人生问题，这自然不是一件轻松的事情，更何况还时有一些受伤害的悲剧事件发生，说是受苦受难也不为过，所以知青文学便有写这苦难的，与伤痕文学同质，这原本是实情。但偏偏文学这个东西又不满足于如实招来，而是要在实情之中，写出一点意思来，这也就是所谓艺术的升华，或用那个年月的话说，叫高于生活。事实上知青在经历了一个短暂的慌乱和迷茫之后，便逐渐适应了所处的环境，熟悉了周遭的人群，也在其中投入了自己的思想和感情。更为重要的是，开始把自己的人格、意志这些所谓本质力量，在艰苦的劳动中，都灌注到自己的劳动对象身上，让自己的劳动对象不仅成为一己的衣食之源，同时也成为主体精神的外化。于是，一种意义便在这苦难中产生了，这时候再写知青的苦难，便要顾及这意义，这也是实情。何况中国文化本来就有艰难困苦、玉汝于成的理念，要不然，孟老夫子的那段苦其心智劳其筋骨的语录，也不会流传得那么久远。有了这层意义，加上知青事实上也确曾身心受益，所以当知青作家回首往事，就免不了要觉得受苦受难，皆有所值，无须悔恨，也不必抱怨，这大约便是铸就梁氏所谓“青春无悔”理念的历史背景和思想基础。所以，“青春无悔”

在我看来，是一个历史的判断和审美的判断，不能单从道德的或功利的角度去考虑。当然，悔与不悔，放到个体身上，则因人而异，有得其惠者，也有受其害者，或者受惠受害，兼而有之，不能一概而论。但无论个人的得失利害如何，历史最终都要省去这些细节，留下来的只是一个整体的模糊的影像，所以今天的知青怀旧，才不去计较悔与不悔的问题，只把那一段经历当作难忘的人生记忆，当作美好的青春记录，青春总是美好的，所以，那一段岁月也就不可能不美好。

知青运动的初衷，也许并不复杂，不管是基于政治的考虑，还是像今人说的基于就业的考虑，都是容易理解，也不难接受的。但一旦成了文学，就存在一些理解和接受上的问题。记得有作家曾从农村孩子的角度写过知青文学，所表达的意思，就不同于从知青本身的角度，或者与知青有关的城里人的角度。那意思是说你们到农村来，不过是匆匆过客，就这样叫苦叫累，我们祖祖辈辈都在农村，那还不活了。虽然冒犯了正统的知青文学，但平心而论，也不是没有道理。然则，照这样的道理去写，城里人又都得下乡，都得到乡下去过过苦日子，才算是扯平了，好像这也不是个办法。好在知青回城后的日子并不好过，诸如住房、就业、婚姻、求学等，处处受憋，这样在乡下孩子看来，也算是扯平了。文学是一件庄重的事业，当然不能这样没完没了地置气，但细想起来，这里面却也蕴含了一种创作上的道理，就是迄今为止，知青文学观照知青生活的角度，还过于单一。以前写过的，是知青的苦难和激情，现在写着的，是知青的骄傲与光荣，还有无尽的感慨和沧桑，这都是知青在自说自话，自慰自恋，一旦到了“尔曹身与名俱灭”的时候，知青文学大概也就该随之寿终正寝了。须知，知青运动如同所有的历史事件一样，虽带有一定的偶然性，但它终究是一代人参与的历史活动，其中有牵动整个社会乃至关乎人的终极价值的精神元素，它的影响因而不仅止于一代人的历史本身，而是比一代人的历史更加久远深入，为此，我们寄望于知青文学的，也就不仅仅是历史和道德，还应该有比历史和道德更高更具普遍意义的东西。

小说林白

在刚刚过去的20世纪末，中国文学最为引人注目的创作现象之一，是在90年代兴起的一股女性主义或女权主义的潮流。这股创作潮流的兴起，据说与一些外部因素的刺激有关（如“世妇会”在中国召开等），但我以为用一句老话说，还是中国文学自身发展演变的结果。现在许多人追溯一件事情的渊源，总喜欢从西方的历史说起，其实，无论怎么界定女性主义或女权主义文学，在中国文学的历史上都可以找到一些类似的东西。当然，说到底，就连女性主义或女权主义这些概念都是从西方舶来的，这就难怪追踪溯源要从西方说起了。事情既然这么复杂，在谈论中国文学中的女性主义和女权主义时，我们就不能不多留一个心眼，即不能简单地套用西方文学中的女性主义或女权主义概念，而要顾及中国文学中的女性主义或女权主义的历史实际。如同西方女性主义或女权主义肇始于近代文艺复兴运动一样，中国现代文学中女性意识或女权意识的萌芽，也是源于“五四”

这一场文化复兴和文艺复兴运动。所不同的是，在我看来，现代中国女性所面临的一些紧迫的社会人生问题，大体与男性相当，故而在整个社会争取民族解放和民族独立的斗争中，诸如女性的解放和独立等诸多属于女性自身的问题，自然也就成了其中的一个有机的组成部分，甚至要以前者的胜利为前提。女性也就难免要再一次为此做出巨大的牺牲，以换取最终的解放和独立。而当这个民族解放和民族独立的时代真正到来之后，女性又因为一些历史习惯和文化传统的影响，未能进一步由“权力”到“性别”，真正从女性的意义上与男性社会相剥离。这些复杂的情况，也就决定了现代中国的“女性文学”，为何既激烈地争取女性的解放和独立，最终又不能不以整个民族的解放和独立为指归（如“五四”及其后一个时期的“女性文学”）；既激烈地反抗男权的束缚和压迫，最终又不能不自觉地屈从于男性社会的规范，甚至有意无意地放弃自身的性别特征而乐于为男性社会所同化（如新中国成立以后的一个时期的“女性文学”）。这种情况可以说一直持续到 80 年代，都没有太大的改变，故而有人极端地说，现代中国没有严格意义上的女性主义或女权主义文学。

这种极端的说法当然仍旧是依据西方的标准，这种西化的标准甚至也影响到对 90 年代兴起的女性主义或女权主义文学的阐释和评价。这种阐释和评价的一个重要特点，就是努力从这期间带有女性主义或女权主义倾向的创作中，去发掘那些带有鲜明的女性性别特征的描写和极端地反抗男性的社会权力和性别权力的艺术因素。结果，这股女性主义或女权主义的文学潮流在人们的印象中，也就成了性别和权力的合谋，即女性在以其性别的特殊性标志自身的独立和解放的同时，也以这种性别的特殊性反抗男性的权力，重建自身的一种性别的权力。用一句老话说，这种脱离了一定的社会政治经济文化条件，空谈女性的性别权力，实在也只能存在于文学这种想象性的活动之中，是不能代替也无法代替女性在现实中所真正拥有的性别权力和其他方面的权力的。好在文学本来就不是争取现实权力的工具，当然也不是争取女性权力的工具，故而考察这种按照西方的说法被我们称之为女性主义或女权主义的文学潮流，就不能不从它作为一种想象性的活动这一最本质的特征入手，看看由于女性隐秘的私人生活空间、女性微妙的心理状态乃至女性神秘的身体构造在艺术描写中的凸显，给现代中国文学带来了哪些新的艺术审美因素。如果从这个角度看林白在90年代兴起的女性主义或女权主义文学创作潮流中的地位和意义，我以为，她的作品在审美上的意义要远远大于在女性性别解放和争取女性权力（包括反抗男性权力）方面的意义。我甚至认为她也无意于在女性的性别和女性的权力方面作文章，她只是自自然然地在以一个女性的身份从事写作，她只是实实在在地在表达她作为一个女性的人生经历和生活体验，包括在成长和走向成熟的过程中的生理经验和心理体验。只是因为她是一个女性，故而她的作品的这种不加掩饰的真实，就难免要让人觉得惊世骇俗。但是，也正是这种不加掩饰的真实，不但使林白的作品对她的描写对象获得了前所未有的艺术穿透力，而且也显示了这种穿透性的叙事所特有的一种纤毫毕现精细入微的美学风格。这是自现代中国文学在疏离了自然主义之后荒废已久的一种叙事风格的历史再现，也是林白以她特有的灵性和敏感对这一注重感性经验的叙事风格创造性地扬弃的结果。只有在这个前提下，仿照俄国形式主义文论家的一句绕口令的话说，谈论那种女性之为女性的东西（或曰“女人性”）对林白的创作所起的作用，才符合作者的初衷和具有文学上的意义。我的这种看法也许与这一辑两位博士主笔的看法不尽相同，但我想这也只是看问题的角度的差别，就权当是读林白的另一维度的参照系吧。

小说林那北

要攀扯名人，我跟林那北有缘。她的先生南帆，是我的老朋友。我以前虽然不认识她，但2009年，却跟她一起得过一个奖。这个奖的名称很特别，叫“汉语文学女评委奖”，发明人是作家刘醒龙，主办方是刘醒龙主编的《芳草》杂志。以前听说法国有个女评委奖，曾给贾平凹的《废都》颁过奖。就想，大约是仿法国的女评委奖设的。后来又听刘醒龙说，女性看文学的眼光特别，她们评出的作品一定更接近文学的审美特性，就觉得这个奖确实别出心裁。林那北不是评委，而是获奖人，她的获奖作品叫《发生在浦之上》。因为得了同一个奖，就格外留意同时获奖者的作品。等到通篇读完了林那北的这篇作品，却发现在这篇作品“之上”，我的头脑里也“发生”了许多有关小说的遐想。

遐想之一，是小说可以像《发生在浦之上》这样写成长篇的散文。初读这篇作品，我确实把它当成一篇散文，但编辑明明把它放在长篇小说的栏目之内，就自我解嘲说，小说原本就是散体的文字，在中国古代本属于广义的散文文体。后来分出说部，也没人说它不是散文。何况在说部之中，除了正宗的小说之外，也有笔记、杂著之类的散体文字，可见，散文从来也没有把小说当作外人。直到西洋的文体分类法传进来之后，小说和散文才分门别户。但即使二者门禁森严，也免不了有小说家要追求小说的散文化，因而也就少不了有散文化的小说作品。只不过在历史上，散文化的小说以短篇居多，少有如《发生在浦之上》这样长的篇幅。就算有如废名、沈从文、萧红笔下的散文化长篇，那也是指一种叙述格调和风格类型，并不像《发生在浦之上》这样，由许多不同类型的散文组成。这些散文既可以独立成篇，又被作者连缀成网，因为可以独立成篇，所以就各有自己的生命，又因为连缀成网，所以又相互有了关联。就因为这关联，《发生在浦之上》中的这些不同类型的散文，才有了小说所需要的情节元素，才成就了一部可以被称作散文化的小说。

遐想之二，是小说可以像《发生在浦之上》这样写成形象的志书。方志属史书的一个类型，如今很多作家拿来写小说，较早较有名的是孙惠芬的《上塘书》。林那北也编过地方志，还以编地方志所得写过小说和电视脚本。因为有这样的经历，所以她的《发生在浦之上》在讲述一个宋朝的故事的时候，就免不了要把这个故事的发生地，一个叫濂浦的小村的方志材料，做了这个故事的叙述环境。在西洋传来的小说理论中，环境是小说之为小说不可或缺的一个重要的叙事元素，只不过一般小说的环境如同小说的情节一样，都是虚构的，《发生在浦之上》却是在濂浦的方志中嵌入一段宋朝的历史，或者如作品的开篇所说“大宋王朝分崩离析之际，碎片四溅，其中一块落到了这个叫濂浦的小村”。这样，作品的情节和环境，就都成了方志的一个有机的构成部分。与情节和环境都是虚构的方志体小说不同，林那北只是用形象的方式或曰合理的想象和虚构的方式，让方志中记载的人物和事件活动起来，连带这些人物活动和事件发生的环境，也都赋予一种活的生命。濂浦的方志也因此而得到了艺术的或曰形象的复活，这复活了的方志也就成了一部长篇小说。方志体的长篇小说可以这样写，这是林那北的一种创造。

遐想之三，是小说可以像《发生在浦之上》这样写成杂糅的历史。小说与历史本来就有很深的渊源，中国最早的小说，有一部分就是历史的边角余料，或者套用一个拽点文的说法，是史之余，即那些不能或不便于写进正史，但又确有意味的材料，历史家觉得弃之可惜，记录下来，就成了小说。所以后来的小说，大都与历史有些粘连。但历史又有正史和稗官野史之分，稗官野史无论作为杂著还是作为笔记，在古人眼里，早已把它看作了小说，可见小说和历史很难分家。从这个角度来看《发生在浦之上》，就觉得这部长篇小说，也是一部杂糅的历史。其中既有正史所载，也有野史所传，包括前面说到的，作为史乘一支的方志材料和较有现代色彩的口述史中的民间传说，以及笔记杂录中摘引的有关内容等，几乎囊括了历史著述的所有类型。这种杂糅的历史无疑增加了小说的容量，丰富了小说的叙事，在历史与小说之间找到了一个富有张力的艺术空间。

我一向不喜欢中规中矩的小说，觉得这样的小说，作家写得累，读起来也了无生趣。小说本来就是一种自由的文体，从最早装饰言词的段子，到后来取材于道听途说，街谈巷议，见诸文人的杂录笔记，都是极自由随意的文体，即使到了有意为小说的唐人，也是把小说当作文章做的，并没有专门为小说定个写法，明清小说虽有个章回的框框，但它的前身宋元时期的说话，却是极自由的，除了俗白的说道，还穿插有可以吟唱的诗词。这些说话人的底本，后来即使被文人分了章回，还留有这种借助诗词自由发挥的痕迹。更不用说像《红楼梦》这样的旷世经典，仅鲁迅的一句话，“自有《红楼梦》以来，传统的思想和写法都打破了”，就可见其创作的自由无拘。中国现代小说受西方小说规矩的约束太久了，是到了该解放的时候了。记得谢有顺在谈到林那北的《发生在浦之上》的时候，曾说“北北在小地方与大历史之间、在多种文体之间那种奔放的自由感，让人觉得好小说应该是野的、自在的”，我赞成这样的说法。有记者将这句话概括为“多文体之间自由奔放的野小说”，林那北的《发生在浦之上》就是这样的“野小说”。因为孟繁华先生已对林那北的小说作了系统精当的评论，我只就我插得上嘴的地方说了上面的一些话。

小说刘恒

在中外文学史上，有些作家是以处女作成名的，或者一出道就有作品开始引人注意。这自然是一件好事：作品是写给人看的，谁都想及时得到读者承认或产生社会反应。但是，接下来也有不尽如人意的，是这些作家中有的人也就这么昙花一现地红过一篇或红过一阵子，然后就销声匿迹，不知去向。文学史上于是也就萎谢了无数这样天才的萌芽。另有一类作家不同。这些人往往在文学的围场上搜寻、追逐了十数年甚或数十年，然后才有那么一篇作品在圈子内外“打响”。这样的作家，在有些人看来，是运道不济或运气来迟了，殊不知，在搜寻、追逐文学猎物的这十数年或数十年间，他们也练就了娴熟的本领，积聚了丰厚的经验，这一响击中，早已是意料中的事了，关他运气底事。我们的老祖宗也早已为这一类作家准备了一系列由衷的赞语：或叫厚积薄发，或叫一飞冲天，或叫不鸣则已，一鸣惊人……

刘恒的出现，就属于这后一种类型。

要说运道，刘恒在1980年代末的中国文坛，还真的撞上了一个好的运道。其时，在闹过了各种新旧的“主义”之后，有人正在提倡一种杂糅了新旧中西的“新写实”。写了近十年小说的刘恒，在这期间的几篇小说，也就因为这“新写实”而获得了新的解释。人们普遍认为，他这期间的作品如《狗日的粮食》《伏羲伏羲》等，最能体现“新写实”的精神和风格，是“新写实”小说的一些代表作，于是大加推崇，人以文名，很长时间默默无闻的刘恒，也就顺理成章地成了“新写实”小说的代表作家。

说起这“新写实”，原本是一个至今也没有人能说得清楚的名词。中国人喜欢在一些发生了变化的旧物前面加一个“新”字的习惯，由来已久，“五四”时期著名的《新青年》杂志就是如此。青年依旧是青年，只是已经发生了变化或将要发生变化，所以要加一个“新”字，以示与旧的相区别。这样来分别新旧，标示变化，固然有创造和运用概念的无奈，但也不是玩弄文字游戏，而是确有一些本质性的变化包含在这“新”字之内，所以就用一个“新”字简洁明了地表达完事。这“新写实”的概念，大抵也是因了这种潜意识的支配而被创造出来的。由于概念本身的含混，也由于创作表现的多样，对这“新”字的解释自然难免有诸多的模糊和不确定，但涉及具体的作家作品，却又似乎是毋庸置疑，一目了然。就说这刘恒吧，略知新时期文学的读者，都不难看出，作为“新写实”的代表作，他的《狗日的粮食》并不是什么新鲜题材。吃的问题或饥饿的问题，是1970年代末、1980年代初期农村题材的“伤痕文学”作家普遍关切的社会问题。诚如本辑评论的主笔、我的博士生胡璟在文章中所作的分析，在《狗日的粮食》中，刘恒无疑将这个具体的社会问题，通过他的艺术处理，提升到了一个普遍的哲学高度。从常识上讲，吃饭是为了活着，但活着不是为了吃饭。从经济学（政治经济学）的意义上讲，获得基本的生存资料，无疑是生存的需要，但这只是生存的基本条件和保证，并不是生存的全部意义和内涵。但在刘恒的这部作品中，对那位相貌丑陋的普通农妇来说，活着的全部目的就是为了吃饭，生存的基本条件和保证，已经演变成了生存活动的全部意义和内涵。我不知道西方存在主义哲学是怎样阐释这个问题的，只要承认人的存在有异于动物的存在，除了活着，他还有比活着更高的意味，那你就不能不承认，当活着本身成为活着的全部意义之所在，这是人生的大悲剧，也是人的大悲剧。从这个意义上说，刘恒的小说在对人的存在问题表示终极的哲学关怀的同时，也深化了这个题材的悲剧含义。刘恒说他从《狗日的粮食》起，“开始有了一点思想”，大抵也是这个意思。

在这部作品以后，“思想”在刘恒的作品中，起着愈来愈重要的作用，许多看似陈旧的题材、主题、故事和人物，一经他的“思想”点化，就显出了别一样的意义和价值。这种“思想”不是用某种现成的理论去“观察问题、处理问题”，也不是用自己的作品去演绎中西明哲、古圣先贤的思想成果，而是用自己的全部人生去对这些已近“俗滥”的题材和主题、故事和人物，重新感受、重新体验，经过反复咀嚼、再三涵泳，而有所发明，有所发现。刘恒的作品也因此而到达了一个新的思想和艺术高度。用古人评价“江西诗派”的说法，刘恒的这个本领，就叫作“夺胎换骨”“点铁成金”。变着法儿求“新”的人可能对此不以为然，但我却以为，在文学的题材和主题、故事和人物日渐“俗滥”的今天，刘恒的这一招，可是一样了不得的本领，真有古人所说的那种化腐朽为神奇的功效。

小说刘继明

20世纪90年代初，我流落到海南，在海南省作家协会工作过一段时间。一天，在我住的小区楼下，偶然看到一个背着大背包的人在院子里踯躅徘徊，觉得好生眼熟，走近一看，原来是我的学生刘继明。这就是他在接受本辑主笔、我的博士生田甜的访谈中谈到的“我去了海南岛”的那一段经历的开端。此后，我们师生在一起搭伴住了一段时间，我每天在家看书、写作，他每天出去干他的事，我不问，他也不说。他原本就是一个不爱说话的人，但你感觉得到，他的内心却藏着一团火，无论对文学、对人，都是。

记得他大学毕业后分到湖北省歌剧团搞创作那会儿，曾下去挂职锻炼或深入生活，给我写过几封长信，诉说他在下面看到的种种现实，内中有深深的痛苦和忧患，还说了他自己的思想状况和精神蜕变，以及他对文学的热爱和追求。虽然我没有保存信件的习惯，也记不清这些信的具体内容，但它们给我带来的冲击，却至今在我的头脑里仍留有抹不去的印痕。以我当时的灰心论，刘继明的这些信，不啻是一团烈火，烧得你生疼。世界上竟还有这样死心眼地爱生活和文学的人，我当时想。同时也为我的学生在这种时候，对生活和文学还有这种万劫不隳、百折不回的精神而暗自庆幸。

刘继明的小说后来被《上海文学》包装成“文化关怀小说”，他的那些个小说里写到的“佴城”，我就知道是由海南的那一段生活经历孕育的想象。其实他所“关怀”的，何止是书本上的“文化”，而且是现实的人的生存，只不过拿“文化”作一架天平，来衡量衡量人的生存价值罢了。所以刘继明的创作后来写底层社会，实在不是什么“转向”，而是顺理成章的发展。虽然他自己也承认评论家的“转向”说，但那只不过是一些表面现象，扪心自问，从违背父亲让他做一个手艺人的意愿，“成为一个以写作为职业的人”以来，他对人生的关切，又何曾有过“转向”的时候。《诗》曰“我心匪石，不可转也”，其是之谓乎。

要说“转向”，其实是社会在“转”，不是刘继明在“转”。就说他近作中写到的那些“底层”吧，无论工人、农民还是工农兼祧的“民工”，他们的身份、地位、价值、尊严，乃至生存境况，不都经历了一个由“主人”到被人“主”（说奴隶太过刺激了点）的巨变吗？在这样的巨变面前，号称“人学”的文学，号称人类良知（或人类灵魂工程师）的作家，站出来对这种“颠倒”的人生说几句“不平”的话，难道不是题中应有之义吗？细民尚知“不平则鸣”，况文人雅士乎。为这几句鸣不平的话，就给人家戴上一顶“新左派”的帽子，未免有失厚道。

好在刘继明心气平和，既不在乎这些命名，更不计较其中的利害。他是湖北石首人，石首是公安的近邻，也有古公安人的性情，为人为文，都喜欢像公安派那样“独抒性灵，不拘格套”，用今人的话说，就是有什么说什么，没有任何顾忌，是所谓“信腕信口，皆成律度”。但这“律度”，对刘继明来说，不是什么写作的方法、技巧和形式规范之类的问题，而是康德所说的“心中的道德律”。且这“道德律”，对刘继明而言，也不仅仅是指个人的私德，更重要的是关心天下生民的公德，亦即是今人所说的“人间关怀”。有了这份“人间关怀”，你就能从“无”德处看到“有”德，从“失”（“缺”）德处呼唤“立”德。刘继明的许多作品异乎常人的道德评价和道德批判的力量，盖出于此。

说到私德，刘继明也不愧为一个痴情男儿。他与他去世的前任妻子的恋情，虽然我不知其详，但他的这位年轻美貌的妻子去世之后的悲痛情状，我却有耳闻，且目睹他那一段时间几乎陷入绝望的精神困境。他向上帝求助，也就是在这一段时间。然则上帝最后也没救得了他的这一位东方“信徒”，救他的还是他自己的心灵。当他把对妻子的这一腔痴情“转向”底层民众，他又重新燃起了生活的信心。底层于是像多年前贾平凹所说的那样，成了“安妥”他的灵魂之地。

谁说这是一个无情的时代，偏偏就出了刘继明这样有情的男儿。只不过，作为一个作家，这有情也有有情的烦恼，不是为情所困，就是为情所恼。如今这世道，让人动感情的事太多，以区区一己之情，实在不知如何措置。就说刘继明写的这底层吧，让人揪心、要人关心的事太多，你再多情，管得了吗？就算你有这个能耐，也要做好在各种各样或软或硬的“道理”面前碰钉子的思想准备，至为人所恼，被斥为给什么什么“脸上抹黑”，结果常常要陷入“多情反被无情恼”的困境。难怪刘继明总是少言寡语、沉思默想，不知道的人，都以为他是性格内向，知道他的人才知道，这次第，又怎是一个“内向”了得。

小说刘庆邦

人说刘庆邦是“中国当代短篇小说之王”，这让我想起了短篇小说在当代中国文学中的命运。

在我的阅读印象中，“文革”以前的作家，似乎胆儿都小，“十七年”虽然也有许多长篇作品，尤其是被称作“革命英雄传奇”的长篇小说创作，更是高潮迭起，成为这期间文学的主打。但那毕竟是一种特殊的创作现象，皆因作者要记下革命年代所亲历的人事，或者在亲历的基础上加以创造，总之都与“回忆”有关，是革命回忆录的一种变体。这样的长篇创作当然也有艺术上的讲究，也要有一定的文学功底，但更重要的是作者须有革命的经验和经历，凭空臆造，向壁虚构是断断写不出这种“革命英雄传奇”来的。

除了这些作家外，其他作家大多不敢轻易写长篇。一个典型的例子，是刘庆邦的乡贤、已故作家李准，从 20 世纪 50 年代初开始文学创作，写出了诸多脍炙人口的短篇，却始终未见有长篇问世。直到“文革”结束后的 80 年代，才正式出版了他的长篇“处女作”——《黄河东流去》。你当然可以说，李准的这部长篇其实酝酿已久，他也有过写长篇的“前科”（“文革”中毁过一部未完的长篇手稿），但就是把这一切都算在内，这位以短篇名世的作家，也是在近二十年后，始有意为长篇。

如今的作家，或者用一个新词儿说“写手”，眼界都高，气魄都大，出手阔绰，令人咋舌。动辄数十万字的长篇巨制，或者百余万字的多卷体，如“大河奔流”，滚滚滔滔，大有“卷帙不繁死不休”之势。早些年盛传现代生活节奏加快，人们无心也无闲读长篇，好事者于是仿效西洋、东洋的作家，造出了所谓“一分钟小说”或曰“微型小说”“小小说”“超短篇小说”，以应现代读者的阅读之需。可偏偏国人不领会这番好意，依旧愿意忙里偷闲、不厌其烦地读长篇，于是便催生出了年均千余部的产量，而且势头居高不下。至于销量是否能与产量持平，那就只有商家冷暖自知了。

说这番闲话，是想引出这么个意思：在这样纷纷乱乱的年头，刘庆邦还能守着短篇这个小说家族的祖业，诚属不易。中国小说从源头上讲，篇幅体制短小。众所周知，“小说”这两个字，最早是从庄子的口里说出来的，鲁迅说“案其实际”，是指“琐屑之言”，后来桓谭又说它是“残丛小语”，班固说它是“街谈巷语”，都含有篇幅体制短小的意思。证之早期的小说作品，应知此言不虚。就算是到了“始有意为小说”的时代，唐人传奇仍算不得中长篇，更不用说后来的拟话本和更后来的《聊斋志异》《阅微草堂笔记》，现代人早已把它们当作短篇小说来读了。从文人的笔记到民间的话本，中国古代小说从中剥离或翻拓出来的，除一些章回体的长篇外，多是一些短篇作品。这种多为“短制”的传统，甚至也影响到某些长篇小说的结构，如《儒林外史》，鲁迅就说它“虽云长篇，颇同短制”，如此等等，这都是与西洋小说大不相同的一种历史和传统。刘庆邦的好为短篇，无疑受过这种传统的影响。

刘庆邦所写的，当然不是传统意义上的短篇小说。他在接受本辑主笔、我的博士生杨建兵的访谈中就明确说过，受到现代作家的影响，尤其是鲁迅和沈从文。他说“鲁迅重理性，沈从文重感性；鲁迅重批判，沈从文重抒情；鲁迅的小说读起来比较坚硬，沈从文的小说读来比较柔软；鲁迅的小说更深刻一些，沈从文的小说则更优美一些；鲁迅小说的风格是沉郁的，沈从文小说的风格是忧郁的”，堪为确当之论。他自称“柔美”和“酷烈”的两类小说，就颇得这两位作家的真传。偏偏这两位作家的小说创作，也以中短篇取胜，这就难怪刘庆邦要爱屋及乌，钟情短篇了。但鲁迅的短篇和沈从文的短篇，已不是《世说新语》、唐人传奇，也不是“三言二拍”、《聊斋志异》，而是从西洋、东洋学来的新法。这法子已被现代中国作家用了一个多世纪，个中得失，也争了个不亦乐乎。虽然最终也没有争出一个结果来，但到了刘庆邦这一代，该有一个新的说法和做法，却是一件应分之事，也是当务之急。现如今都在讲“中国经验”，何谓“中国经验”，人类自从开始了相互交往的时代，就没有一个纯粹的何国、何族、何地之经验，但经验既以人为主体，毕竟有主体之别，这区别就是在主体身上所沉积的一国、一族之历史文化传统，或者一地之风俗习尚，以这传统和风俗为主体，吸纳融汇他国、他族或他地之经验，始为自体之经验。从这个意义上说，刘庆邦的短篇小说创作，既受传统浸润于前，复受现代影响于后，剩下来的就该是那句套话说的，融汇古今中西，别开生面，另择新机了。这当然不是一件易事，但要做起来，未必就不可行，须知，在刘庆邦心仪的鲁迅和沈从文的小说中，就流淌着传统的血脉，灌注了传统的气韵，只是因为藏身于现代的躯壳，披上了一件现代的外衣，不为常人所见、所道罢了。要说“中国经验”，这便是现代中国文学的“经验”。我不知道刘庆邦对短篇的兴趣还能持续多久，他的写长篇不知是行有余力还是一时兴起，曹丕曾说，“文非一体，鲜能备善”，“能之者偏也，唯通才能备其体”。我倒觉得刘庆邦不必去做那个“通才”。在当代中国作家中，能独善一体，就不简单。更何况以一体而为天下王，那就更加牛气了。

小说刘醒龙

以苏东坡的流放地闻名的湖北黄州，旧府所属八县，曰：三黄（黄冈、黄安、黄梅）、两蕲（蕲春、蕲水）、麻（麻城）、罗（罗田）、广（广济）。黄安即今红安，是现代革命史上著名的黄麻暴动的策源地。蕲水即今浠水，蕲水县是唐时的名称，广济县则改成了现在的武穴市，黄州也早就不叫黄州府了，而叫黄冈专区、黄冈地区或今天的黄冈市。

旧制黄州府所属的这八县，地处鄂东，向来人文荟萃。古代的不说，今人所谓的将军县（红安）、教授县（蕲春），也暂且悬置不论，仅就我辈生活的现当代社会而言，除去政治上的领袖人物和其他领域的学术精英，与文学关系较近或本来就在文学行中的文化名人，粗粗数一下，就有黄冈的熊十力、殷海光、秦兆阳，蕲春的黄侃、胡风，浠水的徐复观、闻一多，红安的叶君健和敝乡黄梅的汤用彤、废名等。

刘醒龙生于黄州，后随父辈移居英山，是土生土长的鄂东人氏。英山在宋时置县，原属与湖北接壤的安徽，故不在黄州府旧属八县之列。20世纪30年代才由安徽划归湖北。到了20世纪90年代，英山从新发现的一座古墓碑，考证出发明活字印刷术的宋人毕昇的故里就在英山，也算为英山增添了一位历史文化名人。至于当今的文学名人，则除了刘醒龙，还有不久前以一部《张居正》获得茅盾文学奖的熊召政和已故的小说家姜天民等。以一县而有此文学三杰，夥矣。

法国人丹纳说，文学像自然界的植物，它的生长也需要适宜的土壤和气候。这土壤和气候，他归纳为三个要素，即种族、时代和环境。鄂东地处吴头楚尾，起先，因为文化的重心在西北的黄河流域，所以斯地的文化并不十分发达。在文学方面，虽然也有类似苏轼这样的文人，流寓其间，留下了前、后《赤壁赋》和《念奴娇·赤壁怀古》这样的千古绝唱，但毕竟不是本土作家，不能借此就自诩人杰地灵。后来，文化的重心逐渐南移，在这个过程中，也就播撒了若干文化的种子。例如禅宗之成于五祖弘忍，吾乡五祖寺被称为“天下祖庭”，就与这种文化南移不无关系。明代有一个被后人称为“中国第一思想犯”的怪人李贽，盛年以后频繁出入鄂东，一度曾定居麻城，干下了许多离经叛道、惊世骇俗的事，甚至因此而被地方官驱逐出境。虽然他也是一个匆匆过客，但在那个理学盛行、思想禁锢极严的时代，李贽的言论和作为，不啻是划破黑暗夜空的流星，给深锁在大别山腹地的鄂东学子乃至细民百姓，透出了一丝诱人的光亮。到了清末民初的近代，就更不用说了，因为西学东渐，东南沿海得风气之先，文化重心由古之西北而转向东南，复渐次由东而西、由南而北，逆古之势西征北上。当此之际，坐落于吴头楚尾的鄂东，正处在这（东）南（西）北文化运动的交汇口上，文化潮流的交互激荡，容易启发士绅学人的文心、哲思，鄂东由是人才辈出，代不乏人，终成风云际会之象。

上述南北文化迁移的观点，不是我的发明，大多采自文化史家冯天瑜的理论，我不过加了若干例证，作了一点发挥罢了。冯氏亦鄂东红安人氏，他在一篇谈“近世鄂东人文兴盛原因”的文章中，还谈到过鄂东人的性格特征，说“鄂东人性格豪强，有任侠之风，所谓蕲人‘性并躁动，风气果决……视死如归’”。“刚强的性格，激越的情绪，浪漫的感情，是鄂东的民情特点”。“熊十力‘天上地下，唯我独尊’的豪气，徐复观坚毅果决的性格，闻一多的奔放、勇敢和牺牲精神，胡风九死不悔的坚强个性，都与鄂东民风的熏陶有关，它们又是这些文化大师学术品性、创作风格的有机构成部分”。他最后把鄂东人的性格特点归结为“‘开放进取’与‘保守执着’二者兼备的双重性格”。如此等等。笔者曾在民国时人胡朴安著的一本名叫《中华全国风俗志》的书中，同样也读到过谈鄂东人性格的文字，内容已不全记，只留一些残片。仿佛记得谈到敝乡黄梅人时，说过“民畏讼”的话，还有一点与民风有关的，就是重视教育。说到邻县的广济人，用的似乎是争强斗狠之类的字眼，说到蕲春人，则言其好高谈阔论。以我对这三县民性的了解，觉得较为符合实际。但对比冯氏上言，终究不及生于斯、长于斯者所见真切，所感深厚，所论确当。

掉了这半天书袋，发了这半天议论，当然不是有事无事地在扯闲篇，而是为了印证本辑主笔周新民博士对刘醒龙的创作历史和创作特点的某些论断。刘醒龙自分自己的创作历史为三期：他的第一期作品重想象和幻想，较接近鄂东文化也是整个楚文化的诡谲神奇，呈“开放进取”的浪漫之态；第二期创作为“现实的魅力”所吸引，显然与冯氏所说的鄂东人的“保守执着”的性格有关；第三期则综合了“开放进取”的浪漫和“保守执着”的现实，取精用宏，思想和艺术渐入化境，颇合冯氏的“双重”“兼备”之论。恰好本辑主笔周新民博士也是鄂东浠水人氏，他以“保守主义”和“自由主义”的文化眼光，论析刘氏对“激进主义文化”的反思，不知是否也合了冯氏的“双重”“兼备”之论。

小说刘震云

在中国当代作家中，刘震云是一位把中国文学传统中以《儒林外史》为代表的讽刺艺术和以《官场现形记》为代表的暴露艺术发挥到极致，同时又兼具西方现代主义文学和哲学的反讽意味的小说家。这位河南出生的小说家，也许是看多了中原大地从古至今的种种天灾人祸、种种人生苦难、种种世道浇漓，所以内心的忧愤就显得格外的深重，这份深重的忧愤发于言表，就是他的小说创作自始至终都有一种令人难以释怀的抑郁之气。就好比刘勰讲“建安风骨”时说“良由世积乱离，风衰俗怨，并志深而笔长，故梗概而多气也”。用刘勰的这一段话来评述刘震云的小说创作，说他的创作是因“世积乱离，风衰俗怨”所激发，他的创作风格是“志深笔长”“梗概多气”，实在是再贴切不过的了。可见刘震云的创作与群雄逐鹿最后问鼎中原的曹氏父子所代表的“建安风骨”的某些方面，确有许多共同之处。这也许就是当代学者所说的，皆因地域文化和文学的影响使然吧。

说到刘震云的小说创作中的讽刺，就不能不提到他在他的成名作《塔铺》中最初流露出来的悲悯情怀。我相信刘震云对这篇作品中写到的这些乡村少年的人生奋斗是感同身受的，或者这些乡村少年的艰难求学就是他自己的人生经历的真实写照。他同情他们的遭遇，也是同情自身的遭遇；他为他们的遭遇不平，也是为自身的遭遇不平，这种由人生境遇的差异和社会公正的失衡给这些乡村弱势群体所带来的人生困境，无疑是激发刘震云创作《塔铺》，推而广之，也是他从事文学创作、走上文学创作道路的原初动力。因为怀着这样的一种悲悯情怀，所以刘震云的创作就十分关注小人物的命运，从《塔铺》中的乡村少年，到《新兵连》中的农村兵，乃至后来在《单位》和《一地鸡毛》中写到的机关部门的中下层干部和公务人员，甚至也包括“官人”系列中辗转于仕途的大小官员，刘震云对他们的行事作为和道德品性虽然也不无褒贬，但对他们的境遇却大都报之以深切的同情。也许正是基于这种深切的同情，才使他得以看见他笔下的人物的生存困境和欲挣脱这种困境而不得的尴尬，于是，刘震云对他笔下的人物的态度，便由同情而愤懑，由愤懑而抗争，由抗争不得便连同他笔下的人物一起，陷入了一种无可奈何的尴尬处境。对外的抗争既不可得，就只有转向内心寻找平衡，自己与自己的不平作抗争，于是自己也便成了抗争的对象。对自己的抗争自然不能像对身外的敌人那样剑拔弩张置于死地，而是重在“触及灵魂”不能伤及皮肉，用现代的话说，就叫释放心理压力、缓解心理紧张。具体的做法便是将对外敌的揭露、控诉和斗争，改为对自身的嘲笑、讽刺和戏弄，反讽便因此而生。不论西人对反讽这个属于他们自创的名词作何解释，用中国式的“望文生义”的解释方法，所谓反讽者，就是反身自讽的意思，也就是自己将自己作为嘲弄的对象。刘震云后来的一些作品尤其是作为“新写实”代表作的《单位》和《一地鸡毛》等，便充满了这类反讽。人类历史上无论中外，都有过英雄时代，无论英雄是神是人，是反抗自然还是反抗社会，都像鲁迅说的“立意在反抗，指归在动作”。这反抗和动作的结果不论如何，都表现了人的英雄豪气，因而这时代的文艺都追求庄严的正剧或崇高的悲剧。虽然这时代的人依旧如今天一样的渺小，却总要想象自己的强大，故而文艺就成了表达这想象的手段。现代人则实实在在地意识到了自己的渺小，实实在在地意识到了自己反抗外力（无论是自然还是社会）的不可能和无意谓，于是便转向了缓解外力加诸自身的压力和焦虑，反讽便取代对外的抗争，成了现代人在现代社会平衡自身的一种艺术想象的手段和方法。从这个意义上说，刘震云的这些作品虽然不以现代派相标榜，却具有很深的现代意味。

我当然无意说刘震云骨子里就是一位现代派作家，他的其他许多作品事实上依旧在致力于反抗环境（包括历史和现实）加诸人的各种内外压力，例如他的“故乡”系列长篇作品就是如此。只不过这种反抗已经改换了一种方式，即我的博士生周罡在对刘震云的“故乡”系列小说的评论中所说的“戏谑”的方式。这种“戏谑”的方式，实际上也是另一种意义上的或另一种形式的反讽，因为当“故乡”连同它的历史已经内化为主体的生命和生活的一部分时，对“故乡”的“戏谑”也无异于一种反身自讽。当然严格地来说，这已经是刘震云所运用的反讽手法的一种深化和扩大了的表现形式。

小说鲁敏

鲁敏在接受李海音的访谈时，提到她早年喜欢读的一本书。这本书不是今天的作家通常喜欢读的外国名家的文学作品，而是一本以“哲学”二字名之的理论书，即丹纳的《艺术哲学》。作家说自己喜欢读理论书，本不多见。像鲁敏这样喜欢得如醉如痴，更属稀罕。至少是本栏目开设十余年来，在接受访谈时，很少见有作家言及。也许是访谈的人疏忽了这个问题，但就我个人的印象论，作家即使不是理论的天敌，至少对理论也不怎么待见。这从作家读评论家的文章和在作品研讨会上的表现，也可以看得出来。这是因为，在一般情况下，理论不但对创作没有多少直接的作用，有时候还难免碍手碍脚。就像一个厨子正在炒一样拿手的好菜，你却在旁边大谈盐的功能，说盐者，咸也，咸者，鲜也，一音之转，一义之转，音近义近，音同义同，所以要想炒出好菜，吃起来鲜美可口，一定要善于用盐。你说，这不是明摆着在恶心人吗？常听人说，理论能指导创作，那不过是理论家自神其教罢了，或者本身只是一种理论上的假设，抑或是沿用了革命理论是革命实践的行动指南的说法。实际的情形却蛮不是那么回事。我上大学时，教写作的老师就说过，我们这些教写作的人，是不会炒鸡蛋还要教人家鸡蛋怎么炒，像鲁迅一样，他对教授“小说作法”的勾当也颇不以为然。美国有一个很有名的文学理论家韦勒克似乎也说过类似的话。他说，文学理论和文学实践是完全不同的两回事，它们之间的关系“是非常间接的”，甚至可以“忽略”不计；“文学史上始终存在着理论与实践的巨大鸿沟。三百年来人们翻来覆去说的是亚里士多德和贺拉斯的看法，辩来辩去还是这些看法，而且把它们编入教材，铭记在心——而实际的文学创作却完全独立地走着自己的路”。这自然是在说过时的理论会束缚创作。你也许会认为这也不能一概而论。那好，就换一个不过时的或行时的理论吧，比如说以前的正统，现在的时尚。那样就会好很多吗，就不会束缚创作吗？举一个例子说吧，记得20世纪五六十年代，有一种改造世界观的理论，说是作家要想创作出无愧于时代、无愧于人民的作品，须得有一个好的世界观。而这种世界观的获得，又须得到工农兵群众中去接受锻炼和改造，只有把这世界观改造好了，才能写出好的作品来。这样的理论自然是正确的，而且是出自一些权威的大人物之口，写在一些堂而皇之的高头讲章里面，那就更加错不了。按照那个时候的说法，这样的世界观不是一朝一夕就能获得的，而是要用一辈子的时间，活到老，学到老，改造到老。先不说这个理论本身如何，就说一个简单的事实，照这样下去，等世界观改造好了，人也老了，还能够写作吗？对这样的理论，在那年月，自然没人敢有所怀疑，就是脑子里有过一闪念，也觉得是在犯罪。胡风的挨批判，就与他对这个问题的不同看法有关，至少这是他的“反动”文艺思想遭受批判的原因之一，可见这个理论问题的重大。

但这样重大的问题，到鲁敏身上，似乎就成了一场戏说。她在自述中给我们讲了一个故事，说是在“计生”开始的年代，她母亲怀了二胎，“进入了超生行列”，但当人们要“做掉”这个小生命的时候，她母亲却意外早产。

于是，她那命大的妹妹，“不甘变作乡村医院手术室的一团血肉，连跑带跳、死赶活赶，完整、健康地降临到人间了”。这件事给了她很深的刺激，让她觉出了“人生的虚妄与戏谑”，成了一个“彻底的悲观主义者与虚无主义者”：“我想我不论从事什么职业、怎样的过活，这一对人生的成见已深深地烙在我的脑里。”往大了说，这也可以归入世界观的形成与改变之列，至少是与对社会人生的看法有关。但这种改变，又似乎不是长期经营、刻意为之的结果，更不是到工农兵群众中去接受锻炼改造所得，而是得之于一种偶然或不经意之间。你也许或说鲁敏这是在小题大做，七岁的孩子，不谙世事，怎么会因为一次刺激而影响到世界观的形成呢？但证之她此后在创作中的表现，又似乎言之不虚。她用“我以虚妄为业”命名自述，李海音以“荒诞之极乐”为题谈她的世界观和写作，也都是一个证明。这事儿说起来，其实也不难理解，就以鲁敏的本家鲁迅为例吧。鲁迅的看清人情冷暖、世态炎凉，也不过是一个十多点岁的孩子。他后来在日本看杀中国人的影片，也是经了那次刺激而改变了自己的启蒙理想和人生道路。这些事都不是照着理论书上说的去做的，也不是理论家可以预设或预见的，甚至连作家本人也是不曾预料得到的，但最终都对作家的人生和创作，或者也是世界观吧，发生了决定性的影响，可见其中的复杂和微妙。

我这样说，并不是在宣扬理论无用论，也不是排斥文学创作中的理性思维，而是说，在尊重理论的特殊性的同时，在文学这个行当，似乎要更多地关注创作中的这种复杂、微妙的因素。世界上有很多事情，能够说得清来龙去脉，但也有很多事情的来龙去脉，你永远也说不清楚。文学创作就属这说不清楚之列。鲁敏说她有一个亲戚是工程师，曾到西部修过铁路，就因为这，她写了一篇小说，但小说里却没有什么工程师。又说她小时候去看过一个瘫痪在床的小姑娘，纯属好奇，后来写了一篇有关这姑娘的小说，却是这姑娘所完全没有的生活和故事。她把这种现象归结为某种“灵感的无厘头的起因”，其实也就是那些说不清楚来历的东西在起作用，可见文学这东西还真是有些神秘莫测。这方面的例子实在是太多了，多少年来，也像韦勒克说的那样，被人们“翻来覆去”地说，反反复复地辩，却总也说不清楚，辩不明白。究其实，还是把文学这东西看得太实在，想得太明白了。就因为这实在和明白，所以总认为应该是说得清楚，辩得明白的，理论和理论家的自信，便由此而来。其实不然。从这个意义上说，鲁敏的以文学为“虚妄”，可能比那些自认为是清楚明白的理论和理论家还要清楚明白一些。

小说路内

中国是一个重“名教”的国家。这“名教”的意思，大家知道较多的，注意较多的，是所谓“纲常名教”，即以前常说的“封建礼教”。另有一个意思，与“纲常名教”有关，却又渊源更深，流布更广，这就是胡适引冯友兰的话说的“崇拜名词的宗教”，“崇拜名词所代表的概念的宗教”。或用胡适自己更浅白的解释说：“便是崇拜写的文字的宗教；便是信仰写的字有神力，有魔力的宗教。”胡适在《名教》一文中说，我们起名字，讲名讳，念符咒，喊口号，写标语，供牌位，贴对联，搞纪念等等等等，举凡以“名词”“概念”为标榜的活动，大约都可归入这种“名教”活动的范畴。胡适在文章中列举了“名教”的种种害处和弊端，既有关乎天下国家的，也有关乎人情习俗的，我想补充的是，还有关乎文学创作和文学评论的。我读路内的“自述”，知道他曾经深陷“名教”的苦恼。

在路内的文学生涯中，有两个名号，曾让他深感苦恼。一个是“工人作家”，一个是“青春写作作家”。

先说“工人作家”，路内在“自述”中说，他经常被人误认为是“工人作家”，对这个“身份符号”，他感到很“不满意”。我读路内的作品，也觉得用“工人作家”来界定路内的身份，实在太不合适。这不合适的理由有三，其一就是路内自己说的，这称号太陈旧，太“老派”。在我的记忆中，20世纪50到70年代，流行这样的叫法。这叫法不但是一种身份，同时还有一种特殊的含义。那时的理念，不但视工农兵为文学服务的对象，认为工农兵是文学接受的主体，同时也视工农兵为文学的创造者，认为工农兵也应该是文学创作的主体。叫了“工人作家”“农民作家”“军旅作家”，岂不就成了双重的主体。那时，也委实出了好些工农兵作家，有的还进了文学史，如胡万春、李学鳌、王老九、黄声孝、吴运铎、高玉宝等。记得蒋子龙的《机电局长的一天》在文学史上被提及时，前面也往往要冠上天津“工人作家”的称号，如此等等。这当然都是往事，20世纪80年代以后，就不兴这样叫了，现在又这样叫，岂不是太陈旧、太“老派”。其二就是这称号也不符合路内的实际情况。查路内的经历，岂止是他自己说的，“在‘工人’和‘作家’的身份之间曾经有十二年的广告公司从业经历，至少有十年我是在一流公司度过的”，还有其他种种职业，也不好简单地用“工人”二字来概括。下面，是我从网上搜到的路内所从事过的一些职业：钳工，维修电工，值班电工，操作工，仓库管理员，营业员，会计，小职员，电脑设计，小贩，播音员，摄像师，广告公司文案，公关公司老板，等等。这些职业，在今天虽然大部分可以归入蓝领的范畴，但也有些显然属于白领，或介于蓝白领之间。所谓“工人”，在称“工人作家”的年代，主要是指在制造业从事一线工作的职工，或者在铁路、矿山等部门工作的产业工人，跟今天诸多类似工作的职业特性不合，也体现不出工人阶级的阶级性。其三是这称号对阐释和评价路内的创作，不能说明任何问题。放在20世纪五六十年代，光“工人作家”这个称号，就可以给路内的作品加分，更何况还有工人阶级的属性，会让作品的思想性大大提升，包括工人阶级的审美趣味，也会加强作品的艺术性评价。虽然现在的文学评论依旧讲“知人论世”，但从作者的阶级属性去论定作品的思想和艺术，毕竟殊为少见。所以，就算是叫了“工人作家”也是白叫。

再说“青春写作作家”。最近二十年来，在我的印象中，“青春写作”最早似乎是指“新概念作文大赛”评出的那一批少年作家，如韩寒、郭敬明、张悦然等人的创作，后来就逐渐扩展到一个群体，叫“少年作家”或“少年写作”，再后来便逐渐升级为名声大噪的“80后”作家群了。在他们还是“少年作家”的时候，我的印象中，大抵是写些中学时代的经历，表现青春成长期的烦恼和躁动，对学校和家庭教育，颇具叛逆性，作品中的一些青春偶像，为青少年读者所追捧。这些人后来虽已成年，也颇多分化，但那写作的路数还在，其中郭敬明等甚至还将这种“青春写作”带入大众媒体，借助影视改编，进一步为更新代的少年制造青春的偶像和“欲望的符号”。无论从哪方面说，这样的“青春写作”，都与过了而立之年才端上文学这个饭碗的路内不符，且路内笔下的人物，虽也在青春年少，但所遭遇的生存环境和怀抱的生活目标，却大不相同，因而其性情和做派也就迥然相异。实实在在地讲，路内的创作，从思想到艺术，都比所谓“青春写作”要深邃精湛得多。这样说来，认为路内是“青春写作作家”，哪哪都不搭界。

既然如此，为何还要给路内加上“工人作家”“青春写作作家”的名号呢，说到底，还是那个“名教”的情结在作怪。了解一个作家，评论一个作品，实打实地去调查研究，一字一句地去细心体味，难。加上一个名号，就简单多了。从这个名头出发，就可以给作家定品性，给作品下判断。这就像划分好人坏人，一目了然，好人做好事，坏人干坏事，善恶立判。这样做，痛快是痛快了，殊不知要冤枉多少好人，造就多少冤案。文学虽然不论“冤”否，但“名教”造成的错判，却屡见不鲜。大到一个文学潮流的归类，小到一个作家身份的定性，都有可能以偏概全、名实相乖。路内说：“我一直以为身份符号是不重要的，重要的是作品本身。后来才逐渐明白，这是一句鬼话，任何有分量的评论都是从作家的生平研究开始的，作品本身很轻，被曲解的可能性很大，甚至有可能被套用。连同我这个作家身份，也在某种概念之下存在着。”我愿把这句话送给所有的读者和评论家。也想借这个机会，套用胡适在《名教》一文的结尾喊的一个口号：打倒“名教”，“名教”扫地，文学有望。

小说吕志青

在湖北作家中，吕志青是一个很不安分的人。作家原本都不安分，给吕志青的不安分加上一个“很”字，意思已经很明显了。倘若在别的作家群中，比如江浙作家群，吕志青的不安分，也许不算太“很”，偏偏湖北作家一向都比较“沉稳”，就是有所变化，也是笔者曾经说过的，“在迭起的新潮中沉稳求变”。别的作家都“沉稳”，唯独吕志青不安分，这一比较，就难免要摊上这个“很”字。

我在《话说“荆楚三杰”》中曾说，湖北有许多晚熟的小说家。这晚熟的原因，有一半就得归因于这“沉稳”二字。吕志青也属晚熟的湖北作家。虽然我在整体上也把他归入“沉稳求变”之列，但观其作为，似乎“沉稳”不足而“求变”之心更切。不用细检他的创作，仅从本辑开头的“夫子自道”，就不难看出他这种急切的“求变”之心。如果要用男女之情来比喻，可以说，他在创作伊始，就没打算从一而终。一开始虽然也与朴实的“写实路数”结缘，但心里却暗恋“另外一种小说”。这暗恋的情感，一经“先锋”媒介的撮合，很快便发生移情，迷上了“传奇”的写法：“感性，幽晦，着迷于细节，夹带着混乱”。虽然这段姻缘也持续了十年左右，但毕竟好景不长，等到他得了域外高人卡夫卡的点化，意识到“传奇”与“神奇”的区别，或者“传奇性想象”与“神奇性想象”的区别，幡然醒悟，复又改弦更张。但这回的改弦更张，不是浪子回头，退守糟糠，而是更攀高枝，朝向“新的小说理想”。这样努力了四五年，终于写出了被论者称之为近年来“叙事上最独特的小说”，颇为人称道。要论过日子，这就等于有人说你夫妻恩爱，生活幸福。放在别人身上，已够知足的了，可吕志青偏不，硬要把自己折腾到“不及物的抽象和玄虚”之中，而后才意识到文学创作“除了要有心灵之根，还要有现实之根”，这才走上了一条“重拾”旧情（“早年的感性”），“将感性和理性更好地融合起来”的自认较为理想的创作之路。就算这样，也很难保证吕志青不再花心。从他把这条理想之路看作是一条现代主义小道，就足见他贼心不死。因为现代主义从20世纪初闹到现在，就从来没停止过弃旧迎新，“但见新人笑，哪闻旧人哭”，可见吕志青已为自己的移情别恋留下了伏笔。谓予不信，可引吕志青的话为证。他说，“在未来，他还是要变，而且不是变一次，而是每次都要变”，“只有这样‘持续不断’的变，才是一种‘真正的有效变化’”。看来，就算是真的迎娶了现代主义这个域外新娘，吕志青也难与之相伴终身。

说到作家的变，这原本是一个常态，也是一件好事。往大了说，是“文律运周，日新其业”，变是文学的常态、是本性。往小了说，是读者的阅读心理喜新厌旧，不变不合读者的心意，不能满足读者的要求。再说，一个作家如果没有变化或不思改变，写来写去，老是一种题材，一种写法，一种风格，甚至连具体的套路和招式都一样，看多了也确实让人生厌。尤其是某些作家，被人归入某种类型，戴上了一个脸谱，不但不想摘下来，还要硬着头皮去表演，这就更让人看着难受了。所以，聪明的作家都想着变，也都在变。只是这变的速度有快有慢，变的幅度有大有小罢了。在中国当代文学中，先锋作家是属于变的速度最快，变的幅度最大的一个作家群。20 世纪 80 年代，曾经流传一个说法，说先锋作家的求新求变，就像有一条疯狗在后面撵着，连停下来撒泡尿的工夫也没有。因为有他们的求新求变，才有近四十年中国文学日新月异的局面。清人赵翼说“诗文随世运，无日不趋新”，时代在变，文学当然也要随着变化。

就像革命者常常要被人视为强盗土匪、妖魔鬼怪一样，文学变法因为不守规矩，不循旧章，也难免要招致物议。别的不说，就拿善变的先锋作家来说吧，仅这滔滔人言，就够喝一壶的。开始变的时候，说始作俑者是为外道所迷，不走正路。等走成了正道，咸与先锋了，又说后来者不过是跟风头、赶潮流，浅薄无知。就此止步吧，说你胆量不足，继续前进吧，不小心又可能掉进身内身外的陷阱。身内的陷阱是自家功力不足，火候未到；身外的陷阱，则是评家的毒舌、读者的负心。倘若这些作家能把持得住自己，也就罢了，反正横下这颗心，一条道走到黑，撞了南墙也不回头。倘稍有迟疑，便会生出许多疑虑，鲁迅笔下的狂人说，从来如此，便对吗，你心中的疑问也会说，这样走下去，便对吗。倘再细察来路，就会发现自己的脚步果然歪歪斜斜，高低不就，端的不是走在正道上。再看看人家，或鱼贯而行，或高视阔步，都不曾偏离轻车熟路。虽然在这条求新求变的路上，自己也得了不少经验，但既非一条大路，再往下去，就免不了要中道徘徊，畏葸不前了。先锋的断送，大抵都在于此。近年的所谓“回归”“转向”，不过是旧家的族人给回头的浪子找的一个体面的说辞罢了。

好在吕志青不是一个纯粹的先锋作家，也好在他没有完全卷入先锋文学潮流。正因为如此，他才能在先锋潮流的岸边翻着跟头地变，变着法儿地玩，渴了取一瓢饮，湿了在太阳下晒干，看潮起潮落，波翻浪卷，朝夕如是，逝者如斯，没人说他无风起浪，没人说他随波逐流。从这点上看，吕志青到底是湖北作家，他的这个求变之路，端的还算“沉稳”。

小说马原

20世纪80年代，有两个人改变了当代小说的形象，一个是韩少功，一个是马原。韩少功倡导文化寻根，让当代小说由表现社会学包括政治学的内容，到表现涵盖了又超越了社会学包括政治学的文化学的内容，此后的当代小说家虽然也有继续表现社会学包括政治学内容的，但多少都得有一点文化上的讲究，这样，当代小说也就由一个社会工作者和政工干部变成了一个文化人。马原实验叙述的圈套，则让当代小说由变着花样讲故事，到撇开故事只管这讲故事花样的变。此后的小说家虽然也讲故事，但如果不变个花样讲，就显得有点土气。而且这花样还不能是诸如倒叙、插叙、多叙、旁叙（议论、抒情）等老一套玩法，那还是为讲好一个故事服务的，而是要撇开一个完整的故事，或者把一个完整的故事剁碎了，只管这亦有亦无的故事的讲法，让这讲法也成为一个故事，也有一个故事的意义，甚至比一个故事的意义还要多还要高。拽一句文，这就叫形式的意味。有批评家把马原的这套玩法，叫叙述的圈套。这说法流传很广，也得到马原的认可，但究其实，马原并不想把读者套在他这套玩法所设的圈套里面，恰恰相反，是要用这套玩法，让读者从他的圈套里走出去，就像而今有些旅游景点设置的迷宫或迷魂阵，不是要把游客困在里面，困在里面要管饭，而是最终要让游客走出去。走出去了，回头一看，才觉得这迷宫有意思。这时候，你怎么想它的意思都行，想人生太复杂、想世界真奇妙都行。这才是马原的用意，所以马原的这套玩法，又被人叫作叙述的迷宫。

韩少功的事，前面的专辑已经说过，按下不表，这回专说马原。马原的这套玩法，不止改变了当代小说的形象，同时也颠覆了读者对小说的看法。中国小说有很多定义，从庄子的“饰小说以干县令”到班固的“街谈巷语，道听途说”，说的都是今天的段子，而不是正式的小说，虽然有许多后来也发展成了小说，但比较正式的小说，却是从故事开始的。今之研究，多用西人之说，以为小说渊源，起于神话传说，神话传说就是讲故事，鲁迅在讲汉以前和汉时的“古小说”时，除了类似段子的各家杂说外，就提到过托名班固所作的《汉武故事》。《汉武故事》之所以托名班固所作，大抵因为班固是史官。史官的特长是讲故事，所谓历史，便是这些史官讲的故事。但即便是秉笔直书的史官，也不是所有的故事都能写入历史，有些故事不便或不能写入历史，但却又有那么一点意思的，弃之可惜，记录下来，便成了后人眼中的小说。我多次说过这样的话，今天再来说它一遍。所以中国人读小说和读历史的心态，大抵差不多。加之后代的小说多受历史影响，演绎历史成了小说的一大宗派，就更强化了写小说的作家和看小说的读者对故事的追求。

以上说的，是小说与故事的关系，至于说这讲故事的小说家，是不是像众多论者所说的那样，也像史家一样沿着线性的时间线索，平铺直叙地把故事讲下去，那却未必。像马原说的《故事会》里的故事那样的讲法，今天的小说家中当然也有，但《故事会》之所以要与小说杂志分别开来，至少说明在观念上小说家是把故事和小说做了区分。事实上，从古人有意为小说开始，小说中的故事就与历史中的故事，有不同的讲法。这不同首先是因为修辞的原因，小说家最先把小说当文章写，不能不讲究修辞的方法和技巧，这一讲究就有了结构的起承转合，辞藻的华丽丰赡，小说中的故事与历史中的故事就判然有别。历史当然也能像《左传》那样写得很有文学性，那是因为那个时代的文史尚未分家，有了小说以后的历史如果再这样写，就不免要为人所诟病。后代的史书固然也有许多不乏文采，但都以不影响线性的历史时间和故事的真实性为前提，不像小说家那样，为了把故事讲得精彩要用上许多夸张和形容、想象和虚构的修辞手法。民间说话兴起，在文章的讲究之外，又有许多说故事的讲究，比如话头，比如“花开两朵，各表一枝”，比如“看官你道，但见但听”，“欲知后事，且听下回”等，让小说讲故事的方法比历史讲故事的方法更多了变化。这就是我前面说的变着花样讲故事。当然，这花样的变化，用马原的话说，还是形而下的。也有形而上的，如早先的小说信神仙方术，后来的小说崇庄老佛道，都有点形而上的意味，往往设一个虚无、轮回的构架，在这里面讲述人生故事，结果又证明这虚无和轮回。这形而上其实也在宗教和哲学的层面，只是中西的宗教和哲学有别罢了。

马原变的花样，因多受西方影响，故言及马原的实验小说，论者多用元小说、结构现实主义之类的理论方法嵌套其上。也有说中国古已有之的，指的就是我在上面说的话本作者介入故事讲述的套话。我以前也说过这样的话，但究其实，这都不是真正的原因，真正的原因是在这个专辑的访谈中，马原谈到的，他那时崇尚唯心，相信有神，并且在一个唯心和有神的地方，生活过很长时间。持这样的观念，用这样的经验来写小说，纵然非得讲故事，这故事的讲法也不会跟大家一样。心神都是主观的，心之所欲，神之所游，都不受客观之限制，所以这故事的讲法，也就由不得发生的时空和过程的逻辑，而是由作者的主观想法所左右。有人要说，那不就天马行空，不着边际，没个管束了吗？曰，有。这管束便是马原要表达的那一点形而上的意思。也就是说，这讲故事的花样不管怎么变，还是要表达作者的一点意思。

只是这意思不完全是或不是由故事本身表达出来，而是由或想由讲故事的花样变出来。西方20世纪的小说家，大多有这样的念头，所以马原在西方作家那里找到了许多同道和知音。

马原现在回来了。这回来有两层意思，一层意思是马原由教书先生又回到本行写小说，一层意思是说马原的小说由不关心故事本身只关心讲故事的花样，又回到故事本身来了。第一层意思是确确实实的，有马原近年来的新作为证。但这第二层意思，却未必。不要以为马原写了一点现实的东西，用了一点写实的方法，就回到故事了。须知，写实的方法可以讲故事，也可以不讲故事，现实的东西可以拿来讲故事，也可以与故事毫无关系。这都是不确定的。说来说去，对我们来说，真正确定的其实只有一点，就是马原的小说中经常出现的，“那个叫马原的汉人”。

小说麦家

自从麦家大火以后，文学界关于纯文学和通俗文学问题，重又成为一个热门话题。这个问题，在现代中国文学史上，有很长一段时间，不是一个问题。原因是自 20 世纪三四十年代以降，通俗化大众化，一直是文学追求的方向，而且不是一般的方向，还是一个带有很强的政治性的方向，或者就是文学的一个政治方向。事实上，在这个政治化的方向确立之前，近现代的文学改良和文学革命，都是朝着这个通俗化大众化的方向前进的，只不过当时没有这种说法罢了。这么长时间以来，整个文学，无论是严肃的还是通俗的，纯文学的和非纯文学的，都朝着这个方向，都在这条路上走着，道同而相为谋，还有什么好掰扯的，所以也就不成为问题。但是，到了 20 世纪 80 年代中期前后，大家看多了痛不欲生的“伤痕”，皱眉蹙额的“反思”，风风火火的“改革”，想换换口味，就引进了琼瑶金庸的作品，于是便有一种新的通俗文学兴起。这种通俗文学与此前的严肃文学（或曰纯文学）所追求的通俗性，似乎大不相同，甚至完全相反，便想到该与此前的严肃文学（或曰纯文学）划清界限，这才成为问题，这才需要讨论。于是就这不同那区别地争论了一阵子，成为一时的热点。但还没等争出个名堂，不久又因为现代派异军突起，批评家忙着去抢占新的高地，这场争论也便不了了之。

文坛上的争论从来便是猴子掰苞谷，掰了后一个丢了前一个，但有时候，只要手上能拿，腋下有空，也会把前面丢了的那一个重新捡回来。上面说的这个问题，本来争一争也就过去了，没想到过了一些年之后，却从斜刺里杀出一标异军，打出一个异样的旗号，威风八面地站在三军阵前，这异军异帜，便是麦家和他的创作。麦家的出现，迫使这些本已休战了的批评家，只好又披挂上阵，重新开战。但这回的交手，争论的双方都不免要陷入迷魂阵中，因为他们所面对的，不是惯常所讨论的雅俗问题，而是一个压根儿就无法归类的问题。且听麦家是怎么说的，他说，“我的小说具有无法归类性”，“你说它是通俗文学，当然不是；你说它是严肃文学、纯文学，它和我们以往的纯文学又不是一样的东西”。连对象是哪路人马都搞不定，一旦争论起来，那还不是一场混战。所以，这回的争论从一开始大概就注定了结局，也只能是不了了之。

先不管这场争论，只说麦家的这个“无法归类性”。我对麦家说的这个“无法归类性”很感兴趣，觉得麦家的这句话，是说到中国传统的文体或文类研究的点子上去了。对文学文体或文类进行分类研究，有各种各样的方法，从体裁上分，就是我们常说的诗歌、小说、散文、戏剧四分法，或者抒情文学、叙事文学、戏剧文学三分法，无论四分还是三分，都是从西方来的，都不是我们自己的分法。也有从性质功能上分的。所谓严肃文学（或曰纯文学）和通俗文学，就是这种分法的产物。虽然雅俗的说法古已有之，但古人只把雅俗作为一个趣味标准，却没见谁拿这个做标准去划分文学类型。说四大名著起先都是通俗文学，后来才变成纯文学的经典，那是今天的说法，不是古人的意思。把正统诗文和通俗的小说、戏剧等文体对立起来，那也是清末民初文学革新的造势，非要让后者推翻和打倒前者，并非从来如此。相反，在古代倒是相互为用，相反相成的。说到底，纯文学的说法，还是从西人的纯诗套用而来的。有了纯的，自然就有不纯的，认为纯文学（或曰严肃文学）重在严肃的载道教化，非纯文学（或曰通俗文学）自然就意在不怎么严肃的娱乐消遣，这样又生出更多相对的概念。但这些概念最后大半都成了一种文字游戏。原因是，谁也说不清楚什么是纯，什么是不纯，什么是严肃，什么是不严肃，包括什么是雅什么是俗，什么是通俗什么是不通俗，如此等等，都是一笔糊涂账。

要算清这笔糊涂账，很难。中国人自古以来便不喜欢、也不太擅长用一个笼统的大概念，对文章进行归类。用麦家的话说，也就是中国人很早就意识到文学的"无法归类性"。举凡纯杂、雅俗、庄谐，都是一些大概念，用这些大概念来归纳不同的文体或文类，对习惯本质化思维的西方人来说，也许并不困难，但对重视直接经验的中国人来说，就有点勉为其难。原因是，一种文体或文类的构成要素，无论其内部成分还是外部表现，都是十分复杂的。本质化的概念，只能抓住和说明其中的一个或几个本质性要素的特征，却不能抓住和说明它的全部要素和整体特征，这样，这种命名就难免以偏概全，也难免造成概念的混乱。纯文学和通俗文学的区别，就存在这样的问题。不用做很复杂的论证，仅就字面而言，你能说严肃文学（或曰纯文学）就不通俗吗？相反，通俗文学就不严肃或不纯吗？或者说，我说的严肃文学（或曰纯文学）和通俗文学，不是这个意思，那是什么意思呢？于是又得把严肃（纯）和通俗这些大概念再解释一遍，还要引出许多参照对比的类似概念，这样，又不免要玩起概念游戏，又不免要变成一笔糊涂账。近大半个世纪以来，只要一接触到这个问题的讨论，就是这种重复了一遍又一遍的文字游戏，就是这种重复了一笔又一笔的糊涂账。

窃以为省事的办法，就是古人的就事论事。是什么文体属什么文类，就是什么文体属什么文类，所以刘勰在《文心雕龙》中，分列了二十一种文体，诗是诗，骚是骚，赋是赋，章是章，表是表，奏是奏，议是议，都是当时流行的诗文和应用文体，倘用西人的办法，便只要三分四分或雅俗二分即可。我说上面这些话的意思，不是有意要跟大家抬杠，而是说，麦家的作品，自有其特殊性。刘勰说："自《风》《雅》寝声，莫或抽绪；奇文郁起，其《离骚》哉！"麦家的小说，堪当此论，在当今文坛上，也是"奇文郁起"。既然如此，与其把麦家的作品强行塞进纯文学或通俗文学的大套子里，不如像古人称屈原的作品为"屈赋"那样，就把麦家的作品叫作"麦家体"或"麦体"，然后详论其要素和特征，庶几近之。

小说莫言

我曾经在评论余华的创作时，说到一个“灿烂之极归于平淡”的话题，其实，这种创作上的物极必“返”的现象，几乎是大多数先锋作家从20世纪80年代极端的现代主义艺术实验，到90年代以来经过对这种艺术实验的极端化倾向的扬弃之后，与其中的合理性因素达成“和解”，在一个更高的层次上进入一种新的境界所共同经历过的一条必由之路。作为80年代的一位先锋作家，莫言在这转变途中所走过的道路，自然也不会例外。

与大多数在80年代出现的先锋作家不同，莫言在80年代中期前后的“寻根文学”和现代主义艺术实验的浪潮中脱颖而出，有双重的意义。一重意义是他把“寻根文学”对原始野性的张扬发挥到极致，同时又赋予这种原始野性以一定的社会历史（如抗日）意义，避免了“寻根文学”在其后期普遍存在的原始主义倾向。在这个过程中，同时也转换了这种原始野性的文化语义，使之由表现一种动物性的低级的本能的冲动，转换为张扬一个民族的历史积淀的生存强力。另一重意义则是他把对原始主义的这种艺术的改造，与先锋作家对西方现代主义文学的表现方法和技巧结合起来，使之呈现出一种被我们称之为类似于“魔幻现实主义”的现代派色彩，从而使传统的现实主义表现方法和技巧，在经历了80年代初期的“意识流”小说和“诗化”小说之类的艺术革新之后，又得到了一次更带本质性的艺术改造。在立足于现实主义小说的艺术革新和艺术改造的过程中，莫言这期间的创作也不同于同一时期的先锋作家普遍热衷对诸如“存在”问题的终极追问，而是倾向于利用西方现代主义文学的一些表现方法和技巧，深入探究人性的复杂和微妙，在钻取人性的燧火的同时，也用这种人性的微光去烛照那个浑浑噩噩的年代，从而又接续了中国现代文学的社会批判和国民性批判的文学主题。在这些方面，都表现了莫言在80年代的先锋文学中的特殊意义。这种意义，归结到一点，就是无论莫言的创作在艺术表现的方法和技巧上如何“前卫”和“先锋”，都是以中国的历史文化和中国所特有的民族性与国民性为其艺术表现的前提和根基。从这个意义上说，莫言的创作从一开始，就既是20世纪在世界范围内广泛流行的现代主义文学潮流的一分子，同时又深深地扎根于中国的历史文化和民族生活的土壤之中，因而它既是世界的又是中国的。莫言从家乡邮票大的一块地方出发，像他所心仪的福克纳那样，汇入世界文学的潮流，这也是他作为一个现代作家的必由之路和必然归宿。

正因为有这样的创作基础，所以莫言在进入90年代以后，才会有《丰乳肥臀》这样的作品，一方面继续发展了80年代的创作中就已经开始初露端倪的“非理性”倾向，同时又进一步融合了西方近代文化传统中某种民间文化因素，开始了一种比“红高粱家族”更带野性色彩的“狂欢化”叙事实验。另一方面，同时又将这种极具颠覆力的叙事实验用之于对长期以来被某种极端理性化和本质主义的逻辑建构的历史进行艺术的解构，后者仍然没有离开中国的历史文化这一特定的艺术表现的前提和基础。虽然莫言的这种解构历史的努力招致了来自不同方面的非议，但这种在80年代反思历史的创作潮流中逐渐滋长的一种创作萌芽，在《丰乳肥臀》中，已然发展成一种解构历史的创作倾向，却是一个有目共睹的事实。这种解构历史的创作倾向，在例如刘震云这样的作家那里，虽然也有一个独立发展的道路可循，并且表现出了与莫言完全不同的创作特点，但就其在 90 年代出现的时间先后而言，莫言在这一权且称作“狂欢化”的解构历史的叙事实验中，仍然站在先锋和前卫的位置上。尤其值得注意的是，在这部作品中，莫言更加“执迷”于民间和民间文化的某种神秘的力量，这就为他在下一个阶段的创作中转向开发民间文化资源作了一个很重要的转折和铺垫。

莫言称《檀香刑》是他“创作过程中的一次有意识的大踏步撤退”，用他自己的话说，这种“大踏步的撤退”，也就是由“对西方文学的借鉴”“撤退”到“对民间文学的继承”。这种“撤退”相对于 80 年代以来的文学面对西方所进行的革新趋势，似乎是一次倒退，但就莫言和众多先锋作家的创作历程而言，却是在经历了一个对既有的文学规范（民族化、民间化）的否定，而后又在一个更高的层面上对这种否定式的文学革新，再次予以扬弃和否定的一个辩证的历史行程。正因为如此，莫言的这部长篇新作，也就不是对既往的民族化和民间化的文学历史的简单的重复，而是以一种经历过现代主义艺术实验和对民族、民间文化批判性改造的“过来人”的眼光，对民族、民间既有的文化和文学资源的再度开发和利用。这样，这部作品中所写的一切，包括它所借用的“猫腔调”这种民间说唱艺术形式，也就不能简单地认定它就是民族的、民间的，而是借助民族的、民间的文化和文学资源，集中地再现了莫言在他的全部创作中曾经极端地表现过的那些原始的、野性的、残酷的、血腥的、愚昧的、麻木的、感觉的、官能的艺术经验。这些艺术经验与其说是民族的、民间的，不如说是借民族的、民间的形式复活了的西方的、现代的人生经验和文学经验。如同莫言的所有创作一样，对这部作品的评价，似乎也有褒贬不一的意见，但不论这些意见的分歧有多大，都不应当否定莫言的这一次有意识的“撤退”对 80 年代以来先锋文学实验的意义。我的博士生周罡同学，是从另外一条路线描述莫言的创作的，我说了如上的话，不过是想为研究莫言的创作提供一个可能存在的别样的参照系统。

小说墨白

我与墨白未曾谋面，但读过他的一些作品，也知道他的名气。最近又因为这个专辑通过几次邮件和一次电话，如此而已。以这样的交往，自然不敢妄论一个作家的创作。好在本辑主笔高俊林博士对他的创作已发表了精当之论，无须我画蛇添足。倒是他在创作上的一些追求和想法，引起了我的兴趣。

记得前些年，我曾针对余华的创作转向，说过“灿烂之极归于平淡”的话，后来又赞赏过莫言的向民间“大踏步撤退”。这些，似乎都与我们经常吊在口边上的“回归”话题有关。所谓“回归”，自然是指回到我们自认为是离开了的传统。而我们心目中的所谓传统也者，除了老祖宗传给我们的那点祖业，就是从洋人那里趸来的正统（现实主义和它的各种革命变体）。背离了这两者，不是欺师灭祖，就属逆子贰臣。余华和莫言等人在20世纪80年代，因为搞过一阵子现代主义艺术实验，已有“欺师灭祖”“逆子贰臣”之嫌，这回要“撤退”“转向”，按照市井间的说法，就是浪子回头，就是金子都不换的珍贵。而且，这种回头的浪子，据有些专家说，从 20 世纪 90 年代，到进入 21 世纪以来，还不在少数，列名其中者，以笔者陋见所及，除上述余华、莫言外，还有苏童、李锐、格非等，俨然已成一种趋势，号曰“现代主义创作转向”。

但就在这时候，墨白却说：“在小说的叙事上，我绝不会倒退。小说叙事学的发展也绝不会倒退。如果我们回到传统的叙事方法，那说明我们已经丧失了创造和想象的能力。”这几句话给人的感觉，说得似乎过于决绝，但就凭这几句话，也足见墨白绝不是一个随风转舵或随波逐流之人，自古文人重特行，今之文人忌媚俗，从这个意义上说，无论以古、以今的标准来衡量，墨白都具有一个文人所特有的气质和精神。

我说这话，不是鼓动墨白和大家抬杠，何况上述“回归”“转向”的衮衮诸公，都是当年的文坛骄子，而今的文学大家，墨白也犯不着与他们“作对”。我观其意，这其中自有他所坚持的理由在。文学这玩意儿，原本是一个自由的职业，不像行军打仗，无须统一指挥、统一行动，谁写谁不写，谁这样写，谁那样写，原本可以听其自然，不必强求一致。这也正符合如今这个时代主张多元的时代精神。好事者今天说这是一个方向，那是一种趋势，本可以信，也可以不信，不过一家之言，是当不得真的，更何况，说这些话的人，多半是不搞创作或不会创作的如笔者这样的专家学者之流。既然如此，该怎么做，对一个作家来说，原本是没有约束力的。倘若谁真的听了这些专家学者的话，说现在该新潮了，大家都去新潮，现在该转向了，大家都去转向，现在该回归了，大家又去回归，那倒是跟风媚俗，犯了文学的大忌。墨白不跟风，不媚俗，坚持自己独立之思想，自由之精神，故值得我们表示由衷的敬意。

不过，问题似乎又有另外的一面：一个时期的文学，有一个时期的文学具体各别的表现；一个时期的文学，又确有一个时期的文学某种总体的发展趋势。这种总体的趋势，并不是一个简单的文学的平均数，而是由某些具有足够的整体影响力的作家所代表的，如上述诸公。中国当代文学，在相当长的一段时间，很注意这些有代表性的作家的榜样作用，甚者还要有意识地树立一些作家做标杆，就像生活中树立的先进模范人物一样，要让大家向他们学习，走他们那样的道路，奔他们那样的方向。这种事，不但官方在做，号称民间的专家、学者和评论家也在有意无意地做。这样做，对大多数人来说，并没有什么不好，前头的马儿跑出路，后头的马儿照路跑，倒省了许多麻烦和力气。只是苦了那些不想跟着一起“大呼隆”搞集体生产，而想自得其乐地种点自留地的作家，因为不在某流某派，或者不合某趋势、某方向，要么被时人所忽略，要么被史家所遗忘，终归是难成气候。君不见，一部现当代中国文学史（古代和外国文学史似乎也无多少例外），被这种流派、趋势和方向观埋没、遮蔽了多少有个性的作家、有特色的作品。五四以降，世人总爱谈文学的个性，在口头上说说容易，可真要在现实中坚守一点，难。

然则，有个性的文学终归是值得提倡的，有个性的作家终归是值得尊敬的。但愿在这个大转向的潮流中，不要逼着仍想坚守先锋文学立场或用高博士的话说“现代、后现代叙事”立场的墨白也去转向。墨白的坚守并非出于一己的执拗，而是有着清醒的理论意识和自觉的创作追求。既然如此，文学的天下之大，为什么就容不得墨白的这一份坚守呢？更何况，墨白所坚守的，或许更接近转向的本义，因为如今闹得正响的转向，并非完全的复辟旧制，而是创造性地转化成法。这转化中的创造性，实则仍源于转向者曾经先锋、前卫过的眼光和意识。从这个意义上说，又焉知余华、莫言者流的转向，不是以另一种方式对先锋文学立场的坚守呢？

小说宁肯

评第八届茅盾文学奖的时候，读到了宁肯的小说《天·藏》，颇感新奇。我孤陋寡闻，以前读中国当代小说，也见过页下加注释的，那大都是就个别怕读者不懂而作者又不得不用的方言口语作的说明。通常是一两句话且数量极少，几乎可以忽略不计。但宁肯的这部小说不同，注的不是方言口语，而是作者的意思，或者作品中人物的意思。这意思自然也是不得不写的。因为这意思，无论是作者的，还是作品中人物的，都关乎作品的题旨。但真要写进正文，我猜作者或许怕影响自己对情节的叙述和描写，也怕读者一下子看不懂，或者影响看作品的情节，因此，就不得不加个注释，起一点辅助和补充的作用。当然啰，这种注释，对正文中的意思，也会有所引申和发挥。这样一来，注释的篇幅自然就短不了。《天·藏》中有些注释的长度，甚至超过普通的学术论著。单凭这一点，从形式上直观，宁肯的这部小说，就有点类似于学术论著，或者因此而夸张一点儿说，也可以称作是一种学术体的长篇小说。

近些年来，长篇小说的文体，有很多新的创造，其中一个主要途径，是把非文学的文体引入长篇小说创作，就陋见所及，有词典体（韩少功的《马桥词典》）、方志体（孙惠芬的《上塘书》）、纲鉴体（柯云路的《黑山堡纲鉴》）、农书体（李锐的《太平风物》）、历法体（郭文斌的《农历》）、笔记体（叶广芩的《青木川》）和杂糅书信、小说、戏剧的杂糅体（莫言的《蛙》），等等。这种借用和杂糅别种文体的写法，表明中国当代长篇小说确有一种文体创造的活力。文无定法，本是古今通则，长篇小说也不例外。虽然当代作家的文学创作，总有自己的传统或外来影响在暗中起作用，就小说而言，比如中国古代小说的传统和西方近现代小说的影响等。但我们总不能老是照着祖宗传下来的和从洋师傅那儿学习来的方法写小说，总得有一点属于自己的写法。这就需要在祖宗的成法和洋人的定规之外，有所变通，或另辟蹊径。上述借用和杂糅，就是这样的变通和蹊径。这也表明，近二十年来，中国当代长篇小说，正在走着一条文体创新的路。这样的借用和杂糅，显得弥足珍贵。从这个意义上说，宁肯正处在这一轮长篇小说文体新创造的先锋之列。

我这样说，并不是说给作品加一些注释，就是学术体的长篇小说，就是长篇小说文体的一种新创造。而是说，这种为长篇小说添加长注的写法，是宁肯学术体的长篇小说一种较明显的，也是较引人注意的一种外在标志。这种外在标志，并非作者故作高深，刻意为之，而是由作品的内容和情节，自然而然地生发出来的，因而是作品的整体的有机的组成部分。我读这些注释，兴味十足，感觉并不亚于读小说的正文，某些方面甚至尚有过之。当然，读古代的和外国的小说，有时候也要看注释，但那主要是解决一些名物、典故、语文、修辞、版本、校勘方面的问题，而且这些注释，又多是后来的研究者或翻译者追加的，并不是或不全是作者的原注。前者如今版的《红楼梦》，后者如萧（乾）、文（洁若）译的《尤利西斯》等。混合原注和新注的，小说中我见得不多，但诗歌中却有一部很有名，这就是裘小龙译的艾略特的长诗《荒原》。艾略特本来就是一个爱用典故的人，瑞恰慈说，《荒原》如果没有这些典故，得用十二本著作来表达它的意思。所以艾略特就必须得给自己的诗加注，否则读者就弄不明白他的意思。但就是这样，仍然不够，因为他是个有名气的大诗人，他的诗要传到外国去，本国的读者懂了，外国的读者不懂也不行，所以翻译这诗的人还要另外补充一些注。如此这般，注上加注，《荒原》就免不了要成为一部天书，或者近似学者写的学术专著。

插着说了这么多艾略特，好像与小说创作无关。仔细想想，其实还是有关系的。这关系就是，加注不是学术论著的专利，所有的文学作品，都是可以加注的，尤其是对那些思想深邃、修辞繁复的作品来说，更是如此。这就要说到宁肯的这部小说的性质了。宁肯为他的作品加注，显然不是因为作品的修辞有多么复杂或用了多少典故，用了多么曲折隐晦的表现方法和技巧，而是因为这部作品写了思想或以思想为描写对象。我这样说，只要不是存心曲解的人，就不应该往概念化、理念化的方面去想——事实上，宁肯的这部小说，是有鲜活的人物和情节的，也有很强的可读性——而应该想想：思想是否可以成为小说的题材；小说除了写经验，是否还可以写思想。

文学与思想，本来就有一种天然的关系，世界上有思想的小说，本来就不在少数，或者换一种说法，凡称为经典或至今流传的小说，多少都有一些思想，这是大家都知道的。但这些个小说中的思想，有少数是作家自己要宣传某种主义，如我们常说的托尔斯泰主义或萨特的存在主义等，都是通过小说表达出来的。多数情况下，文学作品中的思想，却是由读者主要是批评家提炼、总结、归纳出来的。真正以思想为书写对象的小说，我虽然暂时举不出典型的例证，但巴赫金在他的著作《陀思妥耶夫斯基诗学问题》中，却引述过一个叫恩格尔哈特的学者的说法，可以证明这种“描绘思想本身”或以思想为“描绘对象”的“思想小说”，确实存在或完全有可能存在。恩格尔哈特先生说：“如同在别的小说家作品中描写对象可以是惊险故事、趣闻逸事、典型心理、生活画面、历史场景，在他（指陀思妥耶夫斯基）的作品中这个对象就是‘思想’。他培育出一种完全特殊的小说，并且把它发展到异乎寻常的高度；这类小说不同于冒险小说、感伤小说、心理小说或历史小说，可以称作是思想小说。”虽然巴赫金并不同意恩格尔哈特先生的说法，但我却认为，恩格尔哈特先生的意见，完全可以作为理解和认识宁肯这部小说的一个重要参考。

限于篇幅，也限于思考，这个话题，在这里，我只能“点到为止”，余下的就留待以后有机会再发挥吧。

小说欧阳黔森

我与欧阳黔森有一面之缘，那年到贵州讲学，蒙他盛情款待，留下很深印象。回来后找了他的一些作品来读，印象益深，觉得他的作品既有何士光的余响，又有蹇先艾的遗风。说有何士光的余响，是因为当年何士光写“伤痕”、写“反思”、写“改革”，都不直接把灵肉的“伤痕”暴露出来、把“反思”的结论告诉读者、把“改革”的方案展示给人，而是把这些由社会学家、历史学家和政治家干的活计，都点化为一点因由，缩略成一种背景，而将全部笔力集中于人情和人性这个文学永恒的描写对象。凡是读过短篇小说《乡场上》的人，应该都不会忘记那震撼人心的结尾。这结尾之处的震撼人心，绝不仅仅是因为冯幺爸的那几句肺腑之言或曰“豪言壮语”，而是冯幺爸在说这几句话时的精神状态，一个让贫困扭曲了身心的农民，终于伸直了腰杆，找回了尊严，这固然得益于社会政治环境的改变，但作者让我们看到的，却不是社会学或政治学意义上的挣脱枷锁，获得解放，而是那一点不可磨灭的人性的光辉。同样，在《种包谷的老人》中，老人的那一点卑微的愿望，也不仅仅反映了新的农村政策带来的生活变化，而是人之为人的一点常情常性。何士光当年的别出机杼、高人一筹，也正在于此。在这个问题上，我同意周新民对欧阳黔森的作品所作的分析，也同意他基于这种分析所得出的判断，即认为欧阳黔森的作品也像何士光一样，挣脱了政治学、社会学和历史学的拘囿，没有让人物成为再现生活的工具，成为时代精神的传声筒，而是让人物回到了人本身，恢复了人之为人的“本来面目”。

说他有蹇先艾的遗风，是说他的作品有乡土气息和地方特色。这虽然是句老话，但这些东西真要在作家的笔下表现出来，并非易事。鲁迅在为《中国新文学大系·小说二集》做序言时，曾特别拈出蹇先艾来，把他放在比他资格老、名气大的许钦文、王鲁彦之前，就是因为他的创作最能体现鲁迅所论“乡土文学”的特色。鲁迅说蹇先艾的创作“所写的范围是狭小的，几个平常人，一些琐屑事，但如《水葬》，却对我们展示了‘老远的贵州’的乡间习俗的冷酷和出于这冷酷中的母性之爱的伟大，贵州很远，但大家的情境是一样的”。无独有偶，鲁迅在这段评价中也说到了蹇先艾的创作写习俗不止于习俗，而是从这习俗中写出人的至情至性，进而说蹇先艾的小说写的是偏远的贵州，但他所表现的人情人性却是普遍的。或许何士光正是受了蹇先艾的影响，而这影响又传承到了欧阳黔森，所以他的创作也就如蹇先艾和何士光这些前辈一样，有浓郁的乡土气息和地方特色。欧阳黔森说他的作品在表现他的家乡贵州铜仁地区的地方特色的同时，又兼有“楚味”，而这“楚味”是缘于他的家乡旧属武陵郡，属楚文化范畴。可见这乡土气息和地方特色，也并非说来就来，想有就有，而是要得之于独特的地域环境的长期浸染。欧阳黔森生长于斯，对黔、湘边界的民情风俗习染既深，又对这种杂糅了两种地方文化的历史人文勤于研习，所以他作品中的乡土气息和地方特色，才别有韵味。这一点似乎也与蹇先艾有契合之处。蹇先艾的家乡遵义地区临近四川，也是杂糅了两种地方文化的边缘地带。他的创作如欧阳黔森一样，兼有两种地方文化的特色，也是情理之中的事。鲁迅说蹇先艾的作品写的是“老远的贵州”，“描写的范围是狭小的”，那是他没有看到蹇先艾后来的作品，他后来的作品，有很多不仅是写贵州，也兼写四川，兼有“川味”。他有一篇被评论家和学者称为“地方色彩最浓”的小说《在贵州道上》，就是一篇用川黔一带的方言写成的兼有两地特色的小说。这种契合绝非偶然，而是同一地域的作家跨越时空的精神文化传承。

从蹇先艾、何士光到欧阳黔森，这三位作家所处时代不同，在文学上的成就和影响，也有轩轾之分，但作为一个历史链条上的三个重要环节，却共同串起了一部贵州文学的历史。这历史，不像北京那样，是驳杂的，不像关中那样，是沉重的，也不像江南那样，是轻灵的，而是兼有这驳杂、沉重和轻灵三种元素。与上述三地相比，贵州是一个很特别的地方。这特别，就文学而言，就在于它是孕育“乡土文学”的最佳土壤。早期“乡土文学”作家，也就是鲁迅所说的包括蹇先艾在内的那种“侨寓”北京的“乡土文学”作家，大多是出生于或来自于边鄙之地，即我们通常所说的穷乡僻壤，也即是今天所说的老少边穷地区，或者跟这些地区有着千丝万缕的联系和这样那样的关系。这些地区，因其偏僻，对外封闭，所以风俗保存完好，为“乡土文学”准备了最好的资源；又因其原始，未经开发，所以保留了更多的自然野趣，最能显示“乡土文学”的审美特色。当然，也有许多早期“乡土文学”作家包括蹇先艾笔下所写的蛮风陋俗，但对这种蛮风陋俗作批判性审视，同样也是早期“乡土文学”的鲜明特征之一。可见，无论从哪方面说，“老远的贵州”都是文学的一块风水宝地。这当然都是说的以往的贵州，或者说是狭义的现代文学历史上的贵州，今天的贵州用一句套话说，自然是发生了翻天覆地的变化。但不论怎么变，它的那一点独特的地域元素和文化基因，却是不会消泯的。正如欧阳黔森自己所说：“每一个地域文化都是一粒宝石，该它闪光的时候，绝不会被淹没。”在欧阳黔森的创作中，我们就看到了这粒宝石所散发的光焰。

小说乔叶

有一段时间，诗人纷纷改行写小说，其中有几个改得比较成功的，如韩东、熊召政者，在读者中还有较大影响。这原因有两种，一是爱好文学的人，最先都喜欢写诗，写诗成了名，就成了诗人，等到有一天也写小说了，人们便觉得他是改了行。二是诗歌有一段时间不景气，在热乎了一阵子之后，突然不热乎了，没有多少人看了，只好改行写小说。当然，也有诗人改行写散文的，如周涛、舒婷等，也很不错。但乔叶不同，她不是由诗人变成小说家、散文家，而是由写散文改成写小说，由一个著名的散文家成了一个有影响的小说家。至于这种改变的原因，似乎与诗人的改行不同。她在接受本辑主笔的访谈中，除了谈到自己不愿沿着习惯的路子走下去之外，更多地谈到了散文和小说这两种文体不同的性质和功能。她的那些个形象的比喻，让我想起了今天称之为散文的这种文体，在历史上与诗和小说的一些因缘与纠葛。

先说散文与诗。在中国文学分类中，散文与诗本是两种相对的文体。诗讲究排比对仗，规范整饬，散文是散体的文字，是没有这些讲究的。黄遵宪当年闹诗界革命的时候说过一句话，叫“以单行之神运排偶之体”，他把散文叫作“单行”的文字，把诗叫作“排偶之体”，就说出了散文与诗的区别。一个散体“单行”，一个“排偶”对仗，二者的区别大了去了。所以，写惯了诗的人转向写散文，要真正写好，颇不易。但话又说回来了，新诗毕竟不同于旧体诗，它一开始就是散文化的。胡适当年提倡白话诗的时候，就说过“要须作诗如作文”的话，也就是说，写诗要像写散文那样，不必要古人的那些讲究。说来，这也是宋人革新诗艺的老办法，所谓“以文为诗”是也。早期白话诗人大都是照着胡适的法子实践的。有的还直接将外国的散文诗引进来作示范，散文化于是就成了早期白话新诗的一个鲜明特征。虽然后来在纠正过度散文化的弊端时，有人提倡过散文美，说散文化不好，散文美好，要反对散文化，追求散文美。这不过是对散文化既不满意又无可奈何的一种变通的说法而已，新诗的散文化终究成了一种不可逆转的趋势。发展到当今的口语诗，或曰口水诗，岂止是散文化，简直就是大撒把。如果不计较它的直白浅显，也算是实现了黄遵宪的“我手写我口”、胡适之的“有什么话，说什么话，话怎么说，就怎么说”的主张，说来这也是新诗散文化的流弊所致。散文于诗，可谓成也萧何，败也萧何，呜呼散文，其奈尔何。

再说散文与小说。相比较而言，散文与小说的关系，就简单得多。在中国古代，散文与小说，原本都属于散体的文字，都可以笼而统之地以散文称之，在古人眼里，都是广义的散文，同属一个家族。在这种大一统的散文家族中，区别出小说来，又区别出狭义的散文，二者各自成为一种独立的文体，虽然有西方文学分类的影响，但小说这名称在中国典籍中，却出现得早，据考，在先秦时就有。但这时候以及在以后一个相当长的时间内，小说不过是一种末流的文字，是不能与正统诗文（散文）相比，登不得文学的大雅之堂的。这以后，小说虽然异军突起，但这种卑贱的出身和末流的命运，依旧没有多大改变。直到近代，维新派在小说界闹了革命以后，小说对社会人生的益用日广，才逐渐归了文学的正宗。但这时候，正统的诗文，却走了背字儿。诗已由白话代文言，自不待说，散文虽有恋旧者复兴晚明小品，但终究抵不住“Essay”（随笔）的诱惑，纷而迎娶洋派新妇。于是杂感、语丝大行其道。再后来，散文以叙事、抒情、议论三分天下，已与小说成分庭抗礼之势，小说与散文渐次壁垒分明，小说家与散文家也名分各定，互不相认。

话虽这么说，小说和散文毕竟有上述亲缘关系，故小说体内，仍存有散文的基因，流着散文的血液。现代的小说家在写小说的时候，虽然大多是照着西洋的章法，但总免不了时时要露出散文的马脚来。不但寻常笔法是散文的，而且在受西洋的小说作法束缚太紧的时候，还要求助于散文。散文化于是成了小说家的一剂解药，小说这时候也彻底地露出了散文的真面目。甚者很难分清哪是散文，哪是小说。历史上也因此成就了许多以散文化著称的小说家，如鲁迅、废名、沈从文、汪曾祺、孙犁，等等。其实，在中国文学史上，就连这种散文化的小说，也不乏成品，如后人所谓笔记小说者流。这类小说皆可以散文称之，或者原本就是散文，称其为小说者，皆好事者为之。凡此种种，据此可知，由写散文到写小说，就像林黛玉进贾府，见过了姥姥再见舅，转来转去，都是一家子。

散文是一种原初的文字表达方式，具有很强的文体创生力和发散力。一个作家的文学表现能力的养成，不是源于讲究形式的诗歌，也不是源于崇尚虚构的小说，而是源于朴实无华、自由无拘的散文。形式化了的散文便是诗（至少是自由体的或散文化的新诗），虚构性强的散文便是小说。从这个意义上说，散文虽如上所述，可能会消解诸多文体，但也是创生诸多文体之源。乔叶初入文学这座神仙府第，便在散文门里修炼，是入了文学的不二法门。有了这一点“不二”的功夫垫底，则一切文体的区别，都可以忽略不计，或者自认有别，其实并无差异。因为文体的转向，乔叶在散文与小说之间，作了许多比较，说了许多差别，实则是把她自己修炼散文的经验，对散文的体认和感知，都用到了小说身上。说这是散文家的移情也可，说这是散文主体的对象化也行。总之是因为乔叶受散文的浸润太久，情结太深，所以，到头来，她虽然说的是小说种种，却在在都是散文的性情。结果自然是连她自己也不得不承认，绕来绕去，无法说清。既然如此，与其在散文和小说——乔叶的这两个新欢旧爱之间，强作区分，不如将旧爱注入新欢，让新欢容纳旧爱，即用散文的精神去写小说，让小说充满散文的精神气韵。这样，庶几在新欢旧爱的统一中，才有属于乔叶所要的“文字的欢爱”。

小说邱华栋

邱华栋是我的校友，他从新疆“保送”“特招”或曰“破格录取”到武汉大学时，我在这所大学已供职有年。当年的华栋，不光是一个文学神童，也是一位翩翩美少年。说他是文学神童，不是虚词，而是有所比较。从20世纪50年代过来的人，都记得那时候有一个叫刘绍棠的“神童作家”，十三岁开始发表作品，十八岁时出版第一部小说集。无独有偶，华栋开始发表作品的时间，也像刘绍棠一样，是在十几岁读中学的时候，出版第一部小说集，刚好也在十八岁，可不又是一个“文学神童”或曰“神童作家”。但与刘绍棠不同的是，据我孤陋寡闻，刘绍棠似乎只写或主写小说，未见或少见有其他文体的作品发表，华栋却不但在少年时，就能使双枪，左手小说，右手诗歌，而且后来还兼写散文随笔、文学史、文艺理论、文化和文艺评论，以及新闻、电影、建筑类的文章，算得上是全武行。虽说这十八般武艺，未必样样都精，但既精其一二，也便可当之无愧地跻身高手之林。

说到华栋的多能，我又想起他在学校时的一些活动。那时节，文学界正在更新换代，那边厢，小说界的老营“五七族”和“知青族”，已被先锋实验新潮冲得七零八落，这边厢，曾经新潮过的“朦胧诗”也在一片“PASS”声中为更新潮的“后朦胧诗”所淹没。这后一股潮流，在大学校园波翻浪涌，自西而东，由南向北，颇泛滥了一些年头。武汉大学地处华中，当此诗歌新潮南北东西交汇要冲，加之代有传承，故诗歌活动异常活跃，并且有每年一度校园樱花盛开时节的樱花诗赛推波助澜，更为世所瞩目。是时有学生文学社团曰浪淘石文学社，有诗歌社团曰珞珈诗社，又有学生文学刊物《大学生学刊》，这些社团、期刊，皆推华栋为持牛耳者，可见华栋在学生中的分量。我因教授当代文学，与学生文学社团接触颇多，常应邀参加一些活动，自然也少不了与华栋打交道。据我从旁观察，觉得华栋所主持的校园文学活动，一般来说，都比较扎实稳健，不闻“PASS”之声，少见“宣言”发表，都是一些实实在在的创作组织和文学竞赛，因而留下的实绩颇多。后来，他还编过几册校园文学作品集，除华栋外，武汉大学也出了几个有影响的校园诗人。这些，都说明华栋是一个很务实的人，即使被诗情点燃，为燃情添薪，他也会让这激情之火，烧得清明澄澈、玄寂幽深，观之如疏星朗月，玉洁冰清，而不是遍地野火，烈焰腾空，徒炫人眼。

就想起这该与华栋写小说的经历有关。大凡小说家者流，无论持何种主义，用何种方法，总得讲点故事。故事的讲法固然因人而异，可虚可实，虚者如古之神魔、怪异，今之荒诞、魔幻，实者如历史、纪实，现实主义，但这故事本身，却是无论如何也虚不了的。与“故事”打交道久了，自然就变得务实了。说到务实，我又想起华栋与本辑主笔李海音讨论的历史小说。写历史小说自然要务实，也就是我们常说的历史真实，但这历史的真实，又曾经有一种讲究，就是不能只写历史的表面现象，还要透过现象看本质，写出历史的本质真实。偏偏这本质又是要人去归纳提炼的，归纳提炼的人不同，历史的本质就不一样，结果虽被说成是一种“更高的”“更深刻”的真实，其实只是一些抽象的概念，是不能真正落到实处的。后来虽然抛弃了这种本质的真实观，但也没有认真地回到历史真实的正路上去，而是没大没小地拿历史开涮，嬉皮笑脸地跟历史耍贫，好玩固然好玩，但显然不是对历史的务实态度。历史老了，像人一样，难得伺候，所以写历史小说，并非一件易事。

华栋从写都市小说，转向写历史小说，用一句场面上的话说，是一个华丽的转身。但这转身又没有重蹈本质主义和解构主义的覆辙，而是另辟蹊径，别开生路。华栋说他本质上“是一个诗人，一个带有理想倾向的人”。按理说，这样的人写历史小说，容易亲近主观的写法，如郭沫若写《牧羊哀话》那样的所谓“浪漫派”，（再沿这“主观”往前半步，就到达“本质”了）或者更容易认同20世纪80年代以后种种解构历史的写法，包括“戏仿和反讽、滑稽和黑色幽默地处理历史”等等。但华栋对此似不以为然。他说：“我并不喜欢过于反讽，那样消解了历史本身的正当性，最终消解了作家自身。”他喜欢像尤瑟纳尔、艾柯和卡尔维诺那样，“对历史展开一种甜蜜的、亲切的、可感的、有趣的想象”，希望自己今后写出的历史小说，是“含有历史的声音肖像”，将历史赋予了现代意义，而它本身又非常具有趣味性和想象力。从他在访谈中对上述三位作家的阐释中，我们不难看出，他心目中历史小说创作的三要素，一是尤瑟纳尔的“生动可感”，即他所说的“声音的身体的可感性”；二是卡尔维诺的“哲思和趣味性，还有一种奇特的想象的甜蜜感”；三是艾柯的“现场感”、猜谜一样的叙事以及知识性和趣味性等等。把这些方面的要素归纳起来，可以说，他是想写一种可以用感官触摸的历史小说——能触摸的历史自然是实在的，但这实在的历史，又不是僵硬的、冰冷的，而是生动的、温暖的，是带着作者的生命和体温的，是被作者的想象激活、被作者的声音唤醒的，就像一个失去知觉的人在爱人的召唤声中苏醒过来一样。这个过程一定是十分奇妙，也是十分甜蜜的，是容易引人联想，启人哲思的，因而又是充满知识性、趣味性和哲理性的。我不能说华栋在这方面已做得尽善尽美，但只要你读过他的《中国屏风》系列小说，你就不能不承认，华栋在传统的历史小说和新潮的历史小说之外，又培育了一个新的品种。

小说苏童

人们都说，苏童是一个才子型的作家，此言不虚。中国古代才子型的文人，往往以多愁善感、长于文辞著称，以这个标准来衡量新文学作家，称得上才子的，似乎没有几人，而且这些够得上才子称号的作家，又大半是如徐志摩这样的诗人，在小说家中，则以女性居多，如萧红、张爱玲等。男性小说家如钱锺书，虽然也才华横溢，不辱才子名分，但终究因为学问气太重而少了才子应有的那分空灵。近二十年来的小说家中，配称才子的，虽不乏其人，但毕竟仍属凤毛麟角。盖因才子乃人群之异数，是不可能批量产出的，文学界的才子，也不例外。

在近二十年来的文学中，苏童就是这样的异数和例外。我这样说，并不是指苏童也如古代的才子型文人一样多愁善感，而是说他作为一个新文学作家，感悟人生和感知世界的方式，与一般新文学作家多有不同。这种不同，主要表现在：一般新文学作家总要从意义入手，来选取他的题材和人物，来叙述他的情节和故事，来决定他的主题和价值的取向。这是因为中国的新文学受思想启蒙的浸润太深，故选材、立意、结撰、叙事，都要借助理性的导引，意义的问题因而也就显得头等的重要。不能说像苏童这样的才子型作家就没有接受过启蒙思想的熏陶，而是说启蒙（包括它的变体）作为一种思想，对文学的渗透，到苏童开始创作的年代，已日渐失去了它的决定性作用，这就使得苏童在创作中有可能放弃对某种外在意义的追寻，转而听从内在的心灵的号令，苏童的创作也因此有可能逸出理性的规囿，转而呈现鲜明的感性特征。凡此种种，所有这一切，都是在苏童出现的那个年代，这有可能是使他成为一个才子型作家的先决条件。

苏童的才子气，最终还要归结于他的一颗敏于感受的心灵。这颗敏于感受的心灵，可能源于他某种敏感的天性，也可能孕育、形成于他的童年和青少年时代，总之是由于这些先天的和养成期的诸多因素使然，他对个体生命的每一丝细微的冲动，对属人的本性的每一点细微的表现，都有着一种异乎寻常的感应能力和捕捉能力。正因为如此，在他近二十年来的创作中，当他对他的创作动机尚无自觉的时候，仅凭对外界事物的直觉和心理感应，他就能够“从心而欲”进行创作。他初期的创作往往表现出了这样的特点，这也是他的创作被人们视作才子气的一个重要表现。当然，更多的时候，或者说是在他的创作日渐走向成熟的过程中，他对自己的创作动机已经有了充分的自觉，这种自觉有时候甚至能够让他明确地意识到其中的意义指向和价值目标，而他却仍然坚持要把他的人物和故事从某种确定的意义框架和价值取向中剥离出来，转而专注于表现个体生命的冲动和对属人的本性的艺术刻画。这样，在苏童的作品中，虽然也有外在于人的历史，乃至体现这种历史的各种具体的政治经济和社会文化环境，但这种外在于人的历史和环境的因素，却不是制约人和决定人的力量，而是人努力规避和逃离的对象。这种规避和逃离在苏童的作品中的种种表现，周新民博士已在本辑的评论中作了详尽的分析。我在这儿要补充说明的是，在苏童的作品中，无论人置身于怎样的社会历史环境，具体的生活情境如何，对历史和环境这种规避和逃离的努力，都充分地显示了个体生命的亮色和自由的人性的光辉。这同时也是苏童创作的才子气的一种真正内在的表现，因为无论怎么定义才子气的种种表现特征，最终都离不开个体生命的冲动和人的自由本性。正是源于个体生命的冲动和人的自由本性，所以才子多不见容于秩序和规范，但又往往是秩序和规范中人心向往之的人生境界。我们从苏童的作品中读到的，难道不正是他的人物自由地挥洒生命，以及创造这些人物的作家同样自由地挥洒才情的那份难得的人生境界吗？

虽然苏童在他的创作中“无限夸张人和人性的分量”，但作为一个小说家，并不等于他不懂得故事的重要。恰恰相反，在他告别了先锋实验，自觉地后退，并且以后退为进步的时候，正是“重新拾起故事”这个“最传统、最中国化的东西”，最后成就了苏童。从《妻妾成群》开始，苏童的故事也已经讲了十几年了，他的故事和讲故事的方式也在不断发生变化，从陌生的讲到熟悉的，从历史的讲到现实的，从源于想象和虚构的讲到取材于真实生活的，从浅层的讲到深层的，从单纯的讲到复杂的，从平面的讲到立体的……但无论怎么变化，我们都不难看到，苏童总不能忘怀他笔下的人物在不断变幻着的人生故事中的命运。因此，无论故事本身和讲故事的方式怎样变化，他总要细心地捕捉并打开这些故事中的人物的“人生与心灵世界的皱褶，轻轻拂去皱褶上的灰尘，看清人性自身的面目”。从这个意义上说，苏童又是我们这个时代最富于人性关怀的作家，因而也是我们这个时代最具文学性的作家。

小说孙惠芬

20 世纪 30 年代中期，鲁迅在为《中国新文学大系 · 小说二集》所写的序言中，针对 20 年代初北京出现的一些青年作家如蹇先艾、裴文中、许钦文、王鲁彦等人的创作，曾说过这样的一段话：“凡在北京用笔写出他的胸臆来的人们，无论他自称为用主观或客观，其实往往是乡土文学。”这段话后来就成了中国新文学史上对“乡土文学”的一个经典的定义。如果结合鲁迅对这些作家的作品所作的具体分析，我们可以看到，鲁迅所见的“乡土文学”，包含了他所说的三个方面的特征：一是“侨寓”北京的作者所为；二是对“故乡”的回忆之作；三是“隐现”了作者的“乡愁”。这三个方面的特征，后来就成了制作“乡土文学”的不二法门。因为是“侨寓”者的文学，所以现代的“乡土文学”因而也就离不开这“忆”和“愁”二字。这当然主要说的是鲁迅那个时代的“乡土文学”，因为旧式的乡村生活非常压抑，所以但凡有一点知识的年轻人，知道一点外面的事情，就难免不安分，要到他们所向往的“外边”（大半是城市）来找他们所要的新东西。但是，到了城里以后，又发现城市也不完全是甚至完全不是他想象的那样，有些地方，甚至还不如他离开的乡村，于是，又难免要回过头去怀念乡村，但这回的怀念却是可望而不可即，这样就不免要平添出几分怀念故乡的愁绪来。“乡土文学”于是又被人称为“乡愁文学”。

现代“乡土文学”作家的心灵，在城市和乡村之间这样来回折腾，令我想到了钱锺书在《围城》中那句已经被人传得俗滥了的话，套用过来，是所谓城里的人想下乡，乡下的人想进城；没进城的想进城，进了城的又想回乡，这样循环往复，终究没个了结。用现代哲学的说法，也许这就是一种存在的困境，也是一种难以挣脱的宿命。说到宿命，有的人常常会想到冥冥之中主宰我们命运的上天或鬼神，殊不知，真正掌握我们命运的，是那些我们所不知的或无法左右的现实的力量。比如上面说到的城市对乡下人的魔力，乡村对城里人的魔力。在鲁迅那个时代，城市代表了现代，代表了文明，乡村反之，是古旧、落后、野蛮、愚昧的象征。偏偏人心不“古”，不愿意老停留在古旧的乡村，要到新式的城市去呼吸一点新鲜的气息，所以知道这一层新旧之别的年轻人（又往往是知识青年），就对城市趋之若鹜。用一句理论的话说，这是现代启蒙精神的召唤。这些进了城的乡村知识青年，于是也就成了接受启蒙洗礼的新人。既然如此，何以又要怀念旧家、眷恋“父亲的花园”呢？这又得说到人的本性上来。人心不“古”，喜新厌旧，是一种本性，但现代的心理学（或曰精神分析学），又分明说人有一种“恋母情结”，这也是人的一种本性。乡村是人的母体，尤其是像中国这样一个农业文明历史相当漫长的国家，乡村更是我们全体（所谓民族）生存的根。那些进了城的年轻人，头脑虽然新了，但毕竟只停留在现代人所说的理性的层面，偏偏这“恋母情结”不是换一套知识、换一种做派、换一种认识所能改变得了的，说浅层一点，它是一种感性的东西，说深层一点，它是一种本能的东西，无论多么强大的理性力量，都是很难移易的。中国人说的“江山易改，本性难移”，就是这个意思，可见中国人的经验，很早就与弗氏的学说相通。

本辑主笔、我的博士生张赟，对孙惠芬所作的访谈，以及她自己的文章对孙作的评论，包括孙惠芬本人的自述，都涉及一个问题，就是在如今这个社会，她的心灵（或她所说的心情），也像20世纪20年代的“乡土文学”作家那样，在城市和乡村之间，来回折腾。当然，孙惠芬的折腾，较之以往，已经有完全不同的意义。今天的文学研究者常爱谈一个社会学的问题，就是现代化，或者由此派生出来的现代性。从世界范围，首先当然是从现代化的发源地——诸多西方国家来看，现代化的过程，实际上是一个城市化的过程，至少城市化是现代化进程的一个重要表征。在这个过程中，西方人处理城市与乡村的关系，似乎用的是一种激进的手段，即用强力迫使乡村文明就范，所以大英帝国的历史上，才有“圈地运动”和所谓“羊吃人”的事情出现。不知当年被“圈”去了土地的英国农民被迫进城谋生后，做何感想，可惜在他们当中，没听说有“乡土文学”作家出现，否则，他们的一定是今天的现代化学者或现代性学者，他们的作品一定是研究现代化问题或现代性问题极好的文献资料。

中国是一个以德立国的国家，历来讲究德政，即使是搞现代化，也不用强制的手段，而是采取一种温和的渐进方式。所以在走上城市化这条现代化的必由之路以后，在处理城市与乡村的关系问题上，也就没有多少过激的现象出现。这样，也才容得像孙惠芬这样处在城乡之间的作家来回折腾。否则，像当年的大英帝国那样，把农民逼得离开了土地，又不准在城里流浪，结局就像他们失去了的土地一样，再一次落得个被“圈”的下场。当然，这回是被“圈”进了工厂，名义上是当了工人，成了我们好久以前所羡慕的无产阶级，实际上则彻底断了他们对乡村的念想。相比之下，如今的中国农民可不是这样，人是进城了，甚至家也搬到城里来了，但根却始终留在了乡村。这根有老婆孩子、兄弟姐妹、朋友恋人，也有父老乡亲、祖宗先人。他们与乡村割舍不断，就源于这根是深深地扎在他们现在的和故去的亲人中间。想起他们，就会有一种剪不断、理还乱的无限愁绪。说这种愁绪是“乡土文学”所谓的“乡愁”也行，但终归是现代化这种物质实践活动的情感分泌物或精神分泌物。于是，在中国的现代化舞台上，在城市化的这一幕演出中，就有了无数缠绵悱恻的人伦故事。孙惠芬专写这故事，所以她的作品是深深地介入了中国社会的现代化进程。像这样的作家，说她的作品是“乡土文学”也行，但究其实，又岂是一个“乡土文学”了得。

小说唐浩明

在中国现当代文学史上，所谓历史小说是一个晚出的，也是一个稀有的品种，虽然今天与历史沾边的文字作品汗牛充栋，但真正算得上历史小说的，数量并不是很多，尤其是与非历史的文学作品相比，在整个文学家族中，所占的份额就更少了。

历史小说的概念，以前有过很多讨论，在讨论中，有许多不同的意见，还发生过激烈的论争。尺度宽的，宽到凡属从过去年代取材的，都算历史小说。所以，才有革命历史题材小说之说。其实，在革命历史题材小说兴起的 20 世纪 50 年代，所谓革命历史，无论是抗日战争还是解放战争，抑或更早一点的革命，都不过几年前、十几年前或几十年前的事，对当时的作者和读者来说，都属“去古未远”。正如有的作者所说，就像昨天发生的事情一样。而且，他们中的许多人，也确实是刚刚脱下戎装就伏案写作，或者穿着戎装时就在写作，写的都是他们经历不久的事情，不像在今人眼里，这些都是遥远的历史。持这种宽泛的尺度，历史小说的界限就不好界定，弄不好历史小说就宽泛无边，像无边的现实主义一样，也成了无边的历史小说。尺度严的，则主张只有真实地再现历史的，才能称得上是历史小说。而且这种历史，也主要是指古代历史。20世纪60年代关于历史文学的讨论，虽然主要是在历史剧领域，但其中涉及的问题，却颇具普遍性，对历史小说的创作产生了深远影响。这些问题主要是历史的真实与艺术的真实、事实的真实与本质的真实孰重孰轻、孰主孰从的问题。虽然最后没有一个统一的结论，但主张历史真实与艺术真实的统一，通过真实的史实反映历史的本质，却是后来大家都能够接受且都愿意付诸实践的创作原则。历史小说的创作，自然也不例外。

因为都不反对历史的真实，只在大的关节和小的细节上，各有讲究，所以历史小说家都注重搜集历史资料，都讲究现实主义的写法。甚者如姚雪垠写作《李自成》，所作资料卡片数以万计，所用的方法，也是严格意义上的再现历史的现实主义。又因为都想写出历史的本质，所以又都不能不屈从于已有的历史定论，尤其是政治性的结论。那时节的所谓历史本质，不是什么人都有资格认定的，为了防止发生异议，所以就特别注意选择已有定论的历史题材。被认定为本质上是反对封建统治阶级的历史上的农民起义和农民战争，就成了历史小说尤其是长篇历史小说的首选。而明末李自成义军成功、失败的经验教训，又成了现代中国革命的历史借鉴，于是姚雪垠的《李自成》便应运而生。很长一段时间，当代历史小说的取材，都与这种历史定论有关。直到“文革”结束后的新时期，刘亚洲的《陈胜》、蒋和森的《风萧萧》《黄梅雨》、杨书案的《九月菊》、凌力的《星星草》等历史小说，反映历代农民起义和农民战争，仍在这种历史定论的范畴之内，仍受着这种历史定论的保护。就连鲍昌的《庚子风云》、任光椿的《戊戌喋血记》，写义和团运动和戊戌维新，也未能脱出对这两段历史所作的结论。

这种依托政治结论的本质主义的历史小说创作，到凌力的《少年天子》出现，才开始有所改变。这个改变的重要一点，是历史小说的主人公，由唱主角的农民英雄，一变而为长期以来被历史小说放逐的帝王将相。虽然这样的变化，也不是回过头去为封建统治阶级大唱赞歌，而是为那些对国家民族做出贡献或有助历史发展，锐意革新进取抑或人格特异的历史人物树碑立传。这样，后来便有二月河的帝王小说系列和熊召政的《张居正》等小说出现。如果仅就主角的改变而言，同样是从明末那段历史取材，刘斯奋的《白门柳》也由姚雪垠的关注农民英雄，转而措意于江南士子，也是这种变化的一个证明。此后，历史小说的选材，由关门变为大开，加上影视改编推波助澜，宫廷题材尤其是清宫题材，竟成一时之盛。近期虽有孙皓晖的《大秦帝国》这样的作品压卷，但毕竟写尽历朝帝王的历史小说，多为平庸俗滥之作。故历史小说的日渐式微，不在其数之多寡，而在其质之未优。

从这个历史的角度来看唐浩明的历史小说创作，就很容易看出他跟别人的不同之处。首先，是他的取材跳出了历史的定论，既不像前述历史小说家那样，专写农民起义和农民战争，也不是照着历史的结论去写的，而是按照自己的想法，写了长期以来被认为是镇压农民起义的“刽子手”，因杀人太多而被称作“曾剃头”的曾国藩，因对洋务运动的否定评价而被认为是维护摇摇欲坠的封建统治的张之洞，因拥护袁世凯称帝、位列“筹安会六君子”之首而被牢牢地钉在历史的耻辱柱上的杨度。他这样取材，也不是像当年郭沫若写《蔡文姬》和《武则天》那样，刻意要为曹操、武则天翻案，而是看中了这些历史人物身上积聚的社会矛盾、文化矛盾和人格矛盾，包括他们独特的思想性格和行为特征等等。他要剥去后人给他们的“包装”，显露他们的“本来面目”，使他们真正成为“一百多年前那个真实生活过的历史人物”。这样写来，他的作品就不能不接近现实主义，就不能不远离随意杜撰和随口戏说，也与刻意的通俗化和人性化有别。他笔下的这三个近代人物，因而也各有个性，各具气度。若论其风骨，我以为曾国藩的老成持重，张之洞的雄图大略，杨度的奇才逸志，都是人中翘楚。用一句老话说，唐浩明笔下这些鲜活的艺术形象，丰富了当代文学的人物画廊，也为当代历史小说创作开创了新的风气。

小说铁凝

提到铁凝，人们自然会想到她的成名作《哦，香雪》。如果说，在中国现当代文学中，有一种可以称作诗化的小说叙事传统的话，那么，这个传统就是由如下一些作家成梯级地联结而成的一个线阵，即鲁迅、废名——沈从文、萧红——孙犁、茹志鹃——汪曾祺、铁凝等。他们各自所处的时代不同，个人的经历与遭遇有别，但有一点却是共同的，即都善于把人心中的那一点欲望、期待和希冀，或者人性中的那一点对于真、善、美的向往，点化成一种诗意的画面。而且饶有意味的是，这一传统又总是与中国社会的现代化进程和现代性的生长密切相关，甚至是这一进程在小说叙事中的具体呈现。就拿上述作家中几个比较典型的例子来说吧，首先是处于20世纪初的废名，人们提到他的诗化小说，总爱说他受到佛教禅宗的影响，这诚然不错。但废名笔下所描画的那些几乎是处于自然状态下的生活和人性，又何尝不是他对于未来社会和理想的生活与人性的一种向往。而这种向往又恰恰体现了“五四”启蒙思潮对于人的解放和个性自由的提倡。如果说现代化的发展也应该以人为中心的话，那么，这一切又构成了中国社会的现代化进程和现代性生长的起点。在废名之后，是处于20世纪三四十年代的沈从文。中国社会的现代化进程，造就了一种畸形的都市文明，相对于沈从文心目中的乡土而言，这种都市文明不是有利于人性的发展和完善，而是有害于人性的发展和完善的，因而就出现了为众多论者所说的，沈从文的创作对抗都市文明的“反现代”倾向。这种“反现代”倾向，实质上仍然是属于社会的现代化和文化的现代性范畴，是以一种“反现代”的方式所表现出来的现代性。因为他所对抗的毕竟不是现代化作为一种文明形式本身，而是现代化的历史进程在一个东方古国所造成的畸形的都市文明，或者如有的论者所说的现代化的负面效应。但他所追求的仍然是一种完美的生活和人性，这无疑又是符合现代化和一切文明形式所追逐的终极目标的。

与上述作家不同，处于20世纪末的铁凝置身其中的历史文化语境，既不是现代化发动之初，也未曾遭遇畸形的都市文明，而是处在一个激进的现代化进程所造成的历史断裂之后，重续现代化的历史所激起的向往和追求之中。因此，铁凝的《哦，香雪》的诗化叙事，就多了一层社会性的因素，而少了一点抽象的人性色彩。香雪有如废名笔下的三姑娘和沈从文笔下的翠翠一样的天真未凿、朴素清纯，但却不像三姑娘那样安于田园牧歌般的乡村生活，也不像翠翠那样固守古老的生活形式，而是对山外的文明充满着热切的向往，对改变自己的人生处境饱含着强烈的渴望。于是，封闭的乡村环境，就不再是寄寓桃花源式的理想和构造乌托邦想象的生活场景，而是窒息人的生活理想，阻碍社会发展进程的精神壁垒。人与环境的冲突便由此发生；铁凝在这其中撷取了一朵冲突的火花，用以点燃人心中那一点隐秘的愿望，让人类某种“原始的美德”，在对现代文明的向往中，幻化出一片诗意的辉光。在重续现代化历史的20世纪80年代，铁凝的作品于是又重新唤起了人们对于现代文明的信心和希望。

如果套用鲁迅“娜拉走后怎样”的问式，对铁凝来说，或许也有一个“香雪走出大山以后怎样”的问题。在本辑的作者自述中，铁凝有一段饶有深意的回答。这段回答的意思，我想不外乎是说，现代文明不像古老的农业文明那样，是以一种渐进的方式在中国乡村社会内部逐渐发展起来的，而是以一种外来的强力的形式，介入古老的乡村社会和传统的农业文明。她把这种介入称之为“温柔的暴力”。结果自然是推动了社会的发展，也给人们带来了富裕和满足，包括改变了香雪们固有的生活方式和人生道路，但与此同时，也给乡村社会带来了许多负面的问题，包括香雪们所受到的现代文明的“污染”等等。一方面是现代化带来的物质文明的巨大进步，另一方面同时也是现代化的发展造成了无穷无尽的社会的和人性的问题，这也许就是社会学家和现代化学者所说的现代化的矛盾和悖论。在人类现代化的历史进程中，无论是在西方还是在中国，以关注人类的精神和心灵为己任的作家这种职业，就注定得面对这种矛盾和悖论。“作为一个写作者，我更愿意关注火车以后乃至现在的磁悬浮列车以后的人类的精神动向；关注怎样阻挡人在物质引诱下发生的暴力——比如富裕起来的某些香雪的坑骗旅客之行为即是一种新的暴力；关注怎样捕捉人类精神上那最高层次的梦想：唤醒这些梦想或者表达这些梦想，并且不回避我们诸多的焦虑与困惑。”——铁凝在她的“自述”中如是说。我想，从这个意义上说，铁凝也许正是一个用“梦想”来调和现代化的矛盾和悖论并在“梦想”中写作的作家。

当然，在《哦，香雪》之后，铁凝并没有沿着“香雪走出大山以后怎样”的问式去写作，因为在大山之外，她要遭遇更复杂的社会，在香雪之外，她要面对更复杂的人性。关于此后的写作历程，我的博士生赵艳在她的访谈和评论中，都作了详细的辨析和评论。但无论如何发展变化，铁凝的创作都离不开一个中心的题旨，即她自己所说的“对人类的体贴和爱”。而在这种种的“体贴和爱”的梦境中，读者都不难看到徘徊其间的香雪的身影。

小说王安忆

我想说一说在我的阅读记忆中，有关作家王安忆的创作的一个重要的文学转变。这个文学转变，就是王安忆的创作，从以《雨，沙沙沙》为代表的“雯雯系列”，突然转向《小鲍庄》的创作变化。这中间虽然遭遇了一个文学“寻根”浪潮，因而与“寻根”的旨趣相近的《小鲍庄》，自然就成了“寻根文学”的代表作。但究其实，王安忆在这一阶段似乎并没有明确的“寻根”意识，相反，倒是大讲特讲这期间的美国之行对她的创作的影响。我想，这个影响除了属于文学自身的一些观念和方法上（包括某些作家作品）的启示外，更重要的恐怕还是因为一个异样的世界的刺激，引发了作家的一种内在的创造一个新世界的冲动，于是就有了“小鲍庄”这个孤悬于“文革”的汪洋大海中的宁静的村落，在向人们显示道德和人性的古老以及一种生存方式的凝重。“小鲍庄”因而也就成了王安忆在雯雯的生存经验之外所创造的第一个有关人类生活的童话。读王安忆的作品，人们常常感到从“雯雯系列”到《小鲍庄》，两者之间的跨越实在是太大了，写前者的王安忆，给人的感觉是一个不谙世事的小姑娘，单纯柔弱，有那么一点羞涩，有那么一点惊恐，也有那么一点忧郁，那么一点感伤。写后者的王安忆，给人的感觉则是一个见多识广的长者，老成持重，有无穷的经验、无穷的智慧，也有无尽的忧患、无尽的沧桑。一个作家在一个很短的时间内创作发生了如此大的变化，显然不是由于人生阅历的增长，而是意味着她对文学的理解和创作的追求发生了某种重要的变化。这个变化证之王安忆此后的创作，可以看出，从“三恋”系列到《叔叔的故事》，尤其是晚近的《纪实和虚构》《长恨歌》等，与她的“雯雯系列”创作相比，有一个显著的特点，就是她此后的作品，不再仅仅取材于个体经验，而是同时也借助某些间接的经验事实或超越经验的想象与虚构，继续营造她的有关人性和人类生活的童话。所以，王安忆此后的作品，虚虚实实，真真幻幻，你实在弄不清其中哪些是经验事实，哪些是心造幻影。这时候的王安忆才真正从她的作品中剥离出来了，从她作品中的人物身上剥离出来了，你在王安忆的作品中，再也看不到类似于雯雯和雯雯的世界那样的、完整的王安忆的影子和她的完整的生活经历，所见的只是一些马赛克一样的经验的碎片，点缀在她所构造的那一座座虚幻的大厦的楼宇之间。这时候的王安忆俨然成了一个在真实与虚构之间建筑她的心灵大厦的建筑师，她的作品也因此而成了一种心灵的世界的真正的创造物。

也许是因为这一次重要的转变，王安忆的创作才超越了个体的经验，包括作为一个女性的性别经验的局限，而走向了一个更大的关注人类悲剧性生存境况的哲学境界，因而当 90 年代以强调女性性征和性别经验为特点的女性主义文学兴起之际，王安忆却特别强调作为一个作家关注人性和人类生存状况的普遍性。她的作品也因此而愈益走向一种廓大而澄明的境界。这种境界不是靠历史或人生的故事建筑起来的，也不是靠理智或观念的逻辑演绎出来的，更不是某种性别或性格特征的“寓言式的抽象品”（黑格尔语），而是在参透了历史与人生、在消弭了理智与观念，同时也熔铸了性别与性格之后所进入的一个圆融通脱的化境。她的《长恨歌》就是进入这种化境的一个产品。读《长恨歌》，如读《红楼梦》，既不能坐实了看历史和人生，也不能抽象了看哲学和观念，而是要细细地咀嚼涵泳作者对历史和人生的静观默察、妙悟熟参，从中去体味历史和人生的那一点终极的大悲剧和大虚空。本辑周新民博士的评论文章，是从另一个角度讲王安忆的创作中个人书写的历史性维度，意在说明个人如何在与历史的纠葛中，将历史内化为个人的生命体验，以此来揭示生命与存在的哲学意味。

小说王蒙

先说一点闲话。乾隆皇帝曾自诩为“十全老人”，说他一生有十大“武功”，所以又称“十全武功老人”。假如去掉皇帝这个身份，又不单论武功，且取其约数，则在中国当代作家中，王蒙可当此名。说王蒙是当代作家中的“十全老人”，还有一个很重要的原因，那就是当代文学各阶段的历史，他都经历过，当代文学各种重要的文学潮流，他也都参与其中，有时还站在潮头。而且，他擅长各种文体写作，小说、诗歌、散文，包括文学研究和文学评论，也可谓“全”。中国人喜欢以“十”表“全”，以“全”为“美”，所谓“十全十美”是也。从这方面说，王蒙也可以当“十全老人”之称。前些年，常听王蒙说，明年我将衰老或明年我将老去，谁知过了这么些年，他还像前人的诗中所说的那样“老去心还竞，春来花又新”，仍在不断以新的创作延续他的“十全”历史。要想在一个专辑里说“全”王蒙的人生和创作，诚非易事。好在此前已有许多评论、研究王蒙的论著问世，笔者也曾写过一部《王蒙传论》，详论王蒙的人生和创作。现将那本书的“前言”中，对王蒙的一些论断，摘录如下，供阅读这个专辑的读者一哂。

> 作为一位当代中国知识分子，这位怀有很深的“少共布尔什维克”情结的当代作家，从少年时代就开始投身无产阶级革命和祖国解放斗争，是现代中国知识分子走向革命道路的一个特定时期的缩影。同样具有这种“微缩”特征的是，他在1950年代中期所遭受的政治厄运，以及在1970年代末的复出和此后所走的人生道路，对于当代中国知识分子来说，也都具有相当的典型性。这种典型性不仅仅是通常我们所说的人生道路的坎坷和革命信念的坚定，还有在这坎坷的人生途中，为着坚守这种革命信念而付出的身心代价，以及在这种“坚守”和“付出”中，20世纪在世界范围内发生的革命和社会主义运动在他们的心灵深处所激起的复杂的精神回响。

作为一位当代作家，王蒙的创作和文学活动，也如他的人生和命运一样，充满了无穷的变数。1950年代，当他凭着一个“少共”单纯的理想和热情，挟带着一篇在艺术上还远未成熟的短篇小说，在百花竞放的文坛初露锋芒的时候，无意间却冲击了一个在新中国成立的短暂时间内已经建立起来，并且在实践中逐步得到巩固的文学信条。这个文学信条同时也联系着在整个中国现代文学尤其是在1940年代的抗日民主根据地（解放区）的文学中被赋予了新的阐释，同时也被新的文学实践改造过的现实主义文学传统。这一新的现实主义文学传统的滥觞和发展演变，同时还联系着一个更大范围的国际共产主义运动和社会主义文学的历史背景，包括当时的苏联、东欧和中国正在经历的激烈动荡又复杂多变的微妙“形势”。这样，一个不见经传的小人物和一篇无足轻重的短篇作品，无意间也就闯入了一个高墙深院、门禁森严的政治和文学的禁宫。王蒙自然要为此付出沉重的代价，同时，也让他成了1950年代中期兴起的这股渊源复杂、影响深远的文学潮流的代表人物。

如果说，1950年代的王蒙，是以他对生活的善良愿望和善意批评，因为强化了现实主义文学对于现实的“批判性”，而无意间冲击了某种业已形成的新的现实主义文学信条的话，那么，在1970年代末复出以后，乃至整个1980年代和1990年代以来，他对于长期以来被尊奉为中国现代文学的伟大传统和主导潮流的现实主义原则的冲击，就是有意识的和逐渐自觉的。这种有意识的自觉性虽然是他个人对于生活和文学的深刻反思的结果，但同时也顺应了这期间在政治和文学上的拨乱反正、解放思想和改革开放的历史潮流和趋势。从1970年代末到1980年代初恢复和重建现实主义文学的真实性和批判性原则，到1980年代初革新现实主义表现方法的艺术实验，乃至此后在文学的体裁和样式，尤其是小说的文体、语言和叙述方式等方面所进行的种种革新和实验，都是王蒙在这期间为更新现实主义文学传统和推进文学变革所做的不懈努力。而且这些革新和实验又因其具有相当的先锋和前卫色彩而具有独特的代表性，所以他在这期间的文学革新和实验，也就成了新时期新的文学革新历史的一个重要组成部分。

无论是作为一位知识分子，还是作为这个知识分子群体中的一位作家，王蒙都是20世纪下半叶激烈动荡、复杂微妙的时代和社会的产物，因而时代和社会也就不能不在他身上打下许多深刻的烙印。这种烙印除了在政治和文学上对他的人生和事业所造成的直接影响外，也见之于他所特有的一种思想性格和精神气质。王蒙是一位有着丰富的人生智慧和文学智慧的作家。他的人生智慧不仅表现在应对日常生活包括一些重要的政治问题方面所显示出来的灵活和机敏，以及由这种灵活和机敏而生发出来的灵动感和幽默感，同时也表现在他凝聚了自己的人生经历和中西哲学的生存智慧所形成的独特的人生哲学。他的文学智慧同样不仅表现在他的创作在文体、语言和手法、技巧等诸多方面的复杂多变，同时也表现在他结合自己的创作经验融合中外古今文学思想所形成的独特的文学观念。这种丰富的人生智慧和文学智慧，也使得王蒙无论是在生活中还是在文学中，都变得异常的复杂和多面，是佛斯特所说的那种充满着多样的矛盾统一体的“圆形人物”，而不是单一的平面化的“扁平人物”。王蒙曾用一段戏谑性的文字归纳“评论者”对他所下的“互相矛盾的断语”，他说：

> 王蒙是“现代派”的风筝。王蒙是停留在50年代的古典。是幽默。是象征。是荒诞。是始终坚持现实主义。是永远的“少共布尔什维克”。是乡愿。是尖酸刻薄。是引进了西方的艺术手法食洋不化。是党官。是北京作家群的“哥们儿”。是新潮的保护人。是老奸巨猾。是智者。是意识流。是反官僚主义的先锋。是一阔脸就变。是儒。是老庄。是魔术师。是非理性。是源于生活。是“三无”（无人物、无情节、无主题）……

小说王十月

我念中学的时候，听历史老师讲英国的圈地运动，说那是羊吃人，暴露了资本主义的罪恶，心里就有一种很中国式的想法，觉得这有什么不好呢，这些从土地上赶出来的农民，后来不是进城当了工人，吃上了商品粮，由农村户口变成城市户口了吗，这该是一件多好的事。后来书读多了，又知道他们就这样成了无产阶级，成了革命的主力，进而成了革命的领导阶级，就更觉得美气了。心想，像这样的羊吃人，还真得吃一下子。何况羊吃人只是那个叫莫尔的英国人的一个比喻性的说法，并不是真的就把人吃进了羊的口里。关于羊吃人的圈地运动，包括马克思在内的许多历史学家都有过很多经典的评价，我就不在这里饶舌了。我要说的是，无论圈地运动在客观上对大英帝国的工业革命和资本主义发展有多少进步意义，但它对那些从土地上被赶出来的农民来说，都是不仁的或不人道的，都不是善举，而是恶行。

说到恶行，让我想起了恩格斯引用黑格尔说的一句话，“在黑格尔那里，恶是历史发展的动力借以表现出来的形式”。这句话说白了，就是推动历史发展前进的动力是以恶的形式表现出来的。恩格斯明明白白地对这句话作了既合乎历史又合乎逻辑的解释。他说，“一方面，每一种新的进步都必然表现为对某一神圣事物的亵渎，表现为对陈旧的、日渐衰亡的但为习惯所崇奉的秩序的叛逆。另一方面，自从阶级对立产生以来，正是人的恶劣的情欲——贪欲和权势欲成了历史发展的杠杆”。这前一方面的意思是说，你要向现存的秩序和特权这些神圣的事物提出挑战，想革命造反，人家就会说你大逆不道，就要骂你是魔是匪，把你说成是恶的化身。这个容易理解，我们的革命前辈在历史上就这样被人骂过。这后一方面的意思则是说，在阶级对立的社会里，一些人（往往是那些有权阶级和有钱阶级）为了满足一己的贪欲和权势欲，巧取豪夺，杀伐争斗，弄得家国不宁，民不聊生，造成了许多灾难性的后果。这自然不是善举，而是一种恶行。但事后一想，这样做似乎也有一个积极的后果，就是因此而打破了旧的平衡，撬动了停滞不动的历史车轮，结果便成了推动历史发展前进的杠杆。这是说做这些事的人的主观动机是为己的，所作所为多系恶行，但客观上却对历史发展起了有利的作用。大英帝国当年的圈地运动如此，西方列强的海外殖民如此，中国历史上的改朝换代和西方历史上的权力更迭，甚至也包括现代技术市场和商业市场上的一些扩张活动，大抵都与此相类。

这就要说到王十月的小说所写的打工者的生活了。用一句带日本味的话说，打工族的出现，是改革开放以来中国社会日渐城市化的产物。很多人把中国的打工族与英国当年在圈地运动中失去土地流浪进城的农民作了类比，认为二者性质相同，有的甚至仿照羊吃人的说法，造了一个新词叫“房吃人”。意思是说，各级政府的财政要靠房地产支撑，就得圈卖土地，失去土地的农民就不得不进城务工，于是就有了打工族的出现。从表面上看，这话也许合乎事实的逻辑，但仔细想想，又不尽然。中国今天启动的现代化与大英帝国当年实行的现代化，从理念到方法都有诸多不同，农民离开土地进城务工，并不完全是因为无地可种，恰恰相反，倒是农民承包的许多土地长年撂荒，无人耕种。既然如此，一向安土重迁的中国农民为什么要背井离乡，放着好好的田地不种，要跑到城里去打工呢。我自认回答不了这个复杂的社会学问题，但近三十年来中国作家似乎把这个问题都写进了自己的小说。从对城市的向往，到变身为城里人，从农民变身为企业家，从偏居一隅到走向世界，这里面既有被迫和无奈，也有期待和向往，似乎并不像当年的英国农民被人撵着赶着那样狼狈。我孤陋寡闻，不知圈地时期英国农民的命运在何种文学作品中留下了记载，但在近三十年的中国文学中，不论何种原因，进城务工的打工族的命运，却受到众多中国作家的热切关注，更有像王十月这样的专注于打工族的生存和命运的作家。这是进城务工的中国农民之幸，也是向以农民为主体的中国文学之幸。

我无意说王十月就是一个打工文学作家，但王十月从打工一族切入急剧变动的中国社会，却是一个事实。中国社会近三十年来的巨大变动，莫过于以城市化为标志的现代化进程，这一进程最终会将传统的农业社会，变成现代的工业社会和信息社会，中国农民的身份和命运，自然也将随之发生改变。但相对于当年的大英帝国而言，这个过程似乎比较温和，也比较平缓。虽然对于进城务工的农民而言，不乏从上到下的关切和温情，但也免不了出现阵痛。处在这样的进程之中，王十月下笔也就不可能有那么痛快。他既不能像批判现实主义作家那样，一味地揭露和批判，也不可能像某些惯于阿谀逢迎的作家那样，一味地赞美和歌颂，他得面对错综复杂的社会矛盾和社会问题，处理错综复杂的人欲、人情和人性。他不能站在完全的道德立场，说为富者皆不仁，也不能站在完全的历史角度，说农民理应为现代化作牺牲。他得调和道德和历史，在不可避免的城市化进程和不容忽视的打工族命运之间，找到一种情感和理智的平衡。他无须做这个转型社会的判官，却可以做它的书记员，像巴尔扎克那样“编制恶习和德行的清单、搜集情欲的主要事实”，为后人留下一份关于我们这个时代打工族的特殊的人生记录。这是我读王十月的作品的一些感受，也是我对王十月的创作的一点期待。

小说王跃文

在 20 世纪 90 年代兴起的一股“官场小说”创作潮流中，王跃文被称为“官场小说第一人”。这个称号虽然有点“雷人”，但却表明王跃文在这股官场小说创作潮流中，有一种举足轻重的作用。称其为始作俑者或曰开风气、领潮流的人物，实不为过。俗云：始作俑者为俊杰，王跃文可谓文坛俊杰。

但话又说回来了，这顶帽子戴在王跃文头上，又似乎有点大，原因是，第一个写官场小说的，历史上似有其人。如果说，往远了数要费心思去考证，那咱们就拣近一点儿的、容易一点儿的说，晚清有篇很有名的小说，叫《官场现形记》，不用专家学者给它命名，它天生就该是一部官场小说。可不，写的是官场，还要让它现出原形来，不是官场小说，又是什么。照这样说来，它的作者李伯元，就该当是“官场小说第一人”。至少是以“官场”二字命名小说的第一人。这当然只是就常识立论，再往远了说、往古了说，就要请专家出场了。但据我这个并非专家的外行看来，在中国古代小说史上，像李伯元这样直接把“官场”二字写在小说标题上的，似未曾得见。至少是不见于名著名篇，否则，像我等靠常识吃饭的人，也应略知一二。但问题是，李伯元的这篇打着官场牌号的《官场现形记》，对中国小说史研究有素的鲁迅先生，在他的《中国小说史略》中，偏偏不把它叫作官场小说，而以谴责小说名之，可见鲁迅先生对以官场为小说这件事，并不特别在意。

也许今人以官场名小说原本是一件不经意间的事，你想想看，那么多人读小说、评小说，谁不经意间拈出“官场”二字，把它作了某类小说的名称，这名称便如此这般地流传开来，也不足为怪。但细细想来，这其中似乎又有些曲折幽深的心结，需要疏通。人说中国是一个官本位的国家，自古以来就没有哪一件事与官家脱了干系，写小说自然也不例外。虽然在中国古代很长的时间内，小说在文学中的地位很低，写小说、编小说的人，地位也高不到哪里去，不是落第秀才，就是失意文人，不像正统诗文的作者，多半是官家出身或有官员的身份。但地位归地位，身份归身份，小说中所写的人、事，却大多离不开官场。就拿中国小说的大宗史传类小说来说，从前有个说法，叫帝王将相占领文艺舞台，这句话如果用在这类小说头上，也可以叫帝王将相占领说部。这样的小说，自然离不开庙堂，即官场，而且是上层官场，亦即最高等级的官场。即使是被鲁迅称作人情小说或世情书的《金瓶梅》《红楼梦》，和“三言”“二拍”之类的市人小说，又何尝少了官员的身影在其间晃动，又何尝不与官场有着千丝万缕的联系。甚者是依托官场、从官场衍生出来的一脉生活之流。其他如《世说新语》记魏晋间逸闻轶事，虽托名士大夫，亦多属官人之列。唐人传奇传奇情艳遇，也多与官家有关。《西游记》讲神魔故事，天上仙班、洞府魔界，俨如官场。《水浒传》说江湖侠义，天罡地煞，座次森列，与朝堂无异。甚至连记录灵异之事的《搜神记》，也要写梦中荣华富贵。专写狐魅花妖的《聊斋志异》，也忘不了要捎带上一笔吏治黑暗和官民冲突。到了清代中叶，直至接近李伯元的时代，又有《儒林外史》叹仕途艰难于前，《老残游记》“揭清官之恶”于后。与《官场现形记》同时代的小说，则有侠义公案，写侠客助官、明公断案。亦有狭邪小说，言官员猎艳，狎妓招优。《二十年目睹之怪现状》虽写官师士商各界，然以写官界之“怪现状”为著。《孽海花》虽写才子佳人逸事，然亦多杂官场见闻。乃至谴责小说流于专揭黑幕之黑幕小说，所揭者也多为官场污垢，可见，官场于中国小说影响之深。

晚清以降，社会巨变，渐次以民为主，由改革旧政到推翻旧朝，旧式的官场渐灭，但新式的官场却杂糅旧迹，变得愈加复杂，斑驳陆离。张恨水早期的小说，多取材于这时期的官家，虽多偏于男女情事，亦可见官场风气变化之一斑。“五四”新文学起来后，主张民主自由、个性解放，小说也不受官的约束，细民百姓、红男绿女，纷其登场。到了革命文学兴起的年代，则新旧官场皆在扫荡之列，以至于官僚作风、官场习气，亦属讽刺对象。小说涉官，亦无须避讳。当今官场小说，皆因这一变化促成。官场小说的名称，不论言者有意无意，都经历了这一番历史的曲折。

因为指导一篇写官场小说的博士论文，我读了当今流行的一些官场小说。觉得多数官场小说虽写当今官场，却未跳出古人的窠臼。古之写惩戒贪官者，今之为反对腐败；古之写歌颂清官者，今之为提倡廉政。但在众多官场小说中，王跃文是一个例外。他不太喜欢官场小说这个概念，也不太愿意人们把他的小说纯粹看作是写官场的小说，他说他表面上写的是官场，“实质上写的是国民性”，是对国民性的解剖和批判。他是把官场中人作了解剖的对象，从中发掘和批判国民的劣根性。从这个意义上说，在当今社会，王跃文的小说无异于是照见国民灵魂的一面镜子。

小说魏微

最近几年，文坛上在闹“80 后”。“80 后”是一个特殊的文学群体，它的主要代表人物，像韩寒、郭敬明、张悦然等，基本上都是“新概念”作文大赛赛出来的，因为这帮少年（当然现在都是青年）英雄的来路不同，所以对他们的文学身份，就得“另眼”相看。我说的这“另眼”相看，不是歧视的意思，而是说，他们不是或不全是从一开始就是冲着文学来的，即不是或不全是为了热爱文学而学习写作，就像多数走上文学道路的文学爱好者那样，而是在接受基础教育的阶段，受着某种社会力量的推动，作为反抗长期以来的语文教学，尤其是作文教学的某些刻板的程式的一种投枪和匕首，而且是从社会各界尤其是教育界人士期望的窗口投射出来的。因而他们后来的走向文学，就不能不带有这种先天的反叛（包括文体和思维）意识和色彩。

在这之前，文坛上还闹过“60 年代出生的作家群”（那时候还不兴叫“60

后”）和“70 年代出生的作家群”（当时已有人称“70 后”），虽然小说界以代际的区别来标示作家群，肇始于此（诗界早就有“第三代”“第五代”之说），但却与而今闹的“80 后”有所不同。那时的直接前提，不是教育问题和其他社会问题，而是基于文学内部不同年代的作家创作的不同取向和特征，由此推及其出生的时间，对一个文学群体做出的断代概括。

从总体上说，我和很多人一样，不大同意用这种方法来区分和标示作家群，虽然它也能部分地说明一些问题，但毕竟不是一个比较准确有效的概括方法，因而这种名称，也不应当作为一种文学史学科或文学批评的理论术语和概念。如果说同一个年代出生的作家，创作上就一定有共同性，因而就可以看作是同一个文学群体，那么，扩而大之，一个时代出生的作家，比如说整个 20 世纪的中国作家，也可以作如是观。既然所有的作家都这样了，那这样的区分还有什么意义呢？你如果要说这是一种咬文嚼字的瞎抬杠的话，那么，实际的情况，却可能比这种字面上的辨析，还要复杂得多。

就拿本辑“小说家档案”的主角魏微来说吧，如果论出生时间，她应当是一个货真价实的“70 年代出生的作家”，同时也是这个“70 后”群体的有代表性的作家。相对而言，她在接受本辑主笔魏天真博士的访谈中，多次提到的女作家林白，虽然是出生在 20 世纪 50 年代末，但通常都把她归于“60 年代出生的作家群”。从某种不成文的逻辑上说，或者根据某种发展进化的观点，至少在文学观念上，属于后一个年代出生的作家魏微，要比属于前一个年代出生的作家林白，更显“进步”，更加“开放”。但事实似乎并非如此，至少不全是如此。比如谈到文学与生活的关系问题时，魏微说：“我是想把小说写得跟生活一样，就是照着生活的原貌写，生活是什么样的，我的小说也想是什么样的。”虽然她同时也说过，“其实生活是没有原貌的”，她所写的是她眼中的生活，因而带有较强的主观性，但她在这个问题上的基本观点，却与我们讲了大半个世纪的那句“按照生活的本来面目描写生活”（契诃夫的话）的现实主义创作原则，没有什么两样，就是她说的那个主观性问题。而在胡风的理论中，也是早已有之，与她的出生年代似乎并无直接关系。相反，根据她的说法，林白的创作却有更多内省的倾向。众所周知，中国当代文学由外而内，即由反映客观现实转向表现主观情感，亦即是魏微所说的主观性问题，是经过了一个漫长而又曲折的过程的，为此，20 世纪 80 年代还发生过一场文学“向内转”的讨论。如果说林白创作的内省倾向，是这一转变的逻辑结果，那么，在她之后出生的魏微，就应该继续发展这种内省倾向，但魏微的主张和创作，刚好相反，似乎又要转到反映客观现实的方向上去，只不过已不是过去那样机械刻板的反映，而是要从个人的主观视角看过去。这当然也是一种时代的进步，只不过不完全合乎某种理论所预设的逻辑罢了。

我很欣赏魏微的坦率和勇气，她说，她不是那一类内省的或很个人化的作家，她喜欢这些作家，但她也不遗憾：“我就是要老老实实地去写生活，写时代，写人……好比在我们的文学传统里，她们是大胆的越轨者，我是平庸的守成人；你画个圈给我，我就在这圈里走路，一般不会越雷池。”唯其如此，她才是一个被读者和评论家称道的特立独行的或曰“特异”的魏微。我说这话的意思，并非表明我是现实主义文学原则的忠实信徒，也不是说，我一定就相信某种现实主义回归的理论，而是说，一个作家如果没有自己的艺术操守，如果在文学的浪潮中不能把持住自己，就不可能是一个好的作家。从这个意义上说，我只承认有好的作家、欠好的作家或更次等的作家，不承认哪一个年代的作家优于另一个年代的作家。王国维有一句很有名的话说：“一代有一代之文学。”同理，一人有一人之文学。倘无这“一人”之文学，“一代”之文学，“无论是古是今，是人是鬼，是‘三坟’‘五典’，百宋千元，天球河图，金人玉佛，祖传丸散，秘制膏丹，全部踏倒他”（鲁迅语），都不会兴旺发达起来的。

小说晓苏

晓苏是我熟悉的作家，也是我的老朋友，与许多作家朋友不同，他就生活在我附近。我们供职的两所大学脸对脸，门对门，用一句俗话说，是兄弟院校，我们因公私事务，平时也有很多交往。按理，主持这个专辑，应该有很多话可说。但不知为什么，打开电脑，却又不知从何说起。本辑主笔金立群说，晓苏是“一个孤独的写作者”。虽然他说的是晓苏的写作，不属于哪一群、哪一派或哪一种潮流，而是一个特立独行的探索者，但却让人觉得晓苏似乎是一个离群索居的人、一个哲学家或一个思想者。而事实恰好与这句话可能引起的印象相反，生活中的晓苏不光是一个有情趣的人，而且还是一个很风趣的人。他的风趣不是插科打诨式的搞笑，而是直达事物本质的幽默感。在与晓苏的日常交往中，有时候一个普通的生活细节或生活场景，他用一句极普通的话，看似无意地一点染，就能说出它的意味之所在，就能让它意趣横生。这是晓苏的绝活，也是晓苏招人喜爱的地方。因为晓苏在生活中处处都能发现有趣味的事物，所以他在生活中也是一个极快活的人。这样的人当一个小说家，是再合适不过的了。小说原来的意义，不过是要帮助人把事情说清楚，把道理说透彻，让听的人既明白意义，又感到有意思。解释小说的人，往往喜欢引用庄子的话“饰小说以干县令”，这句话就含有这样的意思。有学者说，小说与先秦诸子百家的学说有关，他们就善于运用诸如寓言、故事之类的小说来陈述事实、说明事理。信哉斯言。

恰好晓苏的小说观念，正切合小说的本意。他理想中的小说，是既有意义又有意思的小说。他说他现阶段的小说只能做到写出一些有意思的小说来，还没有达到既有意义又有意思的境界。这句话，自然是晓苏的谦虚之词。其实，所谓意义，也就包含在意思之中，它们不是重叠在一起的两张皮，而是相互涵泳渗透的血与肉。只不过在相当长的一个时期内，中国的小说成了表现一种政治见解和思想倾向的工具，就把没意义的意思淘尽了，只留了干巴巴、硬邦邦的意义为改革家和革命家所用。这以前的中国小说，其实是很有意思的。这意思，就是五四时期批判鸳蝴派所说的游戏的、消遣的艺术旨趣。用晓苏的话说，也就是好玩的艺术旨趣。这样的艺术旨趣，何止鸳蝴派有，孕育中国古代小说的民间说话艺术，不就是为着消遣、娱乐的目的吗？所以由它培养出来的话本、拟话本和长篇章回小说，也都是有意思的小说。至于它的意义，不能说当初的说话艺人和后来的整理者、创作者心里没有，而是说这样的意义，是通过有意思的故事表达出来的。而且这意义也不是由作者说了算，还得由读者去揣摩，所以，有意思的小说，其意义总是多义的。要不，鲁迅怎么会说，一部《红楼梦》，“单是命意，就因读者的眼光而有种种：经学家看见《易》，道学家看见淫，才子看见缠绵，革命家看见排满，流言家看见宫闱秘事”。可见这意义是由读者看出来的，不是由作者说出来的，虽然作者有时候也会越俎代庖地站出来说意义，但那多半是不着数的，顶多只能算“种种”中的一种，否则，全由作者包办了，还要读者和批评家的“眼光”干吗？

这让我想起了恩格斯的一个著名论断，他在评论英国一位女作家的小说时说：“作者的见解愈隐蔽，对艺术作品来说就愈好。”联系他在评论另一位德国女作家的小说时所说的一段话："我认为倾向应当从场面和情节中自然而然地流露出来，而不应当特别把它指点出来。"可以看出，用小说去表现一种政治见解或思想倾向是不被人们所主张的，人们主张把它隐蔽在作品的场面和情节之中。对隐蔽这种倾向或主张的情节，则要求有莎士比亚的戏剧情节那样的"生动性和丰富性"，而不要席勒式地让他笔下的人物成为时代精神的传声筒。换句话说，也就是要隐蔽在一些有意思的情节之中，而不要特别地把它说出来，更不能为了宣传某种主张去写小说。说起来这都是一些老话，如今已没有多少人愿意听了，原因大约是它反映的是19世纪西方现实主义小说的艺术经验，而不是今人喜欢的20世纪以来的现代派或后现代派小说。其实，西方20世纪以来的小说，用晓苏的话说，也有一种意义化的倾向，现代派小说尤甚。但这意义与中国不同，不是要表达一种政治理念，而是要表现一种哲学思想。像萨特这样的作家，干脆就把小说作了他的存在主义哲学的传声筒。其他现代派、后现代派小说家，也在不同程度上受了存在主义哲学影响。如同20世纪中国小说的主导意义是启蒙和革命一样，20世纪西方小说，尤其是现代派、后现代派小说，其主导意义则是生命和存在，即生命哲学和存在主义。对小说表达一种政治理念，人们多有诟病，相反，对小说表现一种哲学思想，近三十年来，却趋之若鹜，成为中国作家学习的榜样和追求的目标，结果就使得中国小说，刚刚从政治理念中挣脱出来，一转身又掉进了哲学思想的泥淖。从这个意义上说，中国小说已到了解脱意义的重负的时候了。在这样的时候，晓苏在写着一种有意思的小说，也就别有一番意味。至于他所追求的那个小说的理想，我以为他是从俄国作家契诃夫那里得到了启示，同时也把他作了学习的榜样。也许今天回过头去向一位19世纪的作家学习不够时尚，但又有谁能说这些经典作家的经验已经过时了呢？我曾经在一篇评论中说过晓苏受了契诃夫的影响，这当然主要是指他的前期小说，他后来的小说虽然有了许多变化，但契诃夫的精神和灵魂还在。就连他的这个既有意义又有意思的小说观念，不也是契诃夫式的或受契诃夫影响的结果吗？

小说熊育群

对于现代中国文学乃至整个中国文艺来说，抗日战争是一场特殊的战争。从它发生之日起，就有以它为题材的文艺作品出现，其间还孕育了一些重要的文艺思想，成为影响日后文艺发展的一种重要的精神资源。随着战争不断深入扩大的发展，以这场战争为题材的文艺作品的影响也在不断深入扩大，乃至成为整个战争期间动员民众、鼓舞民众，帮助民众同心同德地与敌人作斗争的一支重要力量。到了战争结束之后的和平时期，亲历者回首往事，壮怀激烈，发为小说，“抗日英雄传奇”竟如井喷之烈，在20世纪五六十年代成一时之盛。这场井喷虽因历史的变化而暂有消歇，却又因影视媒介的刺激而有再度的喷发。这次喷发除作为“红色经典”的上述“抗日英雄传奇”的影视改编，也有浪漫夸张的“抗日神剧”的创作。这种状况虽然屡遭诟病，但毕竟也让人见识了一种文学题材所造就的空前的文艺创作盛况。以陋见所及，就算是对卫国战争题材情有独钟的苏联文艺，似乎也没有出现过如此繁盛持久的局面。

说到苏联卫国战争题材的文艺作品，大家很容易想起西蒙诺夫的小说《日日夜夜》，这是一个亲历者以纪实的手法描写那场战争的作品，主旨自然是爱国主义和英雄主义，与20世纪五六十年代那场井喷期间的作品主旨大体相同，只是写作的时间略有差别，前者写于当时，后者写于事后。但从20世纪50年代初苏联文学“解冻”之后，作家看这场战争就有了不同的角度，对这场战争也有了不同的写法。先前是歌颂英雄，赞美牺牲，后来是诉说苦难，感叹人生。再后来到了所谓“战壕真实派”的作者出现，这场战争就成了展示恐惧求生等心理症状的黑暗深渊。这样的变化，是逐步把为国牺牲的英雄、冲锋陷阵的勇士，还原成一个普普通通的人，又把这普普通通的人所具有的七情六欲，还原成一种纯粹的动物求生本能。

吾生也晚，未能亲历现代中国的诸多战争，对战争状态下人的生存状态和心理状态，没有切近的经历和体验。但从逻辑上推演，如果把人的生活分为常态和非常态，则和平时期的生活应为常态，战争时期的生活应为非常态。对一个战士来说，这非常态的生活，又可称之为战斗的生活。一个时代，不论享受和平生活是长是短，也不论战争是否“频仍”发生，人总不免要留恋和平时期的日常生活。这是因为，人之为人的七情六欲，其功能虽与生俱来，但须经日常生活的培育，才能具体成形，因而是在日常生活中养成的，也是通过日常生活体现出来的。从这个意义上说，人是由日常生活塑造的。但战争却是对这种日常生活的一个巨大的破坏，所以说，战争所摧毁的不仅仅是和平时期人的日常生活，而是人本身。人起而捍卫这日常生活，不仅仅是为了和平，而且是捍卫人本身。用国人的话说，是过上太平的日子。所以但凡写战争的文学，末了总是在做还原反应。先是将英雄还原成普通人，这是人的身份的还原，进一步是将战争还原成人性的较量，这是战争本质的还原。苏联的战争文学是这样，中国近半个世纪的战争文学也是这样。以抗日战争为题材的文学作品也不例外。

但这样的还原，也有一个难度。这难度就是度的把握，也就是我们常说的艺术的分寸问题。从人的身份来说，英雄也是人，这是大家都认可的道理，但英雄之所以为英雄，自然有他不同于常人之处，要把英雄还原成常人，又让他保持英雄本色，谈何容易。所以余占鳌在英雄和常人之间，始终隔着一个匪字，他既非常人，也不是真的抗日英雄。从战争的性质来说，人们早已做了政治的和道德的区分，要撇开政治的和道德的判断，不论正义和非正义的，侵略的反侵略的，只着眼于人性，也难免凿空。所以历史上的战争文学，都是各走一个极端。也因为前面的人走了一个极端，才给后面的人留下了这种极端的表现未曾顾及的一些艺术空间，战争文学才能反反复复代有传承地写下去。倘若一种看法包含了，一种写法穷尽了，岂不就走上了穷途末路。

熊育群写抗日战争，也在寻找这样的极端。只不过他不是沿着上述路线的还原，而是把这还原架设在交战双方之间。这就不免要承担许多风险，风险之一是他把敌对的一方日本人也作为主角，容易招致颠倒主次、突出坏人（反面人物）的指责。风险之二是他从普遍性的角度表现中日双方士兵的人情人性，难免要被人指为敌我不分。风险之三是他不加批判地描写日本民族的民族性格、文化传统和风俗习惯，有美化侵略者之嫌。最后是他写中国人对日本人的身心救赎，按今天某些流行的说法，不用上纲上线，就是典型的汉奸行为。除此之外，可能还存在其他潜在的危机和风险。放在“抗日英雄传奇”的时代，熊育群的看法和写法自然大成问题，就是后来的身份还原人性还原，也不走到他这个地步。可见他是下了一着险棋。所幸的是，熊育群的艺术处理恰到好处，并且有充分的学理依据和充足的调查实证材料的保障。以这样的眼光和看法叙写乙卯年发生在自己家门前的那场战役，既非西蒙诺夫和“抗日英雄传奇”甚至“战壕真实派”的作者那样亲历，也不是像后来的还原叙事那样的反其道而行之的逆袭，而是在敌与我的纠缠，杀戮与人性的撕扯，毁灭与救赎的抉择，情感与理智的拷问中，反思这场战争，追问这场战争的真相，探讨这场战争“真正的缘由与罪恶，揭示战争的根源，看到战争的本质”和战争对“个体生命的伤害，写出和平的宝贵”。最终要进入的，是这场战争“最幽深的部位——人心的毁灭与救赎”。从这个意义上说，熊育群的抗战题材的文学创作，是在传奇和还原叙事之外，开了一个新生面，也为当代战争文学的发展开启了一个新阶段。

小说熊召政

我还在铁路上干苦力的时候，熊召政就在报纸上连篇累牍地发表楼梯体的政治抒情诗，时值“文革”后期。说当时的文学（当然包括诗歌）是极端政治化的，没错。但一个名不见经传的小人物，在当时的政治形势下，要在报上发表一篇文学作品，就算是“极端政治化”的，总还要够得上那个水平。何况是占着整版整版的篇幅，更何况是在省委的机关报即党报上。照这样说，没有一点能耐恐怕不行。以熊召政当时的身份论，虽然供职于县文化馆，吃的也是商品粮，但按照当时对业余作者的分类习惯，毕竟还只能像本省的王英、王老黑、张庆和那样，算是个年轻的农民诗人。这当然都是我后来对熊召政的了解，在当时，我除了艳羡之外，就是想着哪一天，自己也能搞出一篇在报上发表的作品。于是竟以熊召政为榜样，可着劲儿鼓捣了一阵，结果虽然没有成为熊召政，但却真的接二连三地在报上发表了一些诗歌作品，到我上大学那会儿，报纸的编辑竟隔三岔五地约我写点应景的作品，居然也把我看作是业余的工人诗人。如此说来，我之所以能走上文学道路，竟受了熊召政的影响。

后来因为都是道上人，我跟召政自然就成了朋友，但交往依旧不多。记得有一次，他跟一位当时比较活跃的小说家，来我们的学生宿舍闲聊，那位小说家照例是口若悬河，滔滔不绝，他则多在一旁静听，显得比较文静。其时，他因发表《请举起森林般的手，制止！》一诗，一举成名，已由英山县文化馆调到省作协当了专业作家。但我观那神情，依旧比较谦恭、拘谨，多少还带点腼腆，不像当时常见的那些文坛骄子那样指点江山、纬地经天。后来又听说召政改写小说，但在读者中，仍以诗名。这时，他已到了我主其事的武汉大学作家班，是这个班上的一名学员。一次，我和他同往河南的鸡公山参加一个笔会，茶余饭后，常听他讲些他正在写的或从书上读到的、从他人口中听到的，抑或是他自己亲身经历的故事。这些故事常常把我们弄得抚胸跌足、前仰后合，他自己却不动声色、安之若素。我当时就惊讶于他的事无巨细的记忆力，惟妙惟肖的模仿力和有条不紊、不温不火、不疾不徐的叙述能力，心想，难怪召政要改行写小说，他天生就是块小说家的料子！

但召政当小说家的道路，却没有做诗人走得顺利。从作家班毕业不久，他就遭遇了一次重大的人生挫折。这人生挫折使他由当年的文坛骄子，一落而为鹑衣黔首，这其中的况味，自不足为外人道。但在外人看来，召政却因祸得福。据说他先是下海经商，积有万贯之财，而后则挟商从文，得遂平生之愿。等到我在20世纪90年代中后期再逢召政，则召政已然由一介书生，一变而为经世致用之才。当是时也，与朋友聚，召政已不再津津乐道于他的那些个胡编乱侃的故事，而是天下国家、政坛商海，上则高官政要，下则贩夫走卒，举凡世事变迁，人情易态，无一不精，无一不晓。他如数家珍，娓娓道来，仿佛耳闻目见，身历心受。谈吐之间，那满腹经纶、饱经沧桑，直让你觉得此公既可经商，亦可为官，就算是为一顺民，也会是缙绅耆宿，绝非等闲之人。

然而召政此后既未成为富商大贾，也未曾谋得一官半职，更未如今天某些有钱的主儿那样享受人生，以所聚之财尽享声色犬马之乐，或者悠游林下，高卧书榻，颐养天年，而是转回头去再作冯妇，重操旧业，积十年之功，数易其稿，成就了煌煌四卷大著《张居正》。这四卷作品，凝聚了召政的半生心血和阅世经验，不但活现了历史上的一个锐意革新的首辅张居正，而且同时也暗含了召政作为一介布衣，对当今社会变革的殷殷关切之情。此作得获茅盾文学大奖，也算是老天对召政的一种奖赏。

司马迁曾把中国古代一些重要典籍文字，归结为“大抵贤圣发愤之所为作”，我不敢以召政比古之“贤圣”，也不敢说《张居正》就一定是传世之作，但其“发愤之所为作”的著述精神，却可以承古“贤圣”之余绪，继一脉之薪传，是所谓“意有所郁结，不得通其道也，故述往事，思来者”。从这个意义上说，四卷《张居正》，亦可谓是道尽胸中“隐约”，成其志意襟抱之书。在“发愤著书”这一点上，召政是直接承袭了中国文化的精神传统的。这使我想起了长篇历史小说《李自成》的作者姚雪垠，尽管人们对《李自成》褒贬不一，但作者当年潜心创作，并且历数十寒暑，其志不夺，这种精神，虽不可妄比古人，但若论“发愤之所为作”，则其志一也。召政所师，远则古之“贤圣”，近则今之姚氏。人说湖北有历史小说创作的传统，此一传统，则自姚氏而召政，皆源出于古圣先贤之精神浸润，实则中华文化博大渊深之传统也。

关于《张居正》，自第一卷出版后，评说的文字已是连篇累牍，本辑主笔、我的博士生李从云，又有比较系统的采访和研究，自然无须我再来饶舌。我要说的是，读此书者，不可不顾及此人。孟子曰：“颂其诗，读其书，不知其人，可乎？”知其人，则不可不知召政写作此书之“忧愁幽思”。唯知于此者，则庶几可论召政其人，亦借此可论《张居正》其文。

小说熊正良

早就读过熊正良的作品，也听说过他这个人，就是没亲眼见到过这只“下蛋的母鸡”。虽然钱锺书先生说过“假如你吃了个鸡蛋觉得不错，何必认识那只下蛋的母鸡”之类的话，但我还是觉得，吃了母鸡下的蛋，又见了下蛋的母鸡，毕竟是一件全美之事。

西北大学给了我这个机会。20 世纪 80 年代中期，我供职的武汉大学首创作家班，招收已有成就的青年作家入学深造，熊正良的家乡江西省先后来过陈世旭、徐锋等人。后来，一些大学也相继开办了作家班，如北大、复旦、西大等，作家上大学，竟成一时之盛。熊正良大约就是在这个时候进入西北大学作家班学习的。去年，西大举行“大学教育与西北大学作家群现象研讨会”，邀我参加，在会上，与熊正良有一面之缘，后来在另一个会上，又见过一面，才把作品与人对上号，这回真的是既吃了鸡蛋，又见了生蛋的母鸡，果然比吃蛋不见鸡有意思。

熊正良给人的印象，是个文雅（不是文弱）书生。岂止外表如此，这种书生气质，似乎也及于他的内心。说到书生，很容易让人想起“白面书生”的讥语和“百无一用”的贬词。前者出自刘宋时期的一位名叫沈庆之的将军之口，后者则是清代乾隆年间一位落魄文人黄仲则的自叹之词。领兵打仗的武人瞧不起读书写字的书生，自是情理中事，落魄文人的自贬之词，却当不得真。就拿黄仲则的这个叹词来说吧，原句“百无一用是书生”，出自他的一首自叹身世的《杂感》诗，但在同诗中，又分明有“只知独夜不平鸣”和“春鸟秋虫自作声”的句子，说明他并不认为书生真的是百无一用。换言之，书生的作用就在作“不平”之鸣，发“自作”之声。这个黄仲则后来被郁达夫写进了小说，也是因为达夫先生心有“不平”，要借他的身世和遭遇一泄胸中之愤，结果引起了一场人事纠纷。这是后话，按下不表。

说熊正良有一种内在的书生气质或曰书生气，自然也是因为他常爱为他笔下的人物发不平之鸣。最有力的证据，便是他的小说《我们卑微的灵魂》。虽然为他赢得普遍赞誉，同时也显示了他的创作所特有的“先锋性”的，是人们所熟知的“红土地系列”，但我仍然要说，《我们卑微的灵魂》带给我们的情感冲击和心灵的战栗，在当下创作中，是极为罕见的。

灵魂的有无，本是一个未决之论，所以，《祝福》中的“我”，面对祥林嫂的发问，只能采取回避的态度。但对灵魂作等级或性质的区分，却是古已有之。那是因为，在肉身的等级被一些强者用强力区分出来以后，掌握这种区分权力的人，还要进一步证明自己的灵魂也高人一等。于是便编出了许多谎言，来区分灵魂的等级，灵魂也就有了高贵和卑贱之分。但问题是，肉身的等级是可以通过诸如名分、地位、权力、财富、荣誉、影响等外在的东西包装起来的，灵魂却是一种把捉不住的精神，在理论上，虽然大家都认为它是附着于肉身（或曰肉体）的，但因为无法确证，所以也可以认为它能与肉身分离，或者与肉身对立。这样一来，不管肉身装饰得多么高贵，灵魂却不一定也跟着高贵起来，相反，有时候会更显卑贱和低下。正因为灵肉可以分离，或者像学者们说的那样灵肉二分，所以，卑微的灵魂，也就有可能蔑视、反抗高贵的肉身。就像熊正良的作品中写到的那样，老扁的飞扬跋扈、欺男霸女，无非是因为他拥有一种为当今社会所看重的身份和财富，但在这个自觉高人一等的肉身之下，包裹着的却是一个丑陋、卑劣的灵魂，相反，马福和站在马福一边的那一群看似身份低下、地位卑微的人们，他们的灵魂却是真正高贵的。虽然这高贵不过是一点起码的做人的尊严和社会正义，但它所拥有的力量却是任何自命高贵的肉身所无法战胜的。

这使我想起了《战国策》上的一段广为人知的故事，说的是秦王嬴政要“以五百里之地易安陵”，安陵君不许。于是便威胁安陵君的使者唐雎说：“天子之怒，伏尸百万，流血千里。”那意思说白了，也就是要你们的命。但唐雎却说，有天子之怒，也有布衣之怒，布衣之怒虽然没有天子之怒那么厉害，但眼前便要“伏尸二人，流血五步”，令“天下缟素”。秦王没有吓倒唐雎，最后只得“长跪而谢之”。虽然暴发户老扁比不得高贵的秦王，但马福这一介布衣，在作品结尾的那番作为，也颇有“伏尸二人，流血五步”的气概。有论者说这是阿 Q 式的“精神胜利”，但所谓灵魂也者，原本就是精神，精神的胜利，也就是灵魂的胜利。熊正良在作品中让一群“卑微的灵魂”取得了“精神的胜利”，对我们这些灵魂同样卑微的普通读者来说，岂不快哉。

但话又说回来了，熊正良也不是一个精神万能论者，他在接受本期主笔、我的博士生江磊的采访时，曾说：“我们什么时候才能不卑微，或者说不会下意识地感到自己的卑微，不再受‘卑微’的煎熬，从精神面貌上真正做到不卑不亢？”他认为要做到这一点，有赖于“在一个足够大的范围内给出这样的养分和条件”，即整体社会环境的根本改变。而这种改变，无论古今中外多少自命高贵的灵魂作过承诺，创为理想，或者也曾付诸实践，都是一件“绝无可能”之事。从这个意义上说，熊正良似乎又回到了他创作“红土地系列”时的宿命。人以为宿命是悲观的，私意以为，对这种宿命的意识，正是熊正良的清醒之所在。有了这份清醒，熊正良的创作庶几真的能够在“命运的旋涡中”，实现精神的“超越”和灵魂的觉醒。

小说须一瓜

在本辑自述中，须一瓜用富于想象力的诗意的语言，向我们讲述了许多有关故事的故事。须一瓜是小说家，她说的这些故事的故事，自然与小说有关。偏偏中国的小说就喜欢讲故事，在许多研究小说的学者们看来，这似乎就是我们的传统。所以她讲的这些故事的故事，又与中国的小说有关。说与中国的小说有关，并不是说别国的小说就不讲故事，或者不喜欢讲故事。事实是，别国的小说也讲故事。推而广之，全世界的小说都讲故事。只要是小说，就会讲故事。其实这都是些常识，是大白话，是不需要我来讲的，就权当是一个故事蹩脚的开场吧。

接下来，我要说的是，不同国家的小说，讲故事有不同的缘由，也有不同的讲法。中国的小说喜欢讲故事，与世界各国一样，最初自然也是受神话、传说的影响。文学最初在民间口传的时代，讲的就是这些神话、传说，这些神话、传说中有人格化的神，有“神化”了的事，也就有了故事的基本要素，就具备了故事的基本形态。后来历史参加了进来，强化了这种讲故事的萌动。中国的史家虽然讲究客观真实，秉笔直书，但既用文字表达，诉之于一定的文体（如纪传体、编年体、纪实本末体等），自然也就有言不尽意、体不容事的时候，或者说也就有它的束缚和局限。那些写不进史书但又确是生动有趣的人、事，就被史家或旁人拿来做了小说的材料，后人辑录的汉代的小说，大抵都是这个情况。所以小说也可以称之为"史余"，即史家修史所剩下的边角余料是也。这自然也是讲故事，而且因为挨着历史的边，是接近真人真事的故事。再后来，就是大家都知道的文人的笔记和市井的说话，讲的都是或人或神，或僧或俗的故事，其中篇幅较长的，就成了人们后来熟知的长篇小说。就是到了社会人情小说出现的明清时代，包括鲁迅说的"传统的思想和写法都打破了"的《红楼梦》，还是少不了讲故事。如此等等，中国的小说家经过了这千百年的传承修炼，自然对故事情有独钟，也极善于讲故事。所以小说要有故事，要把故事讲得好听、好看，那也就是一件天经地义的事。

但近代以后，情况似乎有了一点细微的变化。这变化便是受西洋小说的影响，现代中国小说的故事被情节化了。在现代小说理论语汇中，故事情节常常是连在一起说的，因此在人们的印象中，故事就是情节，情节就是故事，是不分家的，即使是在那些爱咬文嚼字的学者看来，也不过是析言和混言之间的一点区别，是并不特别当作一回事的。但20世纪初，俄国有一帮人，即大家都熟知的那个形式主义文论派别，却对此严加区分。除了概念上的区分，把故事叫作фабула把情节叫作сюжет外，就是把故事看成是"作为素材的一连串事件"，它要写进小说，成为小说的"情节"，是必须经过陌生化的手段加以创造性变形的。所以情节就成为"陌生化"了的故事或经过"创造性变形"了的故事。英国小说家佛斯特也说："故事与情节不同，故事可以是情节的基础，但情节则是一种较高级的结合体。"故事"是按时间顺序安排的事件的叙述"，情节虽然也是事件的叙述，"但重点在因果关系上"。他还具体举例说，“国王死了，然后王后也死了”是故事，“国王死了，王后也伤心而死”则是情节。如此等等，这自然都是学者的讲究，或者如佛氏这样爱讲究的人的说法，但证之现代中国小说，你会发现，这些说法不但有一定的道理，还有很多事实上的依据。简言之，也就是说，现代中国小说较之古代小说，人为加工或虚构想象的成分，毕竟要重一些。这也就让中国小说的故事脱出了历史和依托（包括假托）真人真事的模子，变得更加光怪陆离，更加变幻莫测。虽然这些小说仍旧是在讲故事，但对故事的要求和故事的讲法，显然与以前大不相同。

我说这些话，不是有意炫耀和卖弄，而是有感于须一瓜在自述中所谈的问题。她对故事的看法，显然是本于自心，但又显然是感于外物的。即针对当今小说创作，有感而发。以我粗浅的观察，在今天的小说家或喜欢写小说的人当中，确实不乏讲故事的高手，但真正对故事的讲法有追求，对故事的质地有讲究者，却为数不多。尤其是长篇小说创作，虽已蔚为大观，酿成热潮，但也多属故事的丛集而已，不过是将平生阅历，社会见闻，稍作安排，如实道来。真实固然真实，亲切固然亲切，然则也仅止于真实亲切而已，却不能像须一瓜所期待的那样，生出一双翅膀，让它“在我们的灵魂领空翱翔”起来。有鉴于此，我才配合着发了以上的议论，不管你同不同意我的看法，也不管你赞不赞成我拉来的那些学者的意见，我都觉得须一瓜对故事的讲究和期待，是值得重视的。为此，我在这里特意抄下须一瓜在自述中的一段话，与喜欢听小说家讲故事的人一起咂摸咂摸、切磋切磋。

> 我一直渴望故事像鸟类一样，骨头是中空的，它能飞。我希望所有的小说都有翅膀。只有那样，它在时空中的停留才更久长，更辽远。但是实际上，我们面临的问题是——小说往往有私心，写的人、编辑者和看的人，大致都希望小说的肉身要好看一点，奇崛一点，甚至口味 Q 一点，你不能累我们的眼睛。于是，那样

的肉身往往是滞重的：血肉、筋骨、下水、淋巴、眼泪、鼻涕、神经、皮肤，诸种阴阳冲突与谐和，拖泥带水、兜兜转转、磕磕绊绊，如果有人陷得太深，连呼吸的气眼都找不到，它怎么能飞呢，一展翅就是匍匐，一出发就是坠落，所以，我们可能需要警惕故事的诱惑。

小说徐坤

在徐坤进入文坛之前，中国当代女作家还没有多少性别意识，岂止是当代，在“五四”以后的整个现代文学中，女作家的性别意识，似乎都比较淡薄。这一来是因为老中国的女儿们，受压迫、受禁锢太久太深，不是一下子就能够觉醒，要有一个“慢慢来”的过程。就算是后来有一个新文化运动，从西方输入了女性解放和女权主义之类的理念，也只让这些老中国的女儿们经历了一番灵肉的躁动，男人们很快就把她们这番灵肉的躁动，纳入一个民族的、阶级的、国家的巨大容器之中，将其压缩成革命和解放的驱动力量。在这个过程中，女性也确曾获得了翻身和解放，但这种翻身和解放是与男性一起共享的，并没有特别的性别方面的权益。现代中国女性争取经济和政治的权利，也许不像西方女性那样，主要是冲着男性去的，而恰恰相反，是与男性一起并肩战斗，去争取他们所共有的翻身和解放的权利，这权利一旦到手之后，男女也便分享了，所以中国就不像西方那样，有过独立的女权运动。因而也就没有在这个运动中形成的思想——女权主义或女性主义。

说是西方的女权主义或女性主义的发展经历过两个大的阶段，第一个大的阶段，主要是争取经济和政治的权利，通称女权主义。第二个大的阶段，则主要是争取性别的权利，通称女性主义。这当然都是学者们的一些区分，实际的情形可能要比这种区分复杂得多。就说这第二个阶段争取性别的权利吧，在西方又往往与性别之间的关系即性的问题联系在一起，偏偏在中国这样一个把什么都道德化的国度，性的问题始终是一个讳莫如深的敏感问题，因此，在这一个阶段，尽管西方的女性同样闹得沸沸扬扬，中国的女性却依旧无动于衷。现代中国文学与西方的女权主义或女性主义绝缘，大抵是因为这些原因。

尽管如此，在国门大开之后，西方的女权主义或女性主义毕竟都传进了中国，加上“世妇会”在中国的召开，女性似乎一下子明白了许多道理，女权主义或女性主义于是也便成了当代中国女性的一个新的想象和阐释的空间。借助西方的这种女性文化理念，学者们开始研究女性的存在和女性的历史，作家们尤其是一些女性作家，则把女性的生命和女性的生活包括女性的身体，作为自己想象的对象，女性主义文学潮流于是勃然兴起。

当是时也，正是徐坤在文学上的出道之日。根据她的“自述”，她起先在作品中的“反串”男性角色，是刻意回避女人的“小”（即所谓“小女人”文学）。而后很快就意识到女人的“弱”，于是就有了《狗日的足球》等作品的无力的抗争。再后来进一步发现了女人的“弱”和“小”，皆缘于女人自身的困惑和矛盾。这困惑与矛盾，换一个中国式的词语来表达，就是“懦”。于是便有了《厨房》等作品的两难处境。这个线索，本辑主笔、我的博士生易文翔已经梳理得十分清楚。稍知近十年女性文学状况的读者，就不难看出，徐坤的这些表现，与其说是张扬女性的权利和性别特征，不如说是对张扬女性权利和性别特征的一种自觉的反省。因而就其创作的种种表现而言，与其说是属于女性文学的范畴，不如说是在对标榜女性主义的女性文学进行一种颠覆和解构。

对女性主义的这种颠覆和解构，在现代中国文学中，说来也是有传统的。始作俑者就是现代文学的祖师爷鲁迅。他的那个经典的提问“娜拉走后怎样”，无疑是对“五四”时期女性解放思潮的一种质疑和挑战。按照鲁迅的说法，娜拉从那个金丝鸟笼般的“傀儡家庭”出走之后，只有两条路可走：“不是堕落，就是回来”。他的那篇独白体的小说《伤逝》，就用一对年轻人的婚姻悲剧，证明了他的这个判断的确凿无误。这无疑给当年渴求个性解放和婚姻爱情自由的男女青年，泼了一瓢冷水。但这冷水，反过来也证明了这泼水人的清醒和冷静。

我不敢拿徐坤来比鲁迅，但证之她的创作，你不觉得佩茹与她的下属发生的一夜情,对于这样的知识女性来说,也是一种道德和人性的“堕落”？而枝子的渴望回到“厨房”，不管成功与否，难道不是出走了的娜拉的一次想“回来”的表现？从这个意义上说，徐坤至少是在学习鲁迅，向热衷女权和张扬“女”性的“主义者”们，做一次严峻的挑战。这挑战，首先表明徐坤不是一个女性主义者，其次，则表明，徐坤作为一个知识人，也有她所特有的一份清醒和冷静。

徐坤的创作当然是很丰富的，但她在作为女性解构了女性主义的同时，又作为知识分子，解构了知识分子的精英意识，因而不断地进行文化的“解构”，就成了徐坤创作的一个基本特征。这特征就使得徐坤作为一个女性作家，却有一股男性的气质；作为一个知识分子，却更加接近大众的趣味和心灵。这对徐坤来说，也许是一种矛盾和悖论，但正是这种矛盾和悖论，让徐坤从初登文坛以来，就一直不合流俗，在男人和女人之间，在大众和精英之间特立独行。

小说徐则臣

因为曾经参与过创办武汉大学作家班，所以，这些年来，常常有记者采访这件事，或者有报刊约我写点相关文章。我总是说，现在的大学体制不适合培养作家；我们办作家班，有经验，也有教训。这当然是就事实而论，如果要谈一点我的理性认识，恰好相反，我要说，未来的中国作家应该接受高等教育，需要大学培养。读宁肯、徐则臣这两位北京作家的作品，更坚定了我这样的想法。就这两位作家的长篇代表作《天·藏》《耶路撒冷》而论，用一句老话加套话说，它们的思想深度和艺术创新，都有赖于这两位作家从大学所获得的知识储备和思想训练。徐则臣在谈到近些年一些诺贝尔文学奖得主时说，他们“大多都兼善理论，都有自己鲜明独特的看待世界的方式，或者说，都能形成一套自己的美学体系。而且，其中大部分都在高校做过教授。他们的宽阔和精深都得益于他们的理论修养，他们有足够高超的能力把大问题说透”。言外之意，要当作家，尤其是要当个好作家、大作家，就得有较系统的知识储备、理论和思想的训练。这些东西，固然通过自学也可以习得，但就人类在当今社会所创造的传授知识、训练思维的场所而言，大学无疑是一个最好的去处。

不知从什么时候起，流行一种说法：大学中文系不是培养作家的地方，或培养不出作家来。这种说法虽然流传很久，但却不知是谁说的，要考证出处，恐怕很难。其实，这个说法也无须考证，因为它原本就没有一个出处，只不过是在人们的头脑中流行的一个印象。但问题是，这印象因何而起，却是一个需要探究的问题。在我看来，这起因有三，一是以往在有些大学的中文系，确实流行大学不是培养作家的，中文系培养不出作家来之类的说法，甚至在新生入学教育中，还要重点强调，以明确认识，端正态度，免得以后误入歧途。二是以前有一段时间，一些很有名的作家，主要是一些主流的革命作家，也确实没有上过大学，外国最有名的如高尔基，中国当时也很有名的，如被称为"中国的保尔"的吴运铎，写过《半夜鸡叫》的高玉宝等。还有如陈登科那样的，从学习识字开始，一步一步走上写作道路，当上作家的，也不在少数。就是有些初通文墨，读过旧式的私塾或新式的小学、初中、高中，具有一定文化水平的，上过正规大学的也不多。所以那时节想当作家的年轻人，多半以他们为榜样。三是在很长一段时间内，文学理论特别强调生活的重要，尤其是有特定政治含义的工农兵的生活实践。要求作家要长期地、无条件地深入工农兵的生活，从生活中吸取创作的素材。为此，许多作家长期在基层单位挂职，有的作家甚至从大城市举家外迁，以接近生活这个唯一的创作源泉。这样的理论绝对是正确的，这些作家的精神，也绝对是可嘉的。但是，对于有了生活以后，怎么变成文学作品这一面，当时的文学理论却说得不多，或者说一点，也无非是对从生活中所得的素材进行加工、改造的一些基本的方法和手段，包括一些形式、技巧等方面的问题。至于对作品思想的深浅雅俗、艺术水平的高低优劣发生决定性影响的，作家所应该拥有的其他方面的条件，如上面说到的作家的知识储备和思想能力等，并不特别讲究。这样，无形中就造成了一种印象，仿佛生活与文学之间，是一种直线因果关系，生活只要借助一定的形式，通过一定的方法和手段，就可以变成文学，就像从园子里摘来一束花，放在一个篮子里，编织一下，就可以变成一只漂亮的花篮一样。这种看法自然与长期以来对文学的一种现实主义的理解有关，即文学是反映生活的，所以在文学创作中，生活是第一性的。有了生活，就有了文学。极端的情况是，有人甚至因此而模仿高尔基外出流浪，以为高尔基成为作家，是有赖于他的流浪生涯。这种极端的理解再往前跨出半步，你就可以说，流浪汉最有条件成为作家，这自然要陷入荒谬的境地。但这荒谬的另一面也说明，流浪汉之所以不能成为作家，是因为它缺少徐则臣所说的“鲜明独特的看待世界的方式”，没有“足够高超的能力把大问题说透”。或者，往高处说，缺少获得这种方式和能力的“理论修养”，没有“形成一套自己的美学体系”。

我引用徐则臣的话来说明这个问题，并不是说，要当作家就得成为学者或大学教授，而是说，20 世纪以来的文学发展趋势，对作家的知识和学养的要求，似乎越来越高。这其中的原因，也不难理解。往大了说，当人类需要从文学中获得知识，多识草木鸟兽虫鱼之名，文学自然要重视知识的传播。当人类进一步要求从文学中看到自己，说一句理论一点的话，是将自己的生活对象化，作为自己的审美观照物，文学自然要努力反映生活，现在似乎到了这么一个阶段：已经有很多比文学便捷得多的方式获得知识，也有很多比文学更真实的方法反映生活，文学固然依旧可以传播知识，反映生活，但除了守住这点本分之外，或者在干这点分内活儿的同时，似乎还应该或更应该帮助人们想想与自己的存在和心灵有关的“大问题”。文学要表达徐则臣所说的这样的“大问题”，自然离不开知识和学养。因为要想这样的“大问题”，你就不能限于你的见闻，你个人的身之所历、心之所受，还要综合前人的见解和别家的经验，即人类此前和当下所创造的文明成果，这样你才能有大胸襟，大见识，才能高屋建瓴把这些“大问题”说透。我仍然坚持，这样的知识和学养，需要接受高等教育，需要大学培养。从这个意义上说，徐则臣和宁肯等作家的创作，代表了中国文学的一种未来方向。

小说许春樵

在评审第八届茅盾文学奖的时候，读到许春樵的小说《男人立正》，感到里面既有托尔斯泰式的灵魂救赎，又似乎隐含了莫泊桑的《项链》结构，觉得这位作家的文学功底颇深，对小说的写法颇为讲究，他的小说不是单凭经验和直感讲故事，而是十分注重作品的精神内核和结构方式。等到读了他在本辑的自述和访谈，方知在这个问题上，他早已有了清醒的自觉。对于他在自述中所说的大学中文系出不出作家的问题，我尤有同感，因为与他的创作理念有关，就想借此机会，多说几句话。

在我读中文系的时候，系里进行入学教育，有一句对历届新生都要说的话，说是打招呼或打预防针也可，说是警告一声也行，张教授这样说，李教授这样说，王教授也这样说，总之是不论哪个领导、老师代表讲话，都要说这句话，都要表达类似的意思。这句话或这个意思就是：打消当作家的念头，堵死搞创作的路子。这倒不是中文系的领导、老师与作家有仇，也不是他们怕学生搞了创作，就接不了革命的班，而是说，中文系是培养学者的，不是培养作家的，是教你如何做学问的，不是教你如何搞创作的。说白了，就是读了中文系，也搞不成创作，当不了作家。这句话虽然让那些真爱文学、想搞创作的同学，颇感沮丧，但后来的事实却证明，领导和老师，说的都是实话。我现在也做了中文系教授，说句不怕人见笑的话，中文系的教授绝大多数是不会搞创作，也没有搞过创作的，三十年前更甚。叫这些不会搞创作也没有搞过创作的人，去教学生怎么搞创作，让学生将来当作家，不光是勉为其难，简直就有点滑稽。关于这个问题，我有一个老师说，我们这些人都是没炒过鸡蛋的，要我们去教人家鸡蛋怎么炒，叫我如何教法。言下之意是，莫怪为师的不义，实在是没这个本事。

我的这位老师的话，既是实情，但又不全是如此。说是实情，是因为他说出了现代中国大学中文教育的一个不成文的传统，这个传统就是，只负责传授文学知识和研究文学的方法，却不教你如何创造文学、如何当作家。虽然搞创作、当作家也需要文学知识作铺垫，需要研究文学的心得作参照，但毕竟不是立竿见影、立马生效。说不全是如此，是说事实上，现代中国大学在过去的年代，也出了不少作家或作家群，甚至成为某些文学派别创作的大本营。众所周知、耳熟能详的，如“五四”时期的北京大学之于《新青年》《新潮》作家群，抗战时期的西南联大之于“九叶派”诗人群，等等。甚至直到20世纪五六十年代，大学中文系还时不时要冒出几个作家来，更不用说“文革”结束以后的新时期以来，校园作家或从校园走出来的作家，更如雨后春笋，一拨接一拨地拔地而起。岂止如此，本人所供职的大学中文系，还在20世纪80年代，率先办起了专供作家学习提高的作家班。凡此种种，这些都说明，即使大学中文系不负有培养作家的责任，不教人如何搞创作，也阻止不了在这块知识的沃壤上，生长出文学创作之材或作家的苗子来。

中国古代虽然没有严格的学历教育，但作家、诗人却大都是文人出身，无论进过官学与否，也无论是否科举及第，金榜题名，虽然不一定都称得上是学富五车、满腹经纶，但也大抵都有比较完备的文史知识。从他们作品的取材、立意和用典等等，大体也可以看得出来。即使到后来比较通俗化、大众化的话本、拟话本和章回小说的出现，整理和拟写话本，创作章回小说的，也还是一些有才学的文人。直到近现代，从事文学创作、成了文学作家的，依然是一些有旧学功底或受过新式教育的文化人，有的还是喝过洋墨水的留学生。即使是革命的左翼作家，也并非都是工农出身。工农兵作家的出现，虽然是萌芽于抗战期间的根据地和后来的解放区，但真正有意识地强调和培养工农兵作家，毕竟还是新中国成立以后的事。这期间的文学，因为要为工农兵服务，为工农兵而创作，为工农兵所利用，就不能不追求明白如话、通俗易懂。太多的知识、太深的学问，显然有碍于这一目标的实现。更何况通俗化、大众化，也是“五四”以来中国新文学的一个崇高理想。但“五四”以来，中国新文学对通俗化、大众化的追求，也有一个弊端，就是文学的通俗、大众与否，往往是由知识分子作家说了算，真正的工农兵群众，对这种自以为是的说法，不一定认账。这样一来，最理想的办法，就只有一个，让工农兵也参与到文学创作中来，由他们自己来写他们所喜闻乐见的作品。这就是“由工农兵创作”一说的由来。工农兵自己参与文学创作，不但从根子上解决了通俗化、大众化的问题——自己写给自己看的作品，总不会为难自己，还有一个好处，就是政治方向正确，思想感情健康，加上已有吴运铎、高玉宝等成功的范例作榜样，有新民歌运动和“三史”写作等群众性的创作热潮推波助澜，以及诸如反映现实生活，配合中心工作，向工农兵学习，进行脱胎换骨的改造等理论思想作观念的后援，结果就使得文学创作，越来越远离书本知识，越来越远离研究书本知识的学问，甚至也越来越远离学院出身的知识分子。虽然工农兵要搞创作、要成为作家，也得读书认字，学习书本知识，但那多半只是为了文学表达的需要，在思想感情上，除了革命理论和革命知识，其他古今中外的文化知识，则因为有封资修的嫌疑，避之唯恐不及。而大学中文系所教习的，又恰恰主要是这些有嫌疑的知识和学问。所以，说“以前”的领导和老师反对学生搞创作、当作家，除了上面说到的那一点自知之明外，与长期受这些因素的影响，认为文学创作主要靠正确的立场观点和直接的生活经验，不能说毫无关系。许春樵曾说：“以前说中文系出不了作家，是因为以前中文系分析文学和评价文学时，都是把主题、立意、思想当作最高标准，而根本无视是文学的技术才得以让主题和立意存活下来。”就想起了这些故事，不惮啰唆，说与读者诸君参考。

小说雪漠

文学与思想的关系，是一个很复杂的问题，也是一个很现实的问题。说它复杂，是因为没有人能说得清楚，说它现实，是因为大家都感兴趣。作家的创作，要表现一点思想，批评家的评论，要在作品中挖掘一点思想性，读者阅读作品，也想得到一点思想的启示。总之是都要让文学与思想发生一点关系。某些时候，有无思想和思想的深浅，甚至成了衡量文学水平和艺术质量的一个重要标尺。比如今天这个时代就是。

但在历史上，文学与思想，又常常格格不入。有一种理论说，思想妨害形象。理由是，思想是抽象的，文学是形象的，抽象的思想要靠作家的议论或人物的言论来表达，而文学只能借助具体生动的形象描写。俄国人甚至创造了一个新词儿，叫“形象思维”，从思想方法或思维方式的根本上来捍卫文学的形象性权威。中国人喜好中庸，虽然在 20 世纪五六十年代和 80 年代讨论形象思维问题时，也编了一些不排斥抽象思维（或叫逻辑思维）之类的说词儿，甚至还挖空心思地让抽象思维在创作的某些阶段起支配作用，无奈作家和批评家依旧不买账，一边听着理论家在摆着这类龙门阵，一边把文学中太多太露的思想戴上“概念化”之类的帽子痛加批评。就连后来当作新潮理论家引进的巴赫金，在他的论著中，似乎也在反对“思想小说”的提法。可见这事儿不好弄。

这当然只说了问题的一个方面。问题的另一方面是，这个不好弄的事儿，偏偏就有人弄得好。历史上很多了不起的思想，就是一些作家通过文学作品表达出来的。比如雪漠提到的托尔斯泰，又比如大家都熟悉的曹雪芹。当然还有启蒙时代的卢梭和现代主义的萨特，等等。鲁迅甚至说《红楼梦》“单是命意，就有种种”，其中包含的思想竟不止一种，而是复杂多样的。当然，你会说，这都是读者和批评家总结出来的，作家未必有这个意思。那我就要反问你一句，如果作家没有种下思想的种子，作品会开出思想的花朵吗？或作家种下的是别样的思想的种子，作品会开出这样的思想的花朵吗？所以文学中的思想，虽然少不了批评家“翻译”（别林斯基说批评家要把文学作品“从艺术的言语，译成哲学的言语，从形象的言语，译成论理学的言语”）的功劳，但归根结底还是作家的思想或思想的种子在起催生、发酵作用。

当然，要把这事儿弄好，也真的不易。这是因为，人类在发明文学的同时，也发明了表达思想的工具，这就是后来说的哲学。虽然在中国古代文史哲是一个不分家的混成体，但毕竟各有侧重，后来这侧重就成了不同的社会分工，文史哲于是分道扬镳，各走各的路。但尽管如此，就像兄弟分家一样，家是分了，毕竟还有先前的一层血缘关系，所以，分家之后，依旧少不了相互的影响和联系。文学为了深刻庄重，常常需要运用哲学的思考，哲学为了说理透彻、平易近人，也常常需要借重文学的形象，这一来二去的，有时候就很难分出明确的界限。当然这也要看什么时代，是什么文学派别和作家个体。有的重视文学中的思想，有的则取排斥的态度。比如大家常说的宋代的诗歌喜欢说理，那大半是因为宋代理学盛行。它前面的唐代就不这样。唐诗不仅讲究抒情，而且提倡用形象把感情暗示出来，反对在诗歌中直接表现思想。张中行先生说：“这大半是因为唐代禅宗影响很大，所以诗境也要到象外去体验。”这当然都是一些文学史的常识问题，与今天的文学关系不大，至少是不太直接。与今天的文学关系较大，影响较为直接的，则是西方文学的讲究。重形象的理论是从西方来的，重思想的理论也是来自西方，而且都有经典的作家作品在后面撑腰作证。就连马克思主义的文学理论和革命文学史上，也有这样的两说，“席勒式”和“莎士比亚化”，就是一个证明。恩格斯在要求文学作品要有“较大的思想深度”的同时，又说“作者的见解愈隐蔽”愈好。如此等等，说什么的，怎么说的都有，就看你是什么态度，有什么样的需要。

这就要说到今天我们这个时代了。说时代太大，先说年代吧。在早于今天的年代，具体来说，是20世纪五六十年代或更早一些时候，文学是讲究思想或偏重强调思想性的，但要求表现的是革命的思想和为现实需要的思想，简言之，也就是为政治服务的思想吧。问题是这个思想不是作家的独立思考，而是统一的意识形态。所以这个年代的文学最后还是没留下什么有价值的思想，而是对那些不能说没有价值的思想的图解。因为有这样的前因，所以当这个年代过去之后，文学对思想就不太怎么待见，除了极少数真有思想的作家外，多数人的创作则偏重于情感的宣泄、形象的营构和形式的创造，结果是，从20世纪七八十年代之交以来，文学就一直在害着思想的贫血症。偏偏到今天我们正置身其中的这个年代，什么都有了，就是缺少思想。而思想这个东西，又是买不来、换不来，自己也不容易生产出来的。专门供应思想的哲学，又都卖的是一些陈年旧货。唯一挨自己近一点又愿意光顾的，只有文学这家店铺，所以那些好这一口儿的读者便只有到文学中来寻摸思想。然则文学失却造血功能已久，又怎能向亲爱的读者输送血液、供应思想呢？从这个意义上说，在今天的作家中，像雪漠这样确有思想又精于表达的作家，就显得难能可贵。

要弄懂弄通雪漠的思想很难，除非你有他那样的经验，有他那样的学问。就算有了，也不行，除非把他的脑袋嫁接到你的脑袋上面。因为所谓思想，是要靠自己独立地去思去想，在思、想的过程中，熔铸诸多的学问和个体的经验才能成就。不是杂拌一盘水果沙拉那么简单。好在领会一个人的思想有各种各样的途径，不一定也要有雪漠那样的经验和学问。如果你读雪漠的作品，包括听雪漠说教，认为雪漠的思想真是一种大智慧，你心中实际上就已经有了雪漠。剩下来的就是你对他的作品更加用心的阅读和体味，等到有一天你在不经意间油然一笑，也就是你真正领会了雪漠、懂得了雪漠的时候。

小说严歌苓

在世界或曰全球华文文学圈内，严歌苓是个“异数”。我说的这个世界或全球华文文学圈，当然也包括中国大陆的华文文学，也就是我们习称的中国当代文学。刘艳对华文文学的范畴作了详尽的辨析，我只想用这个粗略的说法，说明严歌苓作为一个“异数”，所处“众数”的范围。在现代文学史上，朱自清曾说过两个人是崛起的“异军”，一个是郭沫若，一个是李金发，这两个人崛起的时候，像严歌苓一样，恰好也在海外，一个在日本，一个在法国。国内也有人说过张爱玲是个“异数”。这“异数”的意思和“异军”虽略有不同，一个是泛指，一个是特指。说你跟大家都不同，这是“异数”。鲁迅用过“众数”这个词，与“众数”不同，自然就是“异数”。这是指一般与个别、普遍与特殊的关系，是泛指。说“斜刺里杀出一标人马”，这是“异军”，也就是奇兵，这是指行军打仗的事，是特指。无论如何，总之是与众不同或出人意表。如果要把这两个意思综合起来，也可以这样说：严歌苓是海内外华文作家中的“异数”，是海外华文作家中杀出来的一支“异军”。

说严歌苓是海内外华文作家中的“异数”，是海外华文作家中杀出来的一支“异军”，是说她与别的华文作家不同，能自由出入海内外华文文学。一般说来，国内的作家只把“吾土吾民”的故事写给“吾土吾民”看，写作者的观点和视角，包括写法，虽然也受一点外来影响，但多半也是属于“吾土吾民”的。即使是后来翻译到了国外，给外国人看，得了外国的奖，那初衷还是如此。一般的海外华文作家，其实也是这样，不同的只是他们身在海外，除了极少数用外语写作，在国外发表的，是把“吾土吾民”的故事，写给彼邦彼国的人民看，绝大多数用汉语或华文写作的，还是写给“吾土吾民”看的。有一段时间，他们的作品，甚至只能拿到港台地区的刊物发表。虽然这些作品中也夹杂着他们身在彼邦彼国的经验和感受，甚至写法和语言，也受彼邦彼国的影响，但讲的还是“吾土吾民”的故事。只不过，这故事大都属于过去时，是真正意义上的“故”事，而于“吾土吾民”当下的情形，则不甚了了。这样一来，国内的读者（先前主要是港澳台地区的读者）读这些海外华文文学作品，虽然也读出了他们的忆旧和寻根、漂泊和打拼，但却总有些许的隔膜。就像与回娘家的女儿叙家常，虽然其中也夹杂了婆家的一些琐事，免不了也要听她吐吐苦水，诉诉委屈，但说的大半还是打小儿经历的那些人和事。因为跟出嫁后娘家的事没有多大关系，也不知娘家人的冷热痛痒，娘家人也就拿它当故事听了。这当然说的是一般的情形，而且主要是20世纪中叶的情况，现在虽有变化，但后来的海外华人作家，似乎离“吾土吾民”愈来愈远，甚至连母语也日渐生疏，只能用别人的语言写作。李黎说，这类作家，“是下定决心要说故事给外国人听的”，所以，他们的作品，也就算不得严格意义上的华文文学，只能说是海外华人作家的文学创作。也因为这些原因，海外华文文学，在人们眼里，永远都是客，虽然也有学者想把海外华文文学融入当代中国文学的有机整体之内，但嫁出去的姑娘泼出去的水，再收回来做从前的乖女儿，怕是不那么容易。

但在严歌苓这里，这些似乎都不是问题。论在国外生活的时间，三十年，也不算短了，貌似还拥有某国国籍。论写作者必需的语言能力，李黎说她既能用中文写，又能用英文写，说她是双语作家，也该是名副其实。论写作的家法和路数，人家是在美国接受的创造性写作科班训练，自然是本色当行，不是误打误撞，半路出家。加上还有家学传承垫底，舞蹈艺术滋养，如此等等，这些条件，都足够严歌苓成为一个跨文化跨语际的作家。事实上，严歌苓也是这样的一个跨文化跨语际的作家，只不过她的跨文化和跨语际写作，与我们常说的跨文化跨语际研究有所不同罢了。常说的跨文化跨语际研究，只是“跨过”，是“跨”的过程及其结果，即从此一文化到彼一文化，从此一语言到彼一语言所发生的变化，故多见于文学的传播与接受，包括翻译过程中的问题。严歌苓的跨文化跨语际写作，却是自由出入于两种不同的语言和文化，是“跨在”两种不同的语言和文化上的写作。我说严歌苓“能自由出入海内外华文文学”，就是这个意思。具有类似条件的海外华人作家，也许还有，但愿意做且能做到“自由出入”者，却极为罕见，所以严歌苓才是个“异数”。不用更多的证明，熟悉严歌苓创作的读者，只要想想近三十年来，严歌苓用她兼有中西的跨文化眼光，从多种敏感而又不失现实性的领域取材，以高度技术化、颇具后现代风格、变化多端又不失穿透力的叙事技巧，频繁切入当代中国社会，又以其情节和叙事所蕴含的大众文化元素，频繁被影视媒体所改编，收获一次又一次的“热映”和“热播”，产生了强烈的社会效应，就不难看出这一点。刘艳在本辑的评论中，已有系统的论说和证明。我曾说严歌苓的创作是“雅俗兼擅”，也与她能自由出入海内外华文文学有关。在中国当代文学语境中，所谓雅者，即论者所言之纯文学者，取其审美义也。所谓俗者，即见之于大众文化传播之文学者，取其通俗义也。从这个意义上说，严歌苓不仅融通中西，还兼领雅俗，她同时也是一个两栖的海外华文文学作家。

小说阎真

对普通读者来说，阎真已经不是一个陌生的名字，因为他的长篇处女作《曾在天涯》，曾在他们中间“流行”过、“畅销”过，在一定程度上也引起过“轰动效应”。对专家、学者或文学评论家来说，阎真则是一个有研究个案价值的名字，因为接下来他的第二部长篇《沧浪之水》，就介入了当今社会知识分子的精神困境。然后是他不久前出版的第三部长篇《因为女人》，虽然我们无法也不能预测一部文学作品的接受效应，但对于关心阎真的创作的读者和评论家来说，不可能不关注他在这部作品中所表达的“悖论式”的生活情境。因为这“悖论式情境”虽然是为作品中的人物所设，但作者却意在揭示它的普遍性，因此对于我们每一个人来说，就具有不同寻常的意义。按照本期主笔、我的博士生余中华的说法，“阎真对于世界的基本理解主要体现为‘悖论式情境’的设置。在他的小说世界中，所有的人物都面临着无法解决的生活难题。阎真在三部小说中分别考察了三种不同语境中的人物命运，以及他们在‘悖论式情境’中所做出的选择”。我想，在今天这个文学英才辈出的年代，读者选择了晚出的阎真，也许就因为从他的作品中，有意无意地读出了自身在现实中所处的这种“悖论式情境”。

对这个问题，余中华的专文有集中的讨论，读者自己可参照着看。我要说的是，在阎真的艺术观点和创作实践中，似乎同样也存在着与他的小说所表达的意思相类似的“悖论式情境”。我所指的是他的“崇拜经典”和“艺术本位”的说法。在这样一个时尚流行、物质本位的时代，还有人这么善待“经典”，膜拜“艺术”，这本身也许就可以称作是一种时代的悖论。在这种“悖论式情境”中，阎真对经典的崇拜和艺术的虔诚，还真有那么一点“知其不可而为之”的儒者精神。但问题是，在这样的时代，何谓“经典”，何谓“艺术”，这本身就是一个问题。更不用说是否有更多的人像阎真这样，去崇拜经典，以艺术为本位了。

我不想在这儿讨论高深的理论和烦琐的定义，就阎真在“自述”中所列举的许多古代的和现代的经典而言，它们的经典地位似乎并非完全是由古人或前人决定的，今人或后人的意见似乎也不可轻视，有时候甚至还起了决定性的作用。就以他提到的《卖炭翁》为例，游国恩等人主编的文学史，说“此诗不发议论，更没有露骨的讽刺，是非爱憎即见于叙事之中，这写法在白居易的讽喻诗里也是较独特的”，分明说它的艺术手法是高明的。有这样高明的“写法”做支撑，在编者的心目中，自然也就可以跻身于经典之列了。否则，又如何进得了文学史，成为文学史叙述的典型个案呢？这样说，当然不是说这一代文学史编者没有见识和眼光，恰恰相反，这些人都是学富五车、博通古今的饱学之士，他们的选择之所以不合今人的口味，实在是因为选择的标准受时代所限（即所谓民主性和人民性），而不全是他们个人的原因。同理可知，今人选择经典的标准，无论专家学者、普通受众，既有个人的尺度，也会有时代的影响。《卖炭翁》的不再“经典”，就是一证。只不过这标准与先前的时代，刚好颠了个个儿就是。这其中也可见艺术性的标准，也是在不断变化的。王国维说“一代有一代之文学”，大抵也包含有“一代有一代之经典”的意思在内。在今天这个自由的多元的时代，说极端一点，甚至说“一人有一人之文学”“一人有一人之经典”，也不为过。

我不是对阎真所推崇的“经典”和“艺术”有什么非议，我只想借此说明一个事实，即不管阎真对经典和艺术怎样理解，持何态度，似乎都是很个人化的事。他既无法让专家学者和普通读者接受他的经典观和艺术观，甚至也无法让他所教的学生完全同意他的看法。如果是一个普通的教书先生遭遇这样的情境，倒也罢了，前者无关乎饭碗，后者顶多影响一点教学效果。问题是，阎真同时又是一个作家，他既选择了这样的经典观和艺术观，就得在创作中有所体现，否则会落下个口是心非的骂名。但如果真的以经典为范本、以艺术为本位地去创作，又可能不招当今众多读者待见。我说的这读者，自然不是与阎真持同样观点的学院派的读者群，也不是恪守古道、崇尚高雅的专业的研究家或评论家，而是被称作大众的普通读者。这些占人群大多数的读者，在当今社会，被时尚的、流行的饭食糙了口味，已经不爱吃或吃不惯精致的点心、精美的菜肴，所以“经典”和“艺术”，在这个时代就注定要遭遇冷落的命运。除非你改变了经典的形式，把它由纯粹的艺术品变成了一样时尚、一样流行的大众文化产品，像四大古典名著、现代“红色经典”改编成电视剧，既顾全了经典的面子，又满足了大众的口味，岂不皆大欢喜。我不知道阎真在探讨知识人“悖论式”的生存情境这个“经典”的人生问题的同时，是否同时也考虑过将自己的艺术多多少少向大众靠拢一点，否则，在这个大众文化主宰世界的时代，岂不是要使自己的创作终身陷入一种“悖论式情境”？

小说姚鄂梅

大约是在21世纪初，我参加湖北的屈原文艺奖评审，读到一篇名叫《马吉》的中篇小说，内容是写一个叫马吉的外国女人，因为追求自由、热爱自然，跑到中国农村，与当地的一个普通农民生活在一起，后来又结了婚，过起了农家的小日子。但这个外国女人最后还是离开了那个地方，原因是她追求的自由，受到了种种世俗生活的限制，她热爱的自然，面临种种渴望现代的威胁。这部中篇当时给我留下了很深的印象，获得了那一届评出的屈原文艺创作奖。这部中篇小说的作者就是姚鄂梅，一位生活在宜昌的女作家。我自认对湖北的作家比较熟悉，但姚鄂梅这个名字我还是第一次见到。我惊讶于作者取材的特别和文字的爽利，还有对两种文化之间的抵牾和冲突，描写得如此精到，拿捏得如此得体。后来就较为留意她的创作。但过了几年，这个姚鄂梅又淡出了我的视野。个中缘由，除了我的近视，就是她的远走。现在，这个再度进入我的阅读视野的姚鄂梅，已不再是一个地域性的而是一个有全局性影响的当代作家了。

因为要做这个专辑，我读了姚鄂梅《马吉》以后的一些作品，也勾起了我对评审《马吉》的回忆。对照后来的作品，我觉得姚鄂梅的创作，不管走多远，心里都怀着一个永远的马吉。这个马吉既是理想的化身，又是追求理想而不得的象征。理想和现实，是一对矛盾，这是一个众所周知的事实。但对待这一对矛盾的态度，处理这一对矛盾的方法，却各有不同。孔子说，知其不可而为之，是说明知理想是不可能实现的，却依旧要勉力追求。这是孔子的精神，也是他的精神为后人所景仰的地方。庄子说，人对幸福、也就是理想生活的追求，有两种类型，一类是追求一种相对的幸福，一类是追求一种绝对的幸福；追求相对的幸福要有所依凭，也就是今天说的物质条件，追求绝对的幸福则无所依凭，无须任何物质条件，你只要按你想要的也就是你的理想去做就行了。庄子虽然很欣赏这种态度，很向往这样的境界，但却也清醒地知道，这种绝对的幸福，在现实中是不可能有的，所以它只能是一种精神性的存在，对这种绝对幸福的追求，在现实中也是不可能实现的，所以它只能是一种想象性的满足。孔子和庄子的想法，在现实生活中很有代表性。如果要以他们的想法为标准进行分类，我们绝大多数人无疑都分属这两种类型。用现在的话说，一种叫永不放弃或不轻言放弃，一种叫理想是理想，现实是现实。当然，也有另外的态度和另外的处理方法，就是在对明知不可得的理想的追求中，体味追求过程的价值和意义。这就有点接近存在主义哲学家加缪借西绪弗斯的神话所表达的观点。加缪的观点既有孔子所主张的知其不可而为之的一面，又不像庄子那样，把这不可为的理想完全交给看不见的精神和摸不着的想象，而是放在追求的过程中去细细体味。人们总说中国人想问题喜好中庸之道，我看加缪的这个想法就很有点中庸的味道。真正像姚鄂梅的小说中所写的人物小西那样，能够调和理想和现实的矛盾，可能本身就是作者的一种理想，在现实中同样是不能实现的。就算是像小说中所写的那样实现了，其实已经不是先前的理想，而是理想与现实妥协的产物。有人以隐逸题材为例，对姚鄂梅笔下的人物进行了分类，认为一类是“有心无力的隐逸者”，一类是“中途折回的隐逸者”，还有一类就是像上述小西这样“成功的隐逸者”。如果我们把隐逸看作是某些人心目中一种理想的生活状态的话，那么，我要说，在姚鄂梅笔下，没有一个“成功的隐逸者”。

我这样说，不是指作品的艺术描写，而是指作品人物的隐逸理想。一直以来，文学作品在涉及理想与现实的矛盾时，总爱把它置放在一个二元对立的格局中，要么赞美理想精神，歌颂对理想的执着和追求，要么赞美世俗生活，张扬现世的欲望和感觉。或以各自所赞美者相互否定。其实，理想与现实的关系，远不是二元对立的逻辑这么简单。就算你要简单地说吧，那也是你中有我，我中有你，很难截然区分。这原因其实原本就不复杂，如果要抽象一点说，人有血、肉，是物质的实体。人又有情、欲，也是精神的实体。有血、肉，就要有供养，就不能脱离现实。有情、欲，就会有向往，就要滋生理想。就拿姚鄂梅笔下所写的隐逸人物来说吧，隐逸固然是一种精神理想，但隐逸者的肉身同样需要供养，这就不能仅靠隐逸的理想过生活，同时还要现实地获取油盐柴米，所以聪明的隐逸者并不一定躲进深山，而是在生活条件优裕的朝市。所谓“小隐在山林，大隐于朝市”，就是这些聪明人的说辞。还有更聪明的，如我们所热爱的诗人白居易，觉得小隐的山林“太冷落”，大隐的朝市“太喧嚣”，不如折其中者而用之，隐在一个闲散的官位上，“似出复似处，非忙亦非闲”，“唯此中隐士，致身吉且安”。问题是，这话说起来容易做起来难，真要把这“出”和“处”、“忙”和“闲”的关系处理好了，真正做到像陶渊明那样“结庐在人境，而无车马喧”，实在是一件万难之事，所以古往今来，这样的隐士便少。

因为姚鄂梅的作品一向关注理想与现实的关系问题，所以引我发了这一通议论。目的只在说明，姚鄂梅的创作写了许许多多以各种方式追求各种理想的人物，但最后都未让他们到达真正理想的境界，而是让他们在追求理想的过程中，尽显理想与现实之间纠缠不清的复杂关系和人对理想与现实暧昧不清的态度。从这个意义上说，姚鄂梅的创作无疑在二元对立的格局之外，为我们开辟了一个处理理想与现实的关系问题的一个新的思维向度。

小说叶广芩

在我的印象中，叶广芩不但是一个大器晚成的作家，而且也堪称“最后的贵族”。这印象自然是来自阅读她的那些让她声名鹊起的所谓“家族小说”，而不是翻过叶氏（原叶赫那拉氏）的家谱，或者查过叶广芩的生平事迹之类的资料。虽然这小说写的不一定全都是、甚或全都不是她的家族成员的经历，但我相信那感受一定是真切的。这真切也不是非要亲身经历了不可，而是仅凭家族血统和精神传承，就足以让她在下意识深处亲近她的先人，或者先人所在的那个贵族阶层。

叶广芩其生也晚，未曾过过那种钟鸣鼎食的贵族日子，未曾耍过那种诗礼簪缨的贵族派头，更遑论继承什么贵族家庭的祖业遗产。她出生和成长的年代，中国已经经过了好几轮各式各样的革命，所谓贵族，就像旧时代那颗癞子头上几根罕见的稀毛，被革命的剃刀剃了一遍又一遍，可怜那一点老根儿都去除尽净了，咋的也不会再风吹草长。到后来，它既不长，更没人去想，甚至连文学这个恋旧、忆旧的行当，也被它扔进了爪哇国，忘得干干净净。在中国现代文学史上，写旧家、大家的固然不乏其人，以至于成就了今天家族小说研究这门新兴的学问，可那所谓家族，不但大都称不上贵族，而且作家写作的用心，套用鲁迅的一句话说，也大都是立意在批评，旨归在反叛，是谁也不愿沾上旧家族的那一点腥膻的。"文革"后，有京中作家邓友梅写了个那五，虽不是什么了不得的天皇贵胄之后，但总算换了一种态度，不是一味地丑化、批评，而有那么一点哀其不幸、怒其不争（气）的意思，也算是天地翻转，让人记起历史上还有这么一种人活过。这事儿说话间就过去了三十来年，大家眼瞅着一些发迹变态的新贵，渐渐地又忘了原本就不待见的旧贵族，偏偏这时候在西京古都（贾平凹的小说这么说），出了个写小说的贵族后裔（叶广芩似乎颇不愿意被人称为"格格作家"），写了那么一些反映清朝贵族后裔生活的小说，让人再度记起了中国在现今当家做主了的劳动人民之外，还有一些曾经也当过家、做过主的贵族阶层。而且这阶层不但留下了一些从前为我们所不齿，现在为我们所珍爱的生活器物和生活方式，而且也留下了一些从前为我们弃之如敝屣，现在却为我们视之若珍稀的文化精神。叶广芩的小说写的就是这精神，这精神或许也可以称之为贵族精神。有人说，在中国的文化传统中，贵族精神原本就不多，而且还把国人今天的某些缺少文明、教养的表现，也归结为贵族精神的匮乏，如果这话有几分可信的话，那叶广芩的这些小说就更加弥足珍贵。

叶广芩说，她是到了国外后，换了一个视角，才想到要写她的家族小说的。这使我想起了一个人，这就是现在定居美国的白先勇。白先勇的小说虽然写的不是自己的家族，不能归入家族小说之列，更与真正的贵族沾不上边儿，但他也是到了美国以后，才想起了要写他所熟悉的那些落魄的国人和他们的后代。这些人或他们的先人原本是革过清朝贵族的命的，成功后建立了民国，自己也成了新的革命"贵族"或准"贵族"，没想到这回民国也被人革了命，结果是，这份原本就非真的贵族的"贵族"身份没了，让人觉着凄惶，也让人顿生感叹。白先勇的《台北人》和《纽约客》写的就是这凄惶和感叹。用他自己的话说，写的就是那么一点兴亡感和沧桑感。谢晋还把《纽约客》中的一篇叫《谪仙记》的小说，拉来拍了个电影，取名《最后的贵族》，算是给白先勇笔下的人物正式“赏”了一个象征性的贵族身份。我想，白先勇写这些小说的时候，他的头脑里该没有他老子的那些个党派意识，更不会想到要效忠谁家王朝的问题，要不然，他不会拉上陈子昂和刘禹锡这两个不相干的古人来凑热闹，把《登幽州台歌》和《乌衣巷》这两首诗，分别作了上述两部作品集的题词。所谓世事难料，人生无常，不管你处在哪个时代，属于哪个阶级，为了何种目的，因了何种原因，遭遇了何种样的起落沉浮，到头来，所得的感慨，大体都是一样的或相近的。究其实，除去了阶级、政治之类的人为标签，还原了的，古今中外就是个人。叶广芩和白先勇都写了这人的事儿，人的变化，尤其是从“旧时王谢”到今日“寻常百姓”的人生巨变，怎的不叫人念天地之悠悠，独怆然而涕下。虽然所写和写法有诸多不同，但在这一点上，二者确有异曲同工之妙。从这个意义上说，称这两位分住海内外的新老贵族的后裔为文学的双璧，似不为过。

叶广芩的创作成就，当然不止于此，本辑主笔李春燕、周燕芬二位教授已有详论，我不过是借此机会发了一点感慨罢了。

小说叶辛

我写《王蒙传论》时，曾认为自己找到了一个撰写作家评传的合适对象，即在王蒙身上，不但凝聚了当代社会变迁的历史，也浓缩了当代文学变化的历史，所以这部书出版后，有论者说，你这写的是“一个人的文学史”。由此，我想到了作家叶辛。如果有人要写一部知青史或知青文学史，叶辛无疑也是一个历史的活化石。在一代知青中，能有几人像叶辛这样经历了知青历史的全过程，又有几人像他这样经历了知青文学发展的全过程。尤其是在知青文学发展的各个阶段上，叶辛的创作都有独特的代表性。就冲这一点，说叶辛的创作是知青文学发展的标志，似乎也不为过。

知青是一代人的共同经历，也是一代人共有的记忆。这个记忆怎样变为文学，变为怎样的文学，却各有各的讲究。我们现在读到的知青文学的代表作，基本上都是“知青的”文学作品，即从知青的角度看过去的作品，简言之，也就是写知青经历的作品。但知青的经历既是一种社会性的经历，而不是纯粹的个体经验，那就必然会有与之相关的其他社会元素加入其间。这其中，与知青关系最为直接的，无疑是知青上山下乡的接受者——农民。知青怎么讲上山下乡的感受，看“山上”“乡下”的人事，属于知青的角度，知青的眼光。农民怎么看城里来的知青，对知青有什么想法，是农民的眼光，农民的感受。农民的眼光和感受，也是知青经历的一个维度，而且这个维度在当时对知青的际遇和命运，往往起着举足轻重的作用。在下下放的村子，就因为对知青有不同的态度和看法，而给我们的生活和劳动，带来了不同的影响。同情者处处维护，反感者处处刁难。虽然已有的知青文学也捎带着写了与农民的关系，但却不是站在农民的立场，用农民的眼光，取农民看人看事的角度。这样，知青文学无论写的是光荣还是梦想，是沉重还是悲壮，是激情还是感伤，都不过是自说自话。也就是说，你说是这样的，别人可不这么看。例如有作家就从农村孩子的角度写知青，用他们的眼光去看知青，你说下乡苦呀，可我们一直都是这样苦，你下乡才几天，就觉着亏得慌，我们祖祖辈辈都在乡下，难道就不亏。如此等等。如果就这样说说而已，也就罢了，问题是这种看问题的角度和眼光，作为一种社会心理，也会潜在地影响对知青文学的看法和评价。结果是当事人写得轰轰烈烈，涕泗横流，读者却不以为然或不屑一顾，觉得这有什么，人家农村从来就是这样，农民从来就是如此，有什么值得大惊小怪的。换了今天不知当年实情的读者，免不了还要说作家矫情。用类似于上述农村孩子的角度和眼光写知青的文学，因为与自说自话的知青文学不同，于是就被人称作另类知青文学或反知青文学，其实，这也应当是知青文学的一个看问题的角度，这样的想法，也应当是知青文学的题中应有之义。离开了这个角度，失去了这个题中之意，知青文学就永远是“知青的”文学，而不是“社会的”文学。

我这样说，并不否认已有知青文学的社会性，而是说其社会性的范围还可以扩大。在这个问题上，我认为叶辛的创作是在走着逐步扩大的路。他的《蹉跎岁月》固然是取知青的角度，到了《孽债》，这角度就发生了变化，就变成了知青的下一代，虽然知青的下一代也有知青的血脉，但却与知青自己看自己不同，下一代看知青父母的角度和眼光，基本上是当地农民看知青的角度和眼光，至少代表了当地农民对回城知青的看法和要求。再进一步到《客过亭》，就是一个多维的角度和多元的眼光了。用这样的角度和眼光来写知青一代的历史，就超出了知青文学的边界，而进入一个普遍的文学范畴。从这个意义上说，叶辛又是知青文学疆土的开拓者。

现在都说知青上山下乡，是为了解决城市青年的就业问题。从当年的实际情况看，也许有这样的考虑。但我宁可相信，这样的举措，依然是出于让这些城里的孩子经受锻炼的考虑。至少后来所起的效果是如此。叶辛在接受访谈时说了这样一段话：“上山下乡使我学会用两副眼光来观察当代中国的社会，一副是刚刚插队落户的城市青年的自以为是甚至居高临下的目光看待农村的落后与贫穷；而一旦在农村生活久了，像我在农村生活了十年之多，我逐渐学会用农村人的目光来观察生活，观察气象，观察农事。”既然看中国社会需要“两副眼光”，看知青问题，仅有一副眼光，显然也是不够用的。从这个意义上说，我认为知青文学的新开拓，还是叶辛给我们的启示：多用几副眼光，多取几个角度。

小说叶兆言

如果说在现代中国也有某种文学世家的话，那么，叶兆言就可算得上是世家子弟。他父亲的作品一般读者可能读得不多，但他祖父的某些作品，凡受过中等教育的晚近几代中国人，就没有人敢说不知道的，更不用说吃文学饭的专业人士和教文学、学文学的先生、学生，大约都该如数家珍、耳熟能详吧。按说像这种文学世家出身的子弟，在文学创作中理当传承乃祖乃父的遗风，以见其文脉久远、渊源深厚，但从叶兆言的创作中，却似乎看不出这种遗传的影子。岂止如此，在他学习古今中外包括他的祖辈、父辈的名篇名作的过程中，还逐渐萌生了一个固执的观念，即认定“写作是一种反模仿”。既不模仿别人，也不模仿自己，当然也就不模仿既是别人也是自己的祖辈和父辈了。听起来，这颇有一点中国人所说的欺师灭祖的味道，但究其实，盖因叶兆言开始写作的年代，正是模仿大于创造、崇人大于崇己、媚俗过于媚心的年代。在这样的年代投入写作，确实是要多一份创造的警惕，包括警惕自己的血脉中与生俱来的那一点文学遗传，以免落入外人或前人包括祖辈和父辈所造的窠臼。就凭这一点，叶兆言就称得上是独特的“这一个”。观察叶兆言的创作，也就得从这个独特的“这一个”开始。

往大了说，在叶兆言开始写作的20世纪80年代，正是被“文革”毁掉的中国新文学的现实主义传统开始恢复的年代，而创造这个传统和为这个传统奠基，就有叶兆言祖父的劳绩。但叶兆言却没有被这股恢复的浪潮吸附到这个传统中去，他的创作虽然也有某种现实主义的意味，但又有别于他的祖父参与创造的这个现实主义传统。那么，是20世纪50年代他父辈参与变革的那个传统吗？仔细一想，似乎也不是。因为那场变革不但是短命的，而且也是同时还不能不是短视的，它只是从表面上局部地改变了那种不敢正视矛盾和问题的弊端，却没有从根本上让文学真正回到中国新文学传统所主张的人的本位。后来，复兴这股被称之为“干预生活”的文学潮流的“伤痕文学”，虽然向人的本位靠近了一步，但毕竟故事和讲故事的方式大体相近，陈陈相因，亦为他的“反模仿”的理念所不容。既然如此，剩下来的那就只有是叶兆言的朋友们，例如苏童等正在热衷的，叶兆言本人也有可能、有条件热衷的现代派，然而偏偏叶兆言自己站出来说，这也不是。且不说他在本辑的访谈录中再三表白的，他在学习西方现代派作家的同时，也在刻意回避模仿他们的创作，就是证之叶兆言的全部作品，也确实没有哪一篇与现代派沾得上边，更遑论模仿某一家或某一派的现代派了。接下来，我也就只能说，叶兆言就是叶兆言，他不属于哪一家哪一派，也不属于哪一个主义哪一种传统，他就是他，在近二十年中国文学眼花缭乱的变幻中，他始终如丁帆早年在一篇评论中所说的，“鹤立于当代小说家之林”。

这种“鹤立”姿态自然有它的长处，这长处就是，高瞻远瞩，伸缩自如。所以高者如哲学义理、清客雅趣，远者如古代典籍、西洋小说，都悉数“拿来”，融入自己的创作，所以读他的作品，可咀嚼涵泳，摩挲把玩，自有绕梁余音、无穷韵味，此则“夜泊秦淮”系列作品可证。亦可直接置身其中，喜怒哀乐、吃喝拉撒，皆可与作者共“想”，此则“现代生活”系列作品可证。这类作品虽不一定有言外之意、韵外之致，但却更加贴近当下生活，与读者也有更多的亲和感。当然，他的这些作品都十分注重想象和构思，有的甚至还谈得上是善用机巧，如《枣树的故事》等，这就使得他的作品伸则上天入地，纵横捭阖，缩则乾坤在掌，蛟龙成寸，真个是腾挪变化，摇曳多姿。这样的叶兆言在最近二十年来，虽不属一门一派，但却览尽天下风光，入其辇毂之内。这该是何等惬意的一件事啊！

话虽这么说，可叶兆言从文这二十多年来，其实并不十分风光。有时甚至像一个做了好事的老实孩子，没有人知道，更没有人想到要去表扬表扬。说到底，这也属时运不济，谁叫他这种不入门派、杂糅各家的打法，不是如今当红的路数呢。这也正如乃祖圣陶老人，倘若生在今天，像他的《潘先生在难中》和《倪焕之》这样的作品，没准儿要被某位批评家联系上存在主义的“尴尬”和“困境”之类的大名词呢，可偏偏他那个时代时兴现实主义，也就眼睁睁地失去了一次做现代派的机会。如此说来，叶兆言到底还是没有逃脱他的家族的背运，他虽不想模仿，可命运却偏偏要让他与先人一个样子。好在正如本辑的主笔周新民博士的文章中所写的，这都是被我们这些文人书写的历史，没准儿在真的历史中叶兆言完全不是这个样子，或者干脆就是另外的一副样子呢。

小说余华

余华在这一辑“小说家档案”的“自述”中，谈到他从巴赫的《马太受难曲》中所得的感受时说：“我明白了叙述的丰富在走向极致以后其实无比单纯。”这正应了中国的一句很有哲理的名言“灿烂之极归于平淡”，这句话说的是作文的规律，也是做人和做一切事情的规律。新时期以来的先锋小说在20世纪80年代中期经历了一个“丰富”和“灿烂”的“极致”之后，到了90年代乃至进入21世纪以来，却在日渐走向“丰富”之极的“单纯”，或者“灿烂”之极的“平淡”。作为80年代有代表性的先锋小说家之一的余华，进入90年代以后的创作就是一个证明。尤其是他的长篇《活着》和《许三观卖血记》，更是这种转变的一个样品（不是样板）。从这个意义上说，余华的创作在整个新时期小说的发展中，自有它不可替代的典型性。选择余华做这一辑“小说家档案”评说的主角，这也许是一个重要的原因。

在现代中国文学语境中，先锋文学几乎是西方现代派文学的同义语，这当然主要是因为这种前卫性的文学实验的思想和艺术资源，主要的不是来自本土的文化和文学传统，而是来自西方现代派文学的影响。当然，也还有一个重要的原因，就是现代中国文学在接受西方现代派文学影响的时候，自身却置身于一个与西方现代派文学完全不同的社会和文化语境中。有人说，现代中国没有西方现代派文学产生的土壤，因而断言不可能产生现代派文学，这话有可能说得过于武断，但是，说二者之间有着不同的社会文化语境，应该是可以成立的。正因为如此，所以，20世纪80年代中期的先锋作家在进行现代派文学实验的过程中，自然而然地就只能从西方文化和西方文学中去寻求精神支援，其结果也就导致了这期间的先锋文学从观念到艺术的全面“横移”；在短短数年时间内，先锋文学几乎把西方现代派文学在近百年时间内所走过的历史都匆匆忙忙地“经历”了一遍，真可谓“丰富”之极，“灿烂”之极，但这种“丰富”和“灿烂”又似乎只在证明西方现代派文学生命力和繁殖力的强大，并没有留下多少真正属于自己的创造实绩。进入90年代以后，当年从事先锋文学实验的作家几乎都发生了创作的转向。有人说这种转向是由学习西方转向重新审视本土传统，诚哉斯言。但我认为，这种转向的一个更具实质性的表现，是由对西方现代派文学观念和艺术的被动模仿，到以西方现代派文学看取世界的方式对生存现实的独特感悟和经验。余华的近期创作似乎也是一个证明。以他近期最具影响力的三部长篇小说而论，尽管从中也可以找到一些存在主义的观念的痕迹，但无论是孙光林式的成长还是福贵和许三观式的“活着”，都深深地植根于个体的生命体验和生存感悟，而不是作者的某种理念的外化。这种生命体验和生命感悟，也许与存在主义哲学有某些共通之处，但绝不是对存在主义哲学的演绎和图解，而是对人的生命和存在问题的关怀所达到的一种境界。正因为如此，叙述这种体验和感悟，也就无须刻意去构造某种“陌生化”的形式，只需让这种体验和感悟混合着生命过程和生存本身自然呈现就是，余华的创作因此便由“丰富”走向丰富之极的“单纯”，由“灿烂”走向灿烂之极的“平淡”。

余华的创作既有变的一面，也就有它一以贯之的地方。这个一以贯之的地方，就是叶立文博士在这一辑的评论文章中所说的，余华是由80年代的创作“正视个体的生命体验及伦理处境”，“颠覆历史理性，重构历史叙事”出发，到90年代疏离对历史理性的宏大叙事后，全面关注人的个体生命和存在状况的。这也是作为作家余华的创作历史。这个历史甚至比整体的文学历史更为重要，因为它要能让我们接近感性的真实。20世纪80年代中期从事先锋文学实验的作家，大都经历过如余华这样的一段历史，他们大都是从反对一种长期以来束缚文学的理性规范（包括一种同样高度理性的艺术规范）出发，最终走向对人的个体生命和存在问题的全面关注的。因为他们当时被人们称之为“反传统”的极端姿态，全然是因为这种“传统”（亦即理性的历史）对人的个体生命和存在的压抑，而不是因为天性要与传统作对。他们在经历过这样一个“反传统”的极端“灿烂”之后，在一个更高的同时也是原初的层面上，回到人的个体生命和存在问题，原也是先锋文学实验的初衷和题中应有之义。从这个意义上说，余华的创作历史似乎也有它独特的代表性。

小说张楚

提到张楚，就会想到他写的小镇。提到他写的小镇，就会想到以前许许多多写过小镇的作家和许许多多作家写过的小镇。有学者给这些写小镇的作品冠以一个总的名称，就叫小镇文学。张楚是小镇文学的翘楚。

小镇文学中的小镇，在学者眼里，是一个文学地理学的概念，在小说家笔下，则是一个文学叙事的空间，就像一座城市，一个村庄一样。但小镇在文学中的意义，又不同于城市和村庄。据说中国最早的城市，除有些封国是有意识地建立的都城外，其他大多起于集市。繁华的集市，也就是小镇。所以，说城市是由小镇发展壮大而来，大约也不为错。但这小镇一旦变成城市，就不复是原来的样子。你想想看，先前分散在不同村落的农户，经由频繁的物物交易或钱物交易活动，最后在某一个交易点上定居下来，结成集镇，这期间该有多大的变化。往大处说，首先是生活来源和生活方式变了，由以务农为生，到以买卖为生或以为买卖创造条件提供服务为生，用政治经济学的术语来说，是由直接获取生活资料的劳动，变为间接获取生活资料的劳动。其次是人际关系和交往关系变了，由主要是血缘宗亲组成的家族关系和主要是家族内部的交往，变为不同个体组成的社会关系和家族之外的社会交往。这两个方面的变化，也带来了生活观念、伦理观念和价值观念之类的意识上的变化，小镇于是就以一种新的社会结构形态与村庄区别开来。随后的改变是在进入近现代社会以后，普遍的商品交换和扩大的交换市场，进一步拓展了小镇生活的规模，也改变了小镇生活的方式和小镇生活的性质。从物质层面到社会层面进而到观念层面，都有许多新的东西在不断滋长，买卖和交易开始有了规则，在买卖和交易之间，出现了许多中间阶层。日常生活开始出现一定的程式，信息和交通代替了口耳相传和步履交接。与此同时，商业化的消遣娱乐随之兴起，学校教育在造就人的理性，思想和文化成为人之为人的标志，如此等等，小镇于是逐渐脱离了村庄的原型而具有了城市的形态。

比较学者讲的和书上写的，这当然是对小镇变为城市的一种最简单的描述，但就是在这种极简化的描述中，我们也不难看出，小镇在村庄和城市之间所处的特殊的历史位置。因其位置特殊，所以，无论是作为一种文学地理空间，还是作为一种小说叙事空间，它都具有一种特殊的意义和价值。中国古代虽然没有专写村庄的乡土文学，但却有从村庄中出来的田园诗，城市文学则纯属现代的产物。作为从村庄向城市的过渡，小镇文学也是产生在一个从古典向现代过渡的时代，至少在中国迹近如此。在中国现代文学中，最早体现这种过渡性质的小镇，是鲁迅创造的鲁镇。今天有好事者为了地方利益和商业利润，把鲁迅在文学中虚构的鲁镇，在现实中又作了一次虚构，开辟为一个旅游景点，供游人观赏。鲁迅当年的虚构，却是为着承载他对于过渡时代的社会由旧变新的观察和体验，在鲁迅笔下，与鲁镇这个小镇社会有关的人物，无论是拖着断腿沽酒的孔乙己，还是捐了门槛赎罪的祥林嫂，抑或是临到砍头还要把圈儿画圆的阿 Q、被城里的革命搞得惊惶不安的土场上的村人们，都留下了这个过渡时代的精神文化印记。

此后，在相当长的一段时间内，凡写小镇者，必以这新旧过渡为特征。学者和批评家则由此看出了小镇文学的价值，这价值便是表现中国社会由传统走向现代的嬗变。直到陕西作家路遥写一门心思想走出农村、走进城市的知识青年高加林，依旧把他安排在一个城乡接合部，即由传统向现代过渡的地带。可见小镇文学自鲁迅以来，至少是在一个相当长的时间内，已趋于定型。

张楚的写法似乎不是如此。他也写传统向现代的过渡，而且是比以往更加激烈更加迅捷的过渡，但这过渡已不仅止于器物层面的由旧变新，也不仅止于制度层面的由计划变市场，而重在观念或精神心理层面的变化。此前虽有作者也写这种变化，但大抵不出留恋旧物或囿于旧制而不舍割弃或不得挣脱的痛苦，或者写处于新旧之间的矛盾与冲突，但张楚所写，却大多是在已拥新物，已成新人，即已完成由旧向新的过渡，却于这新有诸多不适和矛盾的人、事。这不适和矛盾有时竟至于逃离和反抗，不是逃离旧物而是逃离新境，不是反抗旧制而是反抗新俗，于是张楚笔下的小镇人物，就有许多超越小镇的梦想，这梦想有人间的温情，有浪漫的恋爱，有清新的自然，有浩渺的星空，甚至有让人恐惧又不无诱惑的死亡，如此等等。在学者和批评家看来，这些描写已不完全属于小镇这个文学叙事的空间，而是超越小镇达于整个社会的现代化进程，是这个走向现代和已经现代的社会文化进程中出现的问题和矛盾。从这个意义上说，张楚的小镇叙事无疑又具有极强的现代性。

小说张庆国

张庆国的作品，我以前只读过他在《芳草》上发表的《如风》，印象很深。这一次，又读了他几篇有代表性的作品，觉得这个作家的创作，确有一种与众不同的追求。用一句歌手们比赛时常用的话说，他一路走来，从早期的刻意务虚，到后来的以虚写实（以轻写重），到再后来的亦虚亦实、亦实亦虚，不是投机取巧，也不是逐浪跟风，而是有一种属于他自己的哲学在起支配作用，有一种他所坚守的创作理念在贯穿始终。

这种哲学把人生看作一种虚幻的存在，因而艺术包括文学，也就不可能表现一种终极的实在（或者也可以叫作本质的真实）。这样的思想虽然古已有之，如道家的虚无，佛家的万法皆空或大家所熟知的色空观念，今天仍被某些现代哲学作为立论根据的存在的荒诞性和虚妄感等等。但张庆国却不是把这种哲学作为一种人生信条，更不是把它作为一种精神信仰，而是从一个更高的意义上，作为理解艺术问题的前提和条件。他的创作追求过程，都可以从这个角度去理解。

这很容易让人想到中国人的一种传统的文学观念，就是避实而就虚，得意而妄言。既然在终极意义上不能表达一个真实的世界，那就借这个世界来表达一己的意念。这种观念虽然在中国文学史上，主要见之于诗词等抒情的文类，但在叙事的文类如小说中，其实也有所体现。读中国古代小说，都有这样的感觉，就是无论状物拟人，都不写得太满，一句纷纷扬扬，让你想起一场大雪；一句虎背熊腰，让你想起一条大汉。这大雪的景象和大汉的形象，其实已不是真实的场景和真实的人物，而是倾注了你的主观经验的精神幻象。从前说中国古代小说偏重叙述，不擅描写，其实不然，只是它的描写过于简约，寥寥数语，传神足矣，不像西洋小说那样，硬要把人、物的模样照葫芦画瓢地描摹出来。在这个问题上，中国古代作家也像主张均贫富的中国农民一样，有一种均劳逸的观念。就是说，他在写着，也不让你闲着，也要留点事给你干干，这事就是日后你在读他写的小说时，也要动动脑筋，想想他写的样子，否则就什么也得不到。这也就是张庆国所说的"小说全靠读者去想象"。

如果要掉一点书袋的话，张庆国的这个说法，与曾经风行一时的接受美学或读者反应批评一派的观点，可谓"英雄所见略同"。再往远了说，中国古代虽然不像西方那样，有成套的理论，但对读者想象的作用，却有很早的"觉悟"。古人认为"书不尽言，言不尽意"。语言文字不能完全彻底地表达人的意思是一种宿命，所以陆机在《文赋》中才说，"恒患意不称物，文不逮意"，但圣人却可以通过"立象以尽意"来解决这个问题，即通过确立某些具象的东西达到"尽意"的目的。但这种通过"立象"的方式以"尽意"的做法，又显然不是直接的表达，而是一种间接的暗示。这种由"象"暗示的意思，没有读者想象的配合是绝对领会不了的，所以，当一个合格的文学读者又是断断不能偷懒的。

绕了这半天，我最终要说的，其实也就是张庆国所强调的文学语言问题。之所以要这样绕，目的是说明文学语言的重要，不是因为在常识范围内它能做什么，如状物拟人，表情达意，而是因为在终极意义上它不能做什么，即古人所说的“书不尽言，言不尽意”，或者陆机所说的“文不逮意”。正因为文学语言存在这种终极的或曰宿命的局限，但文学又不能不通过语言文字来完成状物拟人、表情达意的目的，要解决这个矛盾，别无他法，就只有发挥它所特有的暗示作用。

关于文学语言的“暗示”作用，周明全在本辑专文中转述了张庆国的一个说法：“文学最重要的特点是，它只为读者提供思想暗示，不提供实物。一匹马，画家的办法是画出来让人看见，音乐家的办法是让人听到马蹄声，作家的办法是用文字告诉读者有一匹马，读者看不到也听不见，只能根据语言文字的暗示，去想象一匹马。所以，作家的语言处理不好，写作就会失效。”

我见过许多作家谈文学语言的重要，从这个意义上去认识文学语言问题，并非人人如此。张庆国的意见，因此就显得尤为重要。因为有这种认识上的自觉，所以张庆国的小说语言，除了周明全所总结的“简约”和“优雅”外，我觉得是这种“简约”和“优雅”之下隐含的“暗示”。因其“简约”，所以能以少胜多，因其“优雅”，所以能含蕴无穷，都是文学语言所不可或缺的一种品质，也是文学语言的暗示性在修辞上的重要表现。

当代小说不讲语言修辞久矣，梁启超说，小说有“熏”“浸”“刺”“提”四种力，这四种力的发挥，都有赖文学语言所暗示（烘托、渲染）的一种情境和气氛，倘无这种情境和气氛，只有直白的指示和说明，那无异于是在读一段故事，一则新闻，无奈当今许多小说，常给人这样的阅读感觉。这样的小说读完以后，自然无须你费脑筋去想象，也无须你动心思去感觉，你的所得只有皇帝老儿批奏折常用的那三个字：知道了。从这个意义上说，张庆国对小说语言的追求弥足珍贵，他的小说语言在修辞上所到达的境界和高度，在当代小说家中，也可谓屈指可数。惜乎这一点，并不为更多读者和评论家所认识。周明全说，张庆国是一个“被严重低估了的”作家，我同意他的看法。但这低估与名字无关，而是当今文坛的盲目所致。

小说张炜

在这个专辑的“自述”和“访谈”中，张炜对孔子以及与孔子有关的一些人事的议论，引起了我的特别兴趣。他对孔子以及与孔子有关的一些人事的理解，确有过人之处。比如他说孔子最懂得欲望的创造力和破坏力之间的微妙关系，以及它们的运用方法；鲁迅身上有很多孔子的东西，是从孔子的路上走来的思想家，等等，确实发人深省。也许因为孔子是诞生在山东的思想家，与张炜之间有一点地域文化的渊源关系，所以张炜对孔子的思想，也就有更多的会心之处，恰如他在“自述”中所说：“我们北方人，特别是山东人，坐在泰山脚下读圣贤书，会渐渐深入一点地理解孔子。”也许孔子这位思想家从诞生之日起，就受到了太多的误解，加上他的后学在他的思想中，掺进了太多的“杂质”和“私货”，所以就更容易招致物议，到了现代的文化革新运动（尤其是“五四”和“文革”）中，竟至于成了被批判和“打倒”的对象，所以张炜要站出来为他的这位乡先贤辩诬。总之，张炜的读圣贤书，热爱孔子，既不是因为偶像崇拜，也不是文化跟风，其中有一点乡谊的成分，又有一点抱不平的江湖豪气，所以他对孔子的思想，也就有许多不同于常人的理解。我相信，这些非同寻常的理解，都对张炜的创作产生过积极的影响。

这使我想起20世纪90年代，文学界对张炜这期间的创作和思想的一些阐释和评价。因为张炜这期间在《九月寓言》中有“融入野地”之说，在《家族》中表现了一种“牺牲”和“殉道”的精神，在《柏慧》中又营造了一个“葡萄园”的意象，于是，人们就理所当然地把他与当时颇为热闹的人文精神的讨论联系起来，把他的创作也作了“重建人文精神”的阐释和评价，仿佛张炜的创作是为纠正市场经济的时弊而起，是为“反抗现代”的现代性而发，于是，张炜也就自然而然地成了一个坚持文化保守主义立场的作家。虽然笔者在有些时候也持此说，但细细一想，尤其是证之张炜的创作实际，你会发现，这样的作品，其实还有一个更符合“知人论世”的批评原则的阐释的方式和可能性。这种阐释的方式和可能性，就是从张炜已日渐成熟的一个儒者的心灵和价值立场出发，去寻找张炜作为一个信奉儒学的现代知识分子，隐含在这些作品包括他前此时期的创作中的精神轨迹和心路历程。如果是这样的话，那么，你就会发现，张炜的“融入野地”之说，其实与他初期创作中的纯化乡村、诗化自然、净化人心的题旨是一致的，都意在把自然本性和人的本性，作为一个儒者的心灵起点，同时，也把自然伦理作为一个儒者的最终的价值归宿，因为只有在自然的本性和人的本性中，一个儒者才能找到生之欢乐，儒家所提倡的乐生主义才能得到现实的体现。诸如此类，用这样的方式来阐释他的“牺牲”和“殉道”的精神，难道不正是儒者“虽九死其犹未悔”的理想主义精神的表现吗？他笔下的“葡萄园”难道不正是儒者心目中的理想国桃花源的又一种实现形式吗？至于贯穿于他的创作始终的，由“秋天”系列对人性恶的思索，到《古船》对因人的原欲导致的苦难和杀戮的历史的反省，乃至到《家族》《柏慧》等作品对人的精神理想的追寻，等等，都较为集中典型地反映了一个儒者由应对社会人生到反躬自省进而到追逐人生理想的心灵成长历程。在这个过程中，张炜集中思索的是情、理、欲的问题，亦即是儒家学说所要解决的一些核心问题。对此，本辑主笔张均博士在他的评论文章中，通过对“仇恨美学”的分析和讨论，集中体现了张炜的创作对这个儒学的核心问题所作的思考和探索，我以为是颇能说明张炜创作的一点精神特征的。

我这样阐释张炜，并不是想要把张炜弄成一个什么新儒家，而是说在我们多年来所习惯的西方化的意义结构和价值判断之外，应有中国文学自身的阐释和评价系统，这个阐释和评价系统，就张炜而言，是他的乡村生活经历，让他深入地领会了儒家的自然伦理，同时，他的坎坷的人生历程，又让他经验了一个儒者所必须经历的身心两方面的历练，包括一些内省的经验，而后，才是他的人格理想与社会现实之间的矛盾和冲突，这种矛盾和冲突，有时候是见之于一种政治斗争的历史（如《古船》阶段），有时候是见之于一种欲望化的现实（如20世纪90年代的创作），总之是心与物的一种无法调和的关系。迄今为止，张炜的创作大体上都没有逸出这条路线，这条路线既是一个儒者修身的路线，也是一个儒者察世的路线，从这内外两条路线的交合点上去看张炜的小说，我觉得可能要比套用几个西方的概念包括文化保守主义之类套上中式长衫的概念，要管用得多。不知读者以为然否。

小说张悦然

提到张悦然，人们自然会想到韩寒、郭敬明，他们三位可以算是“80后”具有代表性的作家。在这三个人中，人们通常认为张悦然走的是一条比较内敛、比较沉稳的路线。这或许也是一条跟所谓传统挨得更近一点的路线。张悦然之所以会在人们的头脑中形成这样的印象，也许是因为她既没有韩寒那样强烈的反叛意识和极端的反传统倾向，又不像郭敬明那样，走一条追逐时尚的路线，热衷制造各种各样的青春偶像，而是在两者之间折中而用：既不想受传统束缚，又自知告别过去之难；既追求一种新的创作理念，又唯恐变成个人的一厢情愿。她在自述中说，“怎么样处理‘自我的表达’和‘故事’的关系”，使两者之间达成一种“平衡”，就是一个证明。这样的选择，说哲学一点，是对人的能动与受动的关系，有深切的知解，说具体一点，也是基于一种实际的考虑，即她所说的中国文学的历史与现状。张悦然的这个选择，无疑与她对“80后”一代的整体认识有关。她说：“‘80

后’一代或者正处于从集体到个人的转变过程”，“‘80 后’是没有完全从集体中解脱出来的群体，它的写作或许还不是一个完整的个人化表达”。这种说法，有点接近鲁迅所说的“历史的中间物”的意思。虽然从广义上说，我们每一个人、每一代人，都是“历史的中间物”，但张悦然用这个眼光来看整个“80 后”一代的创作，说明她对包括自己在内的这个新的创作群体，有一个清醒的认识。我认为这个认识很重要。往小了说，比那些一味吹着捧着、把别人弄得晕头转向，把自己也弄得不辨东西的传媒舆论强；往大了说，有这样的认识并付诸切实的努力，也许正是这一代，乃至整个中国当代文学的希望之所在。

至于说到“80 后”一代所处的“历史的中间”状态，是否就是“从集体到个人的转变过程”，这其实是一个十分复杂的问题。我同意张悦然的说法，中国文学受集体观念的控制，由来已久。追根溯源，是基于我们的传统，古人讲文以载道，这个“道”，就是一种集体的观念。照这个“道”或为这个“道”去写作，自然就是一种集体的表达。虽然同时也有周作人理出的一条言志的路线，可以看作是个人的表达，但因为在中国古代历史上，治世毕竟多于乱世，所以如果按周作人的“治世载道、乱世言志”的说法，文以载道的日子，还是要多于言志的日子，也就是说，集体的表达要多于个人的表达。后来，这个道统被推翻了，却又被新的道统所取代。这个新的道统，先是启蒙，后是革命，文学的表达，又要承载和传播这些集体的观念。而且在相当长一段时间，只能传达这种观念，不能有别的声音。就连文学最不可缺少的日常生活细节和人物的个性特征，也只有与这种集体的观念发生联系，进入这个观念系统，才能获得意义，才有表现的价值。所以日常化在那个年代是庸俗的代名词，个性只能为表现共性服务。这种表达模式甚至一直延续到所谓新时期文学之中，以至于包括“80 后”一代作家，如张悦然所言，也未能从中“解脱”出来。而且由此还可以断言，此后倘有集体的要求，仍会有作家入此彀中。正如鲁迅预言阿 Q 似的革命党：“此后倘再有改革，我相信还会有阿 Q 似的革命党出现。”可见中国文学“从集体中解脱”之难。

还是鲁迅的问式：“娜拉走后怎样”——“从集体中解脱后怎样”？对此，张悦然是有比较清醒的认识的。她说：“个人化表达同样有很多问题，这些问题并不比宏大叙事少。”但她所注意的，似乎主要是一己的表达与公众的阅读的关系，即她所说的“‘自我的表达’和‘故事’的关系”问题。这个问题诚然重要，但另有一个问题是，这个“自我的表达”，到底有多大可能，或者在何种程度上，能够表达“自我”或“个人”。倘作者自以为是“自我的表达”，但骨子里却依旧是集体的观念，那情形是与集体的表达没有两样的。记得多年前，有所谓“美女作家”写了一部很“自我”、很“个人”的小说，主人公的生活方式，堪称惊世骇俗，被读者视作另类。但细细读来，你会发现，在作者笔下，主人公尽管放浪形骸，自由开放，但其内心深处，还是渴望历代女子都向往的真爱、真情。这就又把作者带入了一种集体的观念，可见集体的观念之“顽固不化”。你可以说，这种集体的观念也没有什么不好。我要说的是，从一种集体的观念中解脱之难。这在西方的理论家看来，是“集体无意识的积淀”太深，在中国的学者看来，则是我们常说的文化传统太厚。就拿张悦然一位同行笔下的农民和摄像机的故事来说。不能说今天的农民面对摄像机都如面对枪口，但让一个农民面对摄像机惊慌失措，则既合农民的“土气”，又为日后的转变留下了契机，岂不两全其美。倘换了很个人化的写法，说这个农民面对摄像机，如对农具，则既不合国人对农民的看法，也没有留下转变的余地，难免要招致物议。鲁迅说“中国太难改变了”，中国文学的改变，自然也一样不易。倘不彻底，出路大抵也只有鲁迅给娜拉们指出的两条：不是堕落，就是回来。我辈所能见过的中国作家，从前诸多改变的结果，似乎多是选择或归于这后一条“回来”的路。从这个意义上说，我期望于“80后”及其后的作家的，是既抱定了从集体出走的决心，就不要再走这条“回来”的路。

小说张执浩

见过张执浩的人，都知道，他有一副诗人的天生“丽质”：单薄的身材，齐耳的披发，忧郁的目光，略显苍白的面容，时而专注、时而游离的神情，有时还透着几分狡黠和嘲讽。但他看人的时候很和善，总是拿一双小眼笑眯眯地对着你。

好多年前的某一段时间，总听我的一个同事在说张执浩，似乎是一个很有才华的年轻小说家。但一直无缘得见，后来见到了，还读了他送给我的作品，才觉得果然不同凡响。又知道他是由写诗改行写小说的，就引起了我更多的联想。那时候的湖北文坛，由写诗改写小说的人很多，这似乎也是一个全国性的现象。有的说，这是因为诗写不下去了，才改写小说，有的说，写诗不容易出名，写小说容易吸引人的眼球，还有的干脆说，写诗赚的稿费少，写小说相对赚得多。总之是众说纷纭，莫衷一是。但细细一想，这几条又似乎都与张执浩挨不上。要说名吧，他已经在诗坛上有名气了，回过头去写小说，不是存心让人们忘了他这个已经有名的诗人吗？再说，改写小说后，能不能出名还是两可的事，放着现成的名不出，去干“莫名”的事，说句不好听的话，那不是有病吗？要说利吧，他当时似乎是在武汉的一所音乐学院供职，这年头学艺术的行情看涨，又说大学的老师工资高，大约也不缺钱花，犯不着点灯熬油地编故事挣那几个小铜子儿。剩下的就是还写不写得出来诗了，换句话说，就看张执浩这个诗郎是否才尽了。

据我所知，张执浩改写小说后，似乎旧情难忘，依旧在写诗，而且还在不停地发表诗作，有时也出个诗集什么的，在诗坛仍占有一席之地。这样说，他似乎又不是因为写不出来诗，才去改写小说的。如果要盯住这个问题问，自然一时很难有一个满意的答案。如果暂时放下这个问题，想想别的事情，原也不难理解。但凡一个人，爱上了一件事情（也包括一个人），总有多种多样的表达方式，不会只用一种方式来表达。譬如这爱文学，写诗是，写小说是，诗和小说都写，又何尝不是。你如果还行的话，再加上写散文、写戏剧，“全武行”地，谁又敢说不是呢。只要你写得好，表达得尽善尽美，你对文学的那一点爱，也就算得上情真意切了。我想，张执浩大约是属于这一类。有人说，这叫“两栖”作家，也行。但张执浩又似乎不同意。他说，他始终在“用一只手写作”。这意思当然不是指“左右开弓”的书法表演之类，而是说，他的写作，无论是写诗也好，写小说也好，都是指向一个共同的目标，亦即是本辑主笔魏天无博士所说的“解决写作者所遇到的问题：人与自身、与他人、与时代、与世界的关系”“越过浮华世界、芸芸众生的层层迷障，直指人与世界的根基的问题：人如何生存”。

这样说，似乎又有点深奥，其实诸如“人如何生存”之类的问题，不仅仅是文学家所面对的问题，而且是人之为人都要回答的问题。只不过文学家有一点不同的是，他要把人在生存活动中所遇到的所有世俗问题，都转变成一种“诗意”。凭着这“诗意”，他才能活得自在，活得惬意，活得像个文学家。但据张执浩说，这“诗意”又有古今之别，古之所谓“诗意”，“一般着眼于语言的修辞技巧”，往往“与空灵、澄净、幽远、缥缈这样的传统审美情绪联系在一起”，而现代的“诗意”，则“强调紧张、突兀、极端”等状态。大约是他觉得古人活得比今人滋润，今人处在这种“紧张、突兀、极端”的状态中，自然就没有古人的那份闲情。不管这话你同不同意，都不难看出，追求存在的“诗意”，是张执浩全部创作的一个中心题旨，不论是写诗也好，还是写小说也好，都是为了回答人与世界的这个“根基的问题”。这似乎又容易让人联想到海德格尔的那个“诗意地栖居”的著名命题。写诗与写小说，都是为了表达这个命题，说“两栖”，这也是“两栖”，说不是，则其指归一也，即都是为了他心中的这一点“诗意”。所以张执浩说他“用一只手写作”，其实不过是在说，他是用一颗饱含“诗意”的心灵在写作。

这就又牵涉到另外的一个问题。据张执浩的理解，“诗意”有古今之别，则古人的“诗意”，该是已老的“诗意”。而今人的“诗意”，毫无疑问，就是未老的“诗意”或曰新的“诗意”。然则“诗意”毕竟是人为的东西，老与不老，旧与新，横竖都是这两个汉字。关键就看这承载“诗意”的人心老与不老，是旧还是新。这心老了，连带着“诗意”也就老了，心是旧的，这心中装着的“诗意”也新不了。所以张执浩的写作，无论是写诗还是写小说，又怀着一个极大的恐惧。这恐惧，就是他所说的“心灵的钝化”。他要用写作来抵抗这心灵的“钝化”，不管成与不成，他都得像西绪弗斯那样在诗和小说中山上山下地来回折腾。从这个意义上说，张执浩又注定是个宿命的小说家和宿命的诗人。

小说钟求是

此前我谈蔡东的创作时，谈过蔡东笔下被刘悠扬称作“自甘退步”的一群人，现在又遇到钟求是作品中的“边缘化”问题。“退步”自然是由前面退到后面，由中心退到边缘，所以，就大的范围而言，“自甘退步”，也就是自己站到边缘，也与“边缘化”问题有关。可见，这个问题在当今中国的确十分普遍。因其普遍，也就成了中国作家集中关注的对象。钟求是在他的一本小说集的后记中说，他的这些小说“共有的脾性和特征”，是这样的三个词：日常、边缘、受困。如果要把这三个词所表达的意思串到一起的话，那就应该是“边缘小人物的日常生活困境”。这是钟求是这本小说集的特点，也是钟求是创作的独特追求。徐勇说他是“站在边缘的位置打量生活”，是确当之论。

20世纪五六十年代，作家都是站在社会的中心位置或主导立场“打量”生活的，取材主要是工农兵的斗争生活，工农兵是国家政治生活的主体，是处在社会的中心位置的。主题是反映那个时期的革命和建设，当然也是占据社会主流位置的观念。创作方法是革命现实主义和革命浪漫主义，或者两者的结合，也是主潮的，甚至连艺术风格也是整个社会普遍流行的热烈明朗的色调。到了“文革”结束以后的新时期文学，虽然表面上看起来，有很大变化，但在相当长的一段时间里，还受着这种趋向的支配。从伤痕文学、反思文学到改革文学，都是反映社会的中心问题，都是傍着社会生活的主流走的。直到今天，仍有主旋律的提倡和主题性创作的提法，如此等等，说明站在社会生活的中心位置和主导立场“打量”生活，本身也是当代中国文学的核心观念和主导趋向。

不能说这样的站位，就产生不了好的作家作品。恰恰相反，占据当代文学史主流位置的，正是这些中心站位的作家和他们的创作。当然，这样的站位，也有一个问题，就是作家与自己的创作对象贴得太近，甚至基本同一，没有间隔，不分物我，有许多问题看不分明，也缺少文学创作所需要的审美距离，所以写出来的作品，就不免跟着对象打转。他们干什么就写什么，他们怎么干就写他们怎么干，连他们的想法，他们这样做的意义和价值，都迁就主流的意识对他们的阐释和评价，这就难免出现公式化和概念化的倾向。就连一些进入文学史的作品，也不例外。正因为如此，边缘的文学站位，就显得弥足珍贵。

以上的话，不过印证了中国的一句俗语，旁观者清。除了这层意思外，边缘站位，还有一层意思是，作家一旦站到了生活的边缘，就不仅只用旁观者的眼光“打量”生活，还会遇到许多站在生活边缘或正想着要站到生活边缘的人。不同于站在中心位置的英雄模范、社会精英、明星大腕，这些站在生活边缘的人，大都是一些普普通通的芸芸众生，他们所求的，不是建功立业、升官发财，立万扬名，而是同样普普通通平平淡淡的日常生活，这就又与钟求是所说的“日常”二字联系起来了。中国有民粹主义的传统，虽然皇帝老儿不把黎民百姓放在眼里，历代文人却把民间疾苦放在心上。所谓世上疮痍诗中圣哲，人间疾苦笔底波澜，说的多半是处在边缘位置的乡野小民的艰难困苦。到了近代以后，小民的地位逐渐上升，最后成了当家做主的人民群众，在文学中，也便由同情怜悯的对象，成为叱咤风云的主人公。中心和边缘的位置于是便发生了转换，那些先前和这些叱咤风云的主人公处于同一位置，而今却置身于时代风云之外的乡野小民和从来便与时代风云无关的市井细民，这时候便站到了边缘位置。于是就有了沈从文和张爱玲的边缘叙事。这样的边缘叙事不去鼓荡时代风潮，歌颂流血牺牲，而是汲汲于生老病死、爱恨情仇和身边琐事，让后来的读者从当中看出了人生的别一种样相。这种人生样相虽然十分日常，看似无足轻重，但与那种叱咤风云改天换地的人生放在一起，却可以相互映照，以至相反相成。或许后者的流血牺牲正是为了换得一个新的日常，让人的生老病死、爱恨情仇和身边琐事，更能自主，更有意味。学者们说，沈从文和张爱玲的作品，都有一种反现代性因素。如果真有的话，我觉得，他们的这种反现代性，正是为了让现代性更接近一种诗意的存在。存在主义以日常为存在的本真状态，如果不拘泥于道德化的价值判断，我觉得，钟求是的创作追求日常，也是在努力接近存在的本真状态。洪清波说："钟求是关注底层的边缘人物，不是把他们当作表达某种革命要求的工具，而是'回归到关注人性本身'，这种'回归'，无异于说也是回归到人性的本真。"

钟求是所处的时代，当然不同于沈从文和张爱玲，也不同于同样被认为是站在边缘"打量"生活的汪曾祺。处在这样的时代，钟求是既要像沈从文一样，站在乡村的边缘"打量"现代，也要像张爱玲一样，站在市井的边缘"打量"革命，还要像汪曾祺一样，站在人性的边缘"打量"政治，所以，他会有更多的"受困"，他的创作因而会比上述作家更为丰富复杂，对于正在进入现代的中国来说，同时也具有更大的现实性。

小说周大新

南阳是一个“盛产”作家的地方，坊间于是有“南阳作家群”之说。各地都有作家群，如果要像奥运会入场式那样列队出场，南阳作家群堪称人数众多、品类齐全、实力雄厚。真要“拉出来遛遛”，在赛场上比试比试，恐怕与那些号称甲级队的作家群也不相上下。这原因虽有种种，但既以南阳这个地域的名称命名，地域原因自然就占有绝大的比重。所谓一方水土养一方人，“山林皋壤，实文思之奥府”（刘勰语），有南阳这块土地上独特的人文自然资源的滋养，自然就有这个不同凡响的南阳作家群。

南阳的独特性，自然在南阳作家的创作中都打上了烙印。但这烙印的打法却并不完全一样，所烙下的印记，也不完全相同，或完全不同，因而同为南阳作家群的作家，其地域特色，在创作中却有不同的表现。通常看一个作家创作的地域特色，主要关注他作品中所描写的自然景物、生活方式、风俗习惯和方言俚语，等等。认为这些东西是最能体现作品地域特色的一些生活元素，这自然不错。但要深入仔细地想一下，你难道不觉得，一部作品，把这些东西写得逼真，尽管也加强了它的文学性，增加了它的地域特色，但仅以这些生活元素相标榜，夸耀它对于文学的意义和价值，岂不是把文学当成了地方志或风俗志。当年高尔基讲文学是人学，就是针对方志学说的。他说，你们研究的是方志学，我研究的是人学。人学和方志学虽有相通之处，但却是两种不同性质的学问。所以追求文学的地域特色，不能让文学变成了方志学或民俗学，而要以人为本，保持它的人学本色。在南阳作家群中，如果说周大新作为一个南阳籍作家，与别的南阳籍作家比较有什么独特性，这独特性就在于，他的创作在保持南阳地域特色的同时，始终不忘文学的人学本色。

就我的阅读印象而论，这本色的表现，我以为有如下几个方面：

其一是不拘泥于复写童年记忆中的具体人事，而是着眼于这些人事所体现出来的爱与善的品性。童年记忆是重视地域特色作家的文学创作之源，周大新也是如此。他特别看重原型的作用，就是因为这个原因。但周大新所谓的原型，不一定是西方理论家所说的，从集体无意识中生发出来的原始意象，而是童年记忆在他的心灵深处所留下的情感烙印。这种情感烙印虽然也附着于某些人事，但一旦这些人事成为他的创作对象，这种情感烙印就由最初的感动，升华成了作品或向善或求爱的价值取向，这种价值取向因为是源于对故乡人事的童年记忆，而不是来自某种抽象的理念，因而总保有具体人事的友爱和温情，有很重的人情味。

其二是把故乡经验中的人事与人的普遍本质联系起来，努力透过具体人事的印象挖掘人的本性。何弘先生在本辑的评论中说，周大新很喜欢托尔斯泰和沈从文，受这两位作家的影响很深。而这两位作家所表现的爱与善，在我看来，都不仅是某个具体个体的德行和品性，而且是人的普遍本质的表现。如果说托尔斯泰的这种普遍本质，是来源于他所持的宗教观念，那么，沈从文就是来源于他对人的自然本性的观察和体悟。周大新把这两位作家所表现的爱与善，都灌注到他笔下的人物身上，让他笔下人物的个人品德，弥散为人人心中所有的那一点爱欲和善根，所写虽属具体人事，却能触摸天良，直指人心，因而具有超越作者一己经验的普遍性。

其三是由个体而及于社会，由个体的善恶美丑、爱恨情仇，而及于社会众生的情感和欲望，“走出盆地”，出离南阳，展现一个更大的表现乡土经验的空间。周大新的创作题材迭经变化，由军旅到都市，而后回归乡土，经历了一个否定之否定的辩证发展行程。但无论题材怎么变化，都离不开他所拥有的独特的南阳经验和乡村视角，就像一个人透过太空望远镜观察浩渺的太空，在你眼前展开的虽然是一个陌生而又遥远的太空，但对这太空的印象和感受，却源自你所熟悉的过去经验。周大新就是这样带着他独特的过去经验和人生视角，辗转于军旅，出入于都市，爬梳家族历史，描画乡村变革，写尽了世事沧桑变幻，人生悲欢离合。如果要把这些创作整合起来，称之为社会人生的百科全书也毫不为过。

中国有悠久的乡村文明，所以乡土作家格外招人待见。但从现代的观点看，作家的经验和视野宜乎广阔，所以，称一个作家为乡土作家，听起来亲切，却未必一定就是高名令誉。周大新自然不是一个纯粹的乡土作家，因而也不能把他局限在一个地域的作家群内。我之所以从这个角度来谈他的创作，是因为我觉得在现代文学史上，有过乡土经验的作家很多，把这种经验写进作品，成就各种文体的佳作，更不在少数。但像周大新这样，始终怀着深厚的乡土情结，却又时刻不忘面向社会人群，注目历史时代，让这份乡土情结在更广大的社会人群、更宏阔的历史时代结胎，却不多见。从这个意义上说，周大新似乎更像总说“我是一个乡下人”的沈从文，而不是虽有农庄却身为贵族的托尔斯泰。区别只在于，沈从文是把这话说在口头上，写在文字中，周大新却让它流淌在血液中，镌刻在心碑上。就冲这一点，我要说，了不起的周大新。

小说朱文颖

以年代划分作家群，自然不同于划分阶级成分，不涉及个人财产和身家性命，但在我们这个重名分之教、名称之教（也可以叫“名教”）的国度，却有类似的麻烦。但凡一件事或一个人，一旦有了一个名头或名分，不管这名头或名分是你自己挣来的，还是别人给你栽上的，都有人要对这名头或名分，作定性分析。目的是让人更清楚地了解这事是怎样的一件事，这人是怎样的一个人。这样的定性分析往往是高度概括的，还是简单明了的。例如地主阶级本性的贪婪，资产阶级剥削的残酷，劳动人民品质的勤劳、纯朴、善良，等等。因为不如此，便不通俗化、大众化，便不简单易记，便难广泛普及，说厉害一点，也便是思想方法有问题，不能透过现象看清本质，或者是政治立场有问题，缺少应有的群众观点。但问题是，这样一来，在这名头或名分之下具体个别的人事，也就模糊不清或则湮没无闻。例如，上述各阶级的定性，固然都达到了本质化的程度，但具体到个别地主、资本家或劳动人民身上，他们的所作所为，却不尽然。笔者当年下放农村的时候，满脑子装的都是这些老师教的、书上看来的阶级概念，总觉得破坏生产，损害集体利益的，一定是地主、富农分子，但不久便发现，事情满不是那么回事，甚至恰恰相反，好几次抓到偷盗队里的粮食、柴草的坏人，竟都是贫下中农出身的社员。这给笔者的震动很大，从此便对阶级的定性发生了怀疑。这怀疑不亚于鲁迅当年目睹青年的分化，“轰毁”了自己向来相信青年胜于老年的进化论。由此我也便想到了西人对本质论的批判，确有它的道理。

因为有这样的经验，所以，我对以年代划分作家群的做法，始终抱有一种莫名其妙的警惕。尤其是对某些论者言之凿凿的定性分析，更觉惶惑莫名。一个年代，算起来总共不过十个年头，如果是这个年代之初出生的作家，受这个年代的影响，好歹还有个说头，如果是这个年代末出生的，他要接受影响，也只有等到下一个年代。总不能说尚在襁褓之中的婴儿，在这个年代接受了两三年的母乳喂养，便决定了他以后如果成为作家，就一定有这个年代的影响元素吧。即便是该年代初出生的作家，一个年代，对一个年方二五或不足二五的孩子，又能有多大影响呢？更不用说这种影响会决定他将来可能成为一个作家的性质。或许有人要说，他在此后的年代将要继续接受的影响，也会不同于前此年代或后续年代出生的作家群。试问，在这种情况下，你又如何把不同年代出生的作家，在他们后来共同经历过的年代里所接受的影响区别开来呢？比方说，50年代出生的作家群、60年代出生的作家群和70年代出生的作家群，他们共同经历过80年代及其后的年代，你怎么区别这些年代在他们身上打下的不同烙印呢，又怎么解释这些年代连同他们自己出生的年代，是如何决定他们会成为性质不同的作家群呢？如此等等。我实在不是在这里有意抬扛，而是说，这种命名的方法，确实不得要领，更不能用来观察、说明具体个别作家的创作特征。虽然被这种命名过的“70后”朱文颖，在接受本辑主笔的访谈中，也谈到过一个年代对作家的影响和这个年代的作家的总体特征，但她同时也说，“对于人这种复杂的个体而言，70后、80后或者90后这样的划分多少有些简单和粗暴，就像简单地凭借血型的不同来划分人群一样”。

一个时代，包括一个具体年代的社会文化环境，对一个作家的成长和他的创作，诚然会发生影响，但这并不等于说，这个时代或这个具体年代出生的作家，它的成长和创作，就全由这个时代或这个具体的年代来决定，否则，还讲什么天赋、才情，智愚贤不肖等主体条件，还有什么思想艺术和个性风格上的差异可言。就像从同一个娘胎里爬出来，在同一个锅里搅马勺的亲兄弟，长大了也不会是一个样子一样。这原本是一些尽人皆知的道理，但一旦被归类命名，便不由你我分说。历史上，被人强归入这群那派的作家，不知凡几，除个别拉大旗作虎皮、借以唬人者外，有几人真正承认过这群那派的身份。这实在不是这些作家不受抬举，而是他们深知，文学创作是极个人的事业，最忌拉帮结伙，标门立派。所谓派别群体者，不过是文学批评家或文学研究者图方便省事，弄出的分类归纳的把戏而已。好在这种分类归纳，终究不是划分阶级，可以允许朱文颖保持特立独行的个性和她的独特的思想艺术追求。也因此，无论从哪方面说明，朱文颖的才华和成就，都不是她出生的年代能够说明的。事实上，她早已凭借她独抒性灵、不拘格套的创作，出离了“70年代出生的作家群”，成了这个大转型的时代的一位重要作家。用瞿秋白评价鲁迅的一句话说，朱文颖也算得上是一个背叛她所属的那个作家群体的“逆子贰臣”。